北京市社会科学理论著作出版基金资助
教育部人文社会科学研究重大项目成果
东南亚古典文学翻译与研究丛书／缅甸卷

缅甸古典小说

翻译与研究

李谋 林琼 译／著

北京大学出版社
PEKING UNIVERSITY PRESS

图书在版编目(CIP)数据

缅甸古典小说翻译与研究/李谋,林琼译/著. —北京:北京大学出版社,2013.7

(东南亚古典文学翻译与研究丛书)

ISBN 978-7-301-22533-2

Ⅰ.①缅… Ⅱ.①李…②林… Ⅲ.①古典小说—文学翻译—研究—缅甸 Ⅳ.①I337.42

中国版本图书馆 CIP 数据核字(2013)第 099556 号

书　　　　名:缅甸古典小说翻译与研究

著作责任者:李　谋　林　琼　译/著

组 稿 编 辑:张　冰

责 任 编 辑:叶　丹　刘　爽

标 准 书 号:ISBN 978-7-301-22533-2/I·2627

出 版 发 行:北京大学出版社

地　　　　址:北京市海淀区成府路 205 号　100871

网　　　　址:http://www.pup.cn　新浪官方微博:@北京大学出版社

电 子 信 箱:nkliushuang@hotmail.com

电　　　　话:邮购部 62752015　发行部 62750672

编辑部 62759634　出版部 62754962

印　刷　者:北京汇林印务有限公司

经　销　者:新华书店

650 毫米×980 毫米　16 开本　16.25 印张　320 千字

2013 年 7 月第 1 版　2013 年 7 月第 1 次印刷

定　　　　价:35.00 元

本书出版得到
“北京大学创建世界一流大学计划”
经费资助

总　序

2006岁末，教育部批准了北京大学东方文学中心申报的人文社会科学重大研究项目“东南亚古典文学的翻译与研究”。该项目组全体成员经过三年多的努力，于2010年春天按计划完成了全部工作。最终成果便是这套即将出版的五卷本丛书“东南亚古典文学翻译与研究”：《〈帕罗赋〉翻译与研究》、《〈金云翘传〉翻译与研究》、《〈马来纪年〉翻译与研究》、《菲律宾史诗翻译与研究》、《缅甸古典小说翻译与研究》。该丛书每卷的内容均由两部分组成：一是作品的中文译文并附有详细的学术性注释；二是项目组成员撰写的研究文章以及外国学者的相关研究成果的译文。

我们设计这一课题的初衷是，想把东南亚古代文学中有代表性的经典作品介绍给汉语读者。长期以来，我国东方文学领域中更受关注并为人所知的，一般局限于印度文学、阿拉伯文学和日本文学。而东南亚作为东方的一个重要组成部分，其文学，尤其是古代文学一向鲜为人知或知之甚少。其原因是，东南亚古典文学作品的阅读和翻译难度很大，其原典研究成果也极其有限；此外，不熟悉东南亚国家语言的东方文学学者，想借助译文进行研究的需要虽然迫切，但译著的缺乏或质量的不尽人意使这一要求始终难以得到满足。因此，填补这一空白，无论从当下，还是长远，都是东方文学学科发展所必需的。

本项目由五个子项目组成，项目组成员分别来自北京大学外国语学院东南亚学系的泰国语言文化、越南语言文化、印尼马来语言文化、菲律宾语言文化和缅甸语言文化五个专业。每个子项目分别从上述五种语言的古典文学名著中各选一部或几部翻译成汉语，这些作品分别是：泰国古典叙事诗《帕罗赋》；越南古典叙事诗《金云翘传》；印尼马来史话《马来纪年》；菲律宾史诗五部：《呼德呼德》、《拉姆昂传奇》、《拉保东公》、《达冉根》和《阿戈尤》；缅甸古典小说两部：《天堂之路》和《宝镜》。所选原典著作均为上述国家文学史上公认的经典文学作品，具有鲜明的代表性。这些作品的体裁有长篇叙事诗、史话、史诗、小说四类。作品产生年代大约在公元12世纪至19世纪中叶期间。

这个时期的东南亚已经从早期许多分散的城邦国家逐步发展成几个强大的、以农耕为社会基础的封建王国。经济和贸易的发展，推动了同质文化和异文化之间的交流、互补，使东南亚各国的民族文化特征和地域文化特征逐渐形成。从印度传入的婆罗门教（印度教）文化和佛教文化，经过数百年的浸润早已融入到越南除外的半岛国家的本土文化之中；海岛国家继接受印度教之后又接受了伊斯兰文化和天主教文化；独具特色的越南则发展到汉文化的全盛阶段。在此背景下，东南亚地区呈现的文学景象亦是蔚然可观。从文学种类来看，民间文学和作家文学并驾齐驱；从文学样式来看，多以韵文为主、散文为辅；从作品内容来看，宗教故事、历史传说、王室故事、英雄传奇、爱情故事、民间故事等等，可谓五光十色，异彩纷呈。各国古代经典文学作品的诞生和繁荣正是这个时代的必然产物。我们出版这套丛书，就是为了尽可能地体现这些特点于万一，从而使读者得以管中窥豹。

《帕罗赋》是产生在大约15世纪末至16世纪初年的一部伟大的爱情悲剧作品。它开创了泰国以爱情为题材的文学作品的先河，更是泰国古代文学仅有的两部悲剧作品之一，被誉为泰国的《罗密欧与朱丽叶》。作品以“立律”诗体写成，格律严谨、语言清新古朴、韵味醇厚，故事情节感人至深。1914年，权威的“泰国文学俱乐部”将其评选为“立律体诗歌之冠”，使之成为后世诗人仿效的典范。《帕罗赋》在泰国文学历史上享有崇高的地位，至今仍为当代文学家进行不间断地解读、研究和评论，堪称泰民族古典文学的瑰宝。此次即将问世的《帕罗赋》是泰国古典文学作品的第一部汉译本，译文后所附多篇文章以国内外学者的不同视角对这部长诗本身以及相关学术问题进行了探讨，这将有助于学者们对作品的深入理解和研究。

《金云翘传》是越南大诗人阮攸以最具越南民族特色的“六八”体写就的一部叙事长诗。作品以女主人公王翠翘的人生遭际为主线，演绎了一桩凄美感人的爱情故事。作品自19世纪初面世以来，一直在越南广为流传，可谓家喻户晓，妇孺皆知。从20世纪50年代起，就先后有我国学者对《金云翘传》进行翻译和研究，但实践证明，在如何挖掘这部越南文学名著的语言艺术和文化内涵方面，尚显不足，仍有深入探讨的必要和空间。《〈金云翘传〉翻译与研究》课题研究者在认真查阅大量资料之基础上，对其进行了再次翻译和深入研究，从而为中越文学的比较研究提供了一个可信的文本，相关研究文章亦颇具借鉴价值。

《马来纪年》是印尼马来古典文学中最重要和最有影响的作品之一，并被马来人奉为马来历史文学的经典之作。该书涉及的内容十分广泛：马来民族的起源、马来王朝的历史演变、马来民族伊斯兰化的经过，以及马来封建社会的政治、宗教、文化等多方面的情况。作为宫廷文学，《马来纪年》为巩固王权统治起了重要作用；该书汇集了不少马来民间文学的精华，其语言被视为马来古典文学的最高典范，是马来语言发展史上的一个里程碑，对马来古典文学产生过重大影响。

菲律宾的口头文学传统具有悠久的历史，包括史诗、神话传说、民间故事、谚语、歌谣等诸多文类，其中史诗是菲律宾古典文学的主要代表形式。本书选取了菲律宾不同民族的五部（组）史诗，包括来自菲律宾北部吕宋岛伊富高族的《呼德呼德》、伊洛戈族的《拉姆昂传奇》，菲律宾中部比萨扬地区苏洛德族的《拉保东公》，菲律宾南部棉兰老岛地区马拉瑙族的《达冉根》、马诺伯族的《阿戈尤》。这五部史诗覆盖了菲律宾的不同地区，代表不同民族文化背景的口头文化传统。《呼德呼德》和《达冉根》还被收录进联合国教科文组织《人类口头与非物质文化遗产代表作名录》。本课题还研究了菲律宾史诗作为"活形态"史诗的流传情况，运用民俗学研究方法，分析史诗叙事形态，阐释史诗的深层文化内涵。

缅甸从16世纪初到19世纪末前后400年，出现过三种类型的小说，即：本生小说、神话小说和宫廷小说。本书选择了两部典型代表作进行译介、研究，即1501年阿瓦王朝的国师高僧信摩诃蒂拉温达所写"本生小说"《天堂之路》；1752至1760年间（一说在1776至1781年间）宫廷作家瑞当底哈杜所写"神话小说"《宝镜》。通过这两部小说的译本和项目组成员的研究文章以及缅甸文学家相关研究著述的译文，可以了解古代缅甸文学的源头、发展轨迹、传承脉络、特色与影响。

翻译作品是文化交流的重要组成部分。高质量的文学翻译，本身是一个艰苦的学术研究过程，古典名著的翻译更是如此。“东南亚古典文学翻译与研究”丛书的执笔者以虔诚和认真的态度努力去呈现文学经典的面貌，从比较文学文化学、译介学、人类学、民俗学等视角对东南亚古代文学进行跨文化的重新解读。这对丰富东方文学研究的内涵，扩展研究视域，促进文化交流，为东方文学研究向广度和深度的发展无疑将提供更多的有利条件。

“东南亚古典文学翻译与研究”是一项意义重大的研究课题，但由于是初次尝试，其稚嫩和瑕疵依然难以避免。我们把它呈现在读者面前，期待着方家的指教和读者的批评，也期盼着更多的东方文学名著译作进入汉语读者的视野，让世界共享东方文学的盛宴。

感谢教育部对本项研究的资助；感谢北京市社会科学理论著作出版基金资助；感谢北京大学创建世界一流大学建设经费对“东南亚古典文学翻译与研究”丛书出版的大力支持；感谢北京大学出版社外语部主任张冰及责任编辑孙莹、李娜、刘爽、刘虹、叶丹等为这套丛书的面世所付出的艰辛。没有这些，东南亚古典文学翻译与研究仍会一如既往地栖身冷宫，鲜为人知。

裴晓睿

2013年5月

百望山麓

目　录

天堂之路

［缅］ 信摩诃蒂拉温达 著
李 谋 译

版本说明

《天堂之路》是缅甸高僧信摩诃蒂拉温达1501年所写的缅甸第一部古典小说。本文根据缅甸仰光汉沙瓦底出版社1963年1月出版的版本译出。该版本的前言中说明本书是出版社编辑们根据关卡监大臣1872年的贝叶抄本，对照曼德勒钦玛甘巴利石寺所存1756年贝叶抄本校定后刊印的。凡圆括弧中的字是前一版本中有后一版本中没有的内容，凡方括弧中的字是后一版本中有而前一版本中没有的内容。

《天堂之路》是缅甸高僧信摩诃蒂拉温达 1501 年写成的缅甸第一部古典小说。本图是缅甸仰光汉沙瓦底出版社 1963 年 1 月出版的《天堂之路》封面。

主要人物(以出场先后为序)

舍利弗长老 前世曾为婆罗门、国王。乔答摩佛时成为佛的右侧首席大弟子,人称智慧第一。他尊重师长,敬重同门,谦虚谨慎,宽恕容让,热心助人,善于讲法。

目犍连长老 前世曾为富翁。乔答摩佛时成为佛的左侧首席大弟子,人称神通第一。他能变幻身形,神通广大,训诫众僧,制伏龙王,去他人难以到达的天庭、地狱讲法。

质多居士 前世曾为贵族、猎人。乔答摩佛时是位富翁。远道用500辆牛车满装斋物供品,招呼众人一起去拜谒佛祖听法。得道成为佛的俗家大弟子。

阿拉瓦伽神魔 在一巨榕树下建立魔宫,凡正午时分误入地界者都被他吞噬。阿拉瓦伽国王许诺每日为他送食,一连十二年该国的犯人、老人和少儿几乎被他吃光。乔答摩佛进入他的宫殿,神魔大怒,使用种种武器攻击佛祖均未得逞,又提出许多疑难问题,佛祖讲道解释疑问,神魔终于悟道。

诃塔拉瓦伽居士 前世曾为佛的施主。乔答摩佛时成为阿拉瓦伽国的小王子。正当他沦为阿拉瓦伽神魔食物的当天,神魔悟道,把他交给佛祖,使他免于一死,且成了佛祖门下一名俗家大弟子。

凯摩长老尼 前世曾为富翁之女、公主。乔答摩佛时是王舍城频婆娑罗王的王后。她美貌动人,在乔答摩佛处看到佛变幻出的一个年轻美貌逐步变为衰老丑陋的侍女形象而悟道出家。见多识广,善讲诸法。是乔答摩佛的智慧第一的女大弟子。

乌巴拉温长老尼 前世命运多变,有时是富婆、公主、王妃,有时是穷女、农妇。乔答摩佛时是舍卫国一富翁之女,皈依佛门后成为佛的神通第一的女大弟子。

库祖德拉女居士 前世多次出身名门,后因嘲笑一位驼背的辟支迦佛,以后各世遂成为驼背女,故名。乔答摩佛时是乌德那王达玛瓦蒂王后的侍女,名欧德拉。她向王后等人转述了佛多次讲的法。后被佛遴选为善于讲法的女大弟子。

难陀摩多女居士 乔答摩佛时代的一位富婆。她常背诵佛讲过的名之为“天堂之路”的250颂偈陀。多闻天王听后大加赞赏，并送给她取之不尽用之不竭装满红谷的1250座粮仓。后成为佛的一位女大弟子。

巴瓦伊婆罗门　前世是一位木工师傅，是个能工巧匠，有众多徒弟。他曾造了机器大木鸟，率众弟子，乘木鸟飞往大雪山脚下建国发展。乔答摩佛时，他是个大婆罗门，一个弟子向他索取财物，声称若不给将砍下他的头颅。他不知如何应付，派弟子去请教佛祖，听到佛法，悟道。

楔　子

佛祖在世时，凡虔敬佛法乐善好施的贵人都会这样教育自己的子女。

对儿子会说："我可爱的儿子……要想成为罗汉，你就要仿效舍利弗①、目犍连②两位长老的修行方法，向两位长老学习。做人就要学习质多③富翁、诃多拉瓦伽④居士两位贤者的所作所为。"

对女儿就会说："我可爱的女儿……要想成为罗汉，你就要学习凯摩⑤、乌巴拉温⑥两位长老尼的修行方法，做人就要像库祖德拉⑦女施主、韦路甘陀伽国的难陀摩多⑧女施主那样，向两位善女学习。"

高贵的人们就这样以八位贤人为榜样教育子女：

1. 两位长老；
2. 两位长老尼；
3. 两位贤人居士；
4. 两位女贤人居士。

---

① *Sāriputra* 舍利弗(多罗)，释迦牟尼十大弟子之一，持戒多闻，敏捷智慧，善讲佛法，故称"智慧第一"。

② *Maudgalyayana* 目犍连，释迦牟尼十大弟子之一，侍佛左右，神通颇大，能飞上兜率天，故称"神通第一"。

③ *Citta* 质多或质帝，原意为"心"。

④ *Hathālavaka* 诃多拉瓦伽，原意为"神魔之手"。

⑤ *Khema* 凯摩，有人音译作"差摩"，原意为"幸福天堂"。

⑥ *Uppalavam* 乌巴拉温，原意为"莲花状的"，故有人意译为"莲花色"。

⑦ *Khuzzuttara* 库祖德拉，原意为"驼背的好女人"，本书后半部中又称她为"欧德拉"。

⑧ *Nandamātā* 难陀摩多，原意为"可爱的母亲"或"神湖之母"。

第一章 舍利弗长老目犍连长老的故事

(1) 舍利弗长老得到佛祖授记

八位贤人曾做过这样的祝祷。

从贤劫①上溯至10万无央数劫时曾有阿诺玛陀悉佛。舍利弗长老当时是一位每天家有10箩银钱收入的婆罗门种姓青年,名叫沙罗陀。而目犍连长老当时是一位每天家有5箩银钱收入的富翁,名叫悉利沃陀纳。

沙罗陀和悉利沃陀纳两人从小就是相亲相爱的伙伴。父亲亡故,沙罗陀继承了父亲的遗产。像青年素梅陀那样找了一个僻静的场所思量道:"我得到这么多财物,原有的物主都已故去了。有朝一日我也会抛下这些财物死去的。我要找寻一个摆脱死难的办法。"就跟好友悉利沃陀纳商量。

悉利沃陀纳说:"我还没有机会出家为僧。我友何不出家?"沙罗陀留下了一些必备的物品,舍弃了所有财物出家为僧,说:"人在轮回之中总要有个伙伴,要依照自己所做的善业结伴而行。"出家后法名为素罗西。以该僧为榜样,有74000人拜在他的门下出家为僧。素罗西等僧人获得了一切智禅定,成了轰动天庭、众神喜欢的、能飞天的、身着树皮染成麻布袈裟的出家人。

阿诺玛陀悉佛预见到:"吾赴素罗西所在处,他将祝愿成为吾右侧随身弟子。悉利沃陀纳富翁也将祝愿成为吾左侧弟子。74000名僧人都将成为罗汉。"遂只身来到素罗西处,看到他后,即从天而降,立于当地。

素罗西精通占卜典籍,知道"此贵人一定是一切种智佛",遂迎上

① 佛教用语。贤劫,又按梵文音译为婆陀劫,即佛教认为有五尊佛成道之世。

前去，为佛安排了恰当的座位，并叫弟子们去林中摘来果子。弟子们见师傅对佛祖如此，所以对佛祖都非常尊敬。素罗西向佛祖献上了斋饭，又供奉了水果。

佛祖想让左右侧弟子们穿着袈裟来到面前。这时，佛祖左右侧首席弟子和 10 万罗汉们来到佛祖面前。素罗西也凭借法力命弟子们很快采来美丽芬芳的奇异花朵，为带来 10 万弟子的佛祖铺好了座席。据说佛祖所坐之地有一由旬①见方；左右侧首席两大弟子所坐之地有 3 伽握②见方；大弟子所坐之地有半由旬见方；而小弟子所坐之地仅有 140 肘尺③见方。

素罗西双手合十举过头顶，面对坐在花中的阿诺玛陀悉佛赞道："一切智佛祖啊！用小杯④去量大洋之水也是可以计量清楚的，而您的智慧却是无法计量的；想用秤杆算出整个大地的重量也是有可能的，而您的智慧是根本无法计量的；用绳索尺子丈量天空有多大是可能的，而您的智慧是不大可能计量的；把 84000 由旬高的须弥神山减去一微尘一微尘的高度，总是可以见到差数为零的时候，而您的智慧却是无边无际的。须弥神山、浩瀚大洋、漫漫大地、茫茫天空都无法与您的智慧相比。"就这样，素罗西僧用四个例子赞美了坐在花中的阿诺玛陀悉佛。

佛祖在此坐了整整 7 日，素罗西也为佛祖撑着花伞遮阳整整 7 日。

阿诺玛陀悉佛说："愿此僧能获益更多"，修灭尽定⑤ 7 日。左右首席等弟子们也入定。僧人们都适时找些果子吃。素罗西却 7 日不进食，极其愉悦地晕死过去。

阿诺玛陀悉佛命右侧弟子尼沙巴："给他们讲讲法！"右侧弟子讲法毕，又命左侧弟子阿诺玛："你也对他们讲讲！"

阿诺玛也讲了法。[两位首席弟子讲法后，没有一个僧人得到顿悟。接着佛祖讲法。]74000 名僧人变为罗汉，称为今世罗汉。而素罗

---

① 由旬，源于印度的缅甸一长度单位，1 由旬约合 20.48256 公里。

② 伽握，缅甸一长度单位，是 1 由旬的四分之一，约合 5.12 公里。

③ 肘尺，缅甸一长度单位。1 肘尺等于 0.5 公尺。

④ 原文是"用贡萨杯去量"，按"贡萨"是缅甸古代一种容量单位，据说约合 4 捧之多。

⑤ 佛教用语。Nirodhasamāpatti 灭尽定，又名灭受想定。谓克制思想使之停止活动的一种禅定。

西却因精神不集中，未成为罗汉。在尼沙巴讲法时，他想："以后佛在世时我也想像你一样。"因为他这样想，所以并未能与众僧一起悟道。

素罗西问道："在佛祖您身边讲法的是谁呀？"阿诺玛陀悉佛说："他名叫尼沙巴。他是能和吾一起宣讲法轮的，修习了全部弟子波罗蜜[①]，观悟四谛十六行相[②]的首席大弟子。"素罗西说："我用为佛祖撑花伞遮阳整整7日的善举，并不希望来世成为帝释天或大梵天，而祝愿将来能像尼沙巴长老那样成为一位佛祖身边的高贵弟子。"

阿诺玛陀悉佛预见到他的祝祷将实现，遂对素罗西授记[③]道："再过10万个无央数劫，乔答摩佛祖将出世。你将成为他右侧弟子舍利弗长老。因你为吾铺设了奇花异葩的坐席并赞美吾之威德的善举，在10万个无央数劫中，不会再去其他生界，只会在神国仙界轮回。在成为大神千次以后，将统治神国天庭。成为转轮圣王千次。成为王中王的次数将不可胜数。最后一世将成为乔答摩佛祖的右侧弟子智慧第一的舍利弗长老。就像茫茫大洋的浪花不可胜数，莽莽大雪山的广袤无法计量一样，舍利弗长老的智慧也是无边无际的。"佛祖对素罗西说完后，踏着祥云回精舍去了。

(2) 未来的目犍连得到阿诺玛陀悉佛的授记

素罗西嘱咐好友悉利沃陀纳说："我在阿诺玛陀悉佛处祝祷将来成为佛的大弟子。我友也去求将来成为左侧弟子吧！"素罗西亲自来到悉利沃陀纳富翁处，对好友讲了见到阿诺玛陀悉佛，自己所带弟子都成了罗汉，而自己祝祷成为首席大弟子。我友为何不去祝祷成为左

---

① 佛教用语。波罗蜜，梵文 Paramita 音译之略，全译为"波罗蜜多"。意译"到彼岸"、"度彼岸"、"度无极"、"度"等。谓从生死迷界的此岸到达涅槃解脱的彼岸方法或途径。大乘佛教有六波罗蜜(六度)之说：即布施(檀那)、持戒(尸罗)、忍(羼提)、精进(毗梨耶)、定(禅那)、智慧(般若)等六者。上座部佛教则有十波罗蜜(十度)之说：即布施、持戒、弃欲、智慧、精进、忍辱、真谛、加持、慈悲、行舍等十者。

② 佛教用语。谛是真理的意思。四谛者苦(以为世俗世界的一切本性都是苦)、集(指造成世间人生及其苦痛的原因)、灭(指断灭世俗诸苦得以产生的一切原因，是佛教一切修行所要达到的目的)、道(指超脱"苦""集"的世间因果关系而达到出世"涅槃"的一切理论说教和修习方法)四谛。十六行相是观悟四谛之理的全部修习的内容。

③ 授记，佛教用语。意即佛当面对弟子信众讲的预言。

侧首席弟子?

悉利沃陀纳富翁选了一块约 8 缅亩[①]的地块,装扮起来,以便向佛祖供奉。造了一个用蓝睡莲盖顶的彩棚。请素罗西来参加布施。迎请阿诺玛陀纳佛及其弟子们。在彩棚内供奉珍贵的斋食,布施了许多上等袈裟布料和僧用器皿,共进行了整整 7 日。祝祷道:“弟子愿成为乔答摩佛的左侧弟子!”阿诺玛陀纳佛也授记道:“在乔答摩成佛时,你将成为左侧弟子。”悉利沃陀纳富翁因此善举而长寿,行善业遂轮回至神国,而素罗西则因禅定之威力到达梵界。

[素罗西约轮回了 500 世之后,舍弃了富足的财物,出家为僧。据说,悉利沃陀纳富翁也和素罗西一样,轮回了约 500 世之后,舍弃了财物,出家为僧。]

(3) 后来成为舍利弗长老的乌巴岱沙和后来成为目犍连的拘利达

两位贤人经过了 10 万无央数劫,来到了今世贤劫。我佛乔答摩尚未成佛之前,素罗西先投胎到王舍城附近的乌巴岱沙村一个名叫尤巴舍利的女婆罗门的腹中。在素罗西投胎的当日,悉利沃陀纳富翁也投胎到王舍城附近拘礼达村目犍梨女婆罗门腹中。两人同时出生。两位贤人的父母之间也是七代世交,分别有 50 亿和 6 亿钱财。生下两个男孩,在为他们取名的时候,因为由尤巴舍利的女婆罗门所生之子是乌巴岱沙村的老大,就以村名命名为乌巴岱沙。在其成为罗汉后,因其母,称其为舍利弗长老。而另一位未来的贤人是拘利达村的首位男子,就被命名为拘利达。在其成为罗汉时,因其母,称其为目犍连。因为曾布施过美丽芬芳的奇葩坐席和花伞,乌巴岱沙的容貌像层层卷起的花朵一样端庄漂亮。因为在当年祝祷之时,搭建彩棚用蓝睡莲花盖顶,拘利达的肤色略黑,成为罗汉之后也像天上的乌云能形成轰鸣的雷电那样神通广大。

乌巴岱沙的父亲是温甘达婆罗门,母亲是尤巴舍利女婆罗门,她在轮回中曾是 7 位罗汉的生母。乌巴岱沙有弟妹六人,三个弟弟是:乌巴斯纳、松达和耶瓦达;三个妹妹是:扎拉、乌巴扎拉和悉素巴扎拉。

---

① 1 缅亩(min pe)约合 6401 平方米。

两位年轻人都非常精通占卜。乌巴岱沙出行时有 500 台金轿相随，而拘利达外出时也有骏马驾辕的 500 辆马车殿后。

(4) 乌巴岱沙和拘利达在山顶观戏时悟道

在王舍城每年都会举行一次山顶戏会。两位青年都会去观戏，并赏些奖品。当两人学识精进再去观戏时，产生了同样的想法："哦！不该看这种戏。所有各种演出的人们没有一个能不死的，都要遇到死难，全都会死去。看到成群死去的人真让人惊恐，应该去追寻摆脱死亡之法。"

相互问及各自的想法之后说："咱们有个很好的想法。思考摆脱死难想法的人应该是修行僧人之道的人。咱们应该去出家。"两人去了一个名叫丁萨亚的外道处，当了云游僧人。两人各有 500 青年追随。

两位未来的贤人都是有着精进学识的人，了解到外道丁萨亚的所作所为并非是摆脱死难之道，认为在这广袤的南岛一定可以找到能够讲解摆脱死难之道的先哲。但找遍全岛仍未找到。于是乌巴岱沙与拘利达约定："咱们两个人谁要是先知道了摆脱死难之道，一定要告诉还不知道的人。"

(5) 乌巴岱沙云游僧遇阿说示①长老

当时，我一切智佛在伽宋②月圆日成佛。从伽宋月十六日至比亚梭③月圆日前后共历八个月。比亚梭月十六日来到王舍城。在波罗奈城讲法坐夏④，结夏后在德顶纠月⑤初一日带着五比丘⑥和青年耶舍⑦

---

① 阿说示(Asvajit)，意译为"马胜"。

② 伽宋(Kahsong)缅历二月。

③ 比亚梭(Pyasho)缅历十月。

④ 佛教用语。又称之为"安居"、"夏安居"、"雨安居"或"坐夏"。在古印度雨期的三个月(约五月至八月，相当于我国阴历四月十六至七月十五)里，禁止僧尼外出，说外出易伤草木小虫，应在寺内坐禅修学，接受供养。这一阶段的开始称之为"结夏"，而结束时称之为"安居竟"或"解夏"。

⑤ 德项纠(Thitinkyut)缅历七月。

⑥ 释迦牟尼出家时，其父净饭王派五名亲信随侍。后成为第一批得道出家者。人称"五比丘"。

⑦ 耶舍(Yasas)，意译为"名闻"或"名称"。后赞助阿育王造八万四千寺塔，并向王推荐尤婆毱多。是上座部的创始人。

与他的伙伴55人，共计60人在大小村落间巡游。

“要立起法之大旗。以讲法的办法向有着帮助四物[①]之恩的施主们报恩。不要两人同行，大家分散开来走遍各地，要使施主们的功德善行得到更大的发扬。”一人不落地把他们派了出去。

60位比丘中，五比丘之一的阿说示长老来到王舍城化斋。乌巴岱沙云游僧见到阿说示长老时，心想：“这位比丘可能就是人间的罗汉，修行罗汉行的人。”遂想问阿说示长老：“您是冲着谁才出家的？您的老师是谁？您喜欢谁的教诲？”可又想：“化斋的时刻不是问话的时机。”乌巴岱沙就一直紧随阿说示长老身后而行。当阿说示长老停下脚步时，就把云游僧习惯带在身边的小板凳为阿说示长老摆好，取出水壶中的水请阿说示长老饮用。等用过斋饭以后，才向阿说示长老发问。阿说示长老答道：“吾师是释迦族王子高贵的长老。吾就是冲着该佛出家的。吾喜欢佛的教诲。”

乌巴岱沙又问道：“您的老师主张什么呢？”阿说示长老考虑到：“云游僧的主张是外道的错误主张，与佛祖的教诲是相悖的。我应该给他展示出佛祖的教诲是很深奥的。”虽然是位高贵的罗汉，却谦虚地说：“乌巴岱沙……我刚出家不久，修行尚浅，还不能把佛祖的教诲展开来讲得很多。”乌巴岱沙恳求说：“我叫乌巴岱沙。少也好，多也好，您就尽可能给我讲讲吧！我会想方设法弄懂的。语句多少并不重要，结果是最重要的。”阿说示长老念颂了一首偈陀：

五蕴[②]五众有因而成，
五蕴五众由思所造；

---

① 佛教用语。四物者，指：寺院、僧服、斋饭与药品。

② 佛教用语。五蕴又译作五众，意谓积聚、类别。五蕴是对一切有为法的概括和分类：(1)色蕴，诸所有色，若过去，若未来，若现在，若内若外，若粗若细，若劣若胜，若远若近，如是略为一聚，名为色蕴；(2)受蕴，即把诸所有受略为一聚；(3)想蕴，把认识直接反映的影象以及据此形成的种种名言概念(相当于感觉、表象、概念等)略为一聚；(4)行蕴，即把一切精神现象和物质现象的生起和变化活动略为一聚；(5)识蕴，即把一切精神现象略为一聚。小乘佛教主张按照眼、耳、鼻、舌、身、意六根，分为眼识、耳识、鼻识、舌识、身识与意识等六识；大乘佛教则主张扩大为八识，除前述六识外，还有末那识(不停顿地思量，即恒审思量)和阿赖耶识(亦作“无末识”、“藏识”，互为因果连续不断的思量，既是物质世界和自身的本源，又是轮回果报的精神主体和由世间证得涅槃的依据)二者，且阿赖耶识的种子能生起前七识。

因缘灭尽乃归涅槃①，

涅槃解脱惟八正道②。

阿说示长老将一切有为法分为五类，称之为五蕴或五众。形成五蕴由贪欲，五蕴灭尽归涅槃。而到达涅槃之道只有八正道。用一首偈陀说了四谛和解脱死难到达涅槃之路。乌巴岱沙在阿说示长老尚未念完偈陀时，听完前两句就习得预流向③。听完最后两句获得了预流果。

乌巴岱沙心想："长老讲了两句我就得了预流向，讲最后两句时我应该得到一来向却没有得到。过些时候可能会更好。"遂说道："长老，您就先讲这些，别多讲了。"虽然这时应该继续跟随阿说示长老前行，但想起了与拘利达有约在先，就请长老先行，如约去好友处。

(6) 乌巴岱沙如约告知拘利达

拘利达见好友乌巴岱沙喜形于色的样子，就问是否得到特殊之道了？乌巴岱沙承认得到了。把阿说示长老念的偈陀和讲的四谛都说了一遍。拘利达也在偈陀念完之时获得预流果。两位未来的贤人想到老师外道丁萨亚，规劝老师跟他们一起皈依。老师外道丁萨亚却说："我太老了，还要去当乔答摩的弟子，对苍老的我又有何益?"拒绝了他们的提携。两位未来的贤人带着听从教诲的250位弟子去投奔佛祖。

这时佛祖到达王舍城，在竹林精舍挂单已半月。从伽宋月圆日成佛之日至比亚梭月圆日已有一千僧人皈依。比亚梭月十六日到达王舍城，对前来迎接的频婆娑罗王宣讲了纳罗陀本生，王遂皈依。在竹林精舍挂单至比亚梭月底。达博兑月④初一日舍利弗长老、目犍连两位贤人到达佛祖面前。在到达当日跟随而来的250位弟子皆成罗汉。两位贤人和250位弟子皆被称之为今世罗汉，受僧人全戒。

---

① 佛教用语。涅槃指佛教全部修习所要达到的最高理想，一般指熄灭生死轮回而后获得的一种精神境界。

② 佛教用语。八正道，意谓八种通向涅槃解脱的正确方法或途径。即：正见、正思维、正语、正业、正命、正精进、正念与正定。

③ 佛教用语。上座部佛教的修行果位共八项，即：预流向，预流果；一来向，一来果；不还向，不还果；阿罗汉向，阿罗汉果。合称"四向四果""四双八辈""四向四得"或"八贤圣"等。

④ 达博兑(Tapotwe)缅历十一月。

与250位一起受戒为僧后，目犍连长老为僧7日之后才成为罗汉，而舍利弗长老在为僧半月后的达博兑月圆日才成为罗汉。两位长老之所以不能很快成为罗汉，是因为他们是首席大弟子，在十万个无央数劫中一贯修行波罗蜜善行颇多，使长老悟道之智慧甚为高贵之故。就像帝王要佩戴的饰物很多那样，不可能很快悟道，只能慢慢来。

(7) 佛祖向目犍连讲述排除困倦之法

两位长老悟道的经过是这样的。目犍连长老从出家为僧的那一天起，就精心为修习成罗汉而修道。因过度修道，非常困倦，甚至体力都无法支撑了。

佛祖知道了这一情况，来到目犍连所在地，对他进行帮助："目犍连，身体支撑不住时，你就这样想：

① 好困啊！这是和我在作对。困意就消除了。
② 反复思量学到的所见所闻。困意就消除了。
③ 进一步拓展思考所见所闻。困意就消除了。
④ 反复抚摸自己的身体、手、耳。困意就消除了。
⑤ 不再坐在那里而是站起身来，用水洗洗眼睛，眺望远处，观看星辰。困意就消除了。
⑥ 排除黑暗，明亮起来。困意就消除了。
⑦ 如果向左侧横卧感到困倦，就故意向右侧横卧。困意就消除了。
⑧ 如果向右侧横卧感到困倦，就故意向左侧横卧。困意就消除了。
⑨ 即使睡了也要很快醒来，心中想时间不长。对这样的入睡也不喜欢，也认为是没有意义的。

如果像我说的这样去想，那么睡意就少了。"就这样，向目犍连长老讲了不睡觉不困倦的修道方法。另外还讲了：

① 化斋时应遵循的方法；
② 与不宜结交的伙伴不应讲些不宜的话语；
③ 应在僻静处挂单。

(8) 目犍连修成罗汉

目犍连又请求佛祖简要地讲讲修行罗汉之道。

佛祖说：

① 不要认为五蕴永远存在；

② 不要认为无忧；

③ 不要以为五蕴就是吾体；

④ 要认识到无我；

⑤ 除了五蕴之外，我没有任何意义。

就这样，简单地讲了成为罗汉的要求。目犍连听完这些法之后成了罗汉。

目犍连长老经历七日之后才成为罗汉，是因为在修行时总以为“我的智慧多么高啊！”自己非常满足，所以根本修习不成罗汉。就像一个男子去伐树，认为“我的刀真锋利啊！”不断地看着自己的刀，却耽搁了工作。目犍连长老总在自鸣得意“我的智慧多么高啊！”总是迷恋自己的智慧却得不到解脱，时间反而长了。

[佛祖宣讲的法就是说：即使对禅定之法也不能迷恋，对自己修习的智慧也不能迷恋。迷恋就不能解脱得道。正因为如此，目犍连长老七日之后才成为罗汉。]

(9) 目犍连长老到地狱和神国讲法

成为罗汉后，目犍连长老是神通第一。

除了佛祖以外，没有谁能超过长老的神通。目犍连长老常凭借他的神通追寻他的幸福。举例来说，他凭借神通到达地狱，变幻出凉爽使地狱人略感轻松，变化出车轮般大小的莲花，坐于其上，向身处地狱之人弘法；到神国让众神说他们的善行，对他们讲述四谛之道，使他们顿悟得道；对人间众生介绍地狱与神国的苦难与幸福，让他们知道恐惧，虔敬佛法。

(10) 目犍连长老教训难陀巴难陀龙王

一次，阿纳特本富翁在初夜时请佛祖前来用斋。次日黎明，佛祖正思考该使谁顿悟得道之时，看到信奉外道的难陀巴难陀龙王，想："谁能降伏此龙呢？"知道目犍连定能降伏它，佛祖就带了五百罗汉驾幸忉利天神国去了。

当日，在须弥山底下的难陀巴难陀龙王正在安排宴席。龙王看到佛祖和他的弟子们。心想："这些秃头僧人们竟在我的头上走来走去，从他们足底落到我头上的灰尘也太多了。我要让他们从今以后再不敢这样。"就变化了庞大的身形把整个须弥山严严实实缠绕了7圈，并用自己的腮部罩住山顶。

佛的弟子罗陀巴拉问佛祖："从这儿平常是可以看到须弥山神国的，怎么现在看不到了呢？"佛祖说："难陀巴难陀龙王恼恨我们，把山围住了。"罗陀巴拉长老说："我去教训教训它！"佛祖没有同意。其他长老要去，也被佛祖一一劝阻了。当目犍连长老提出请求时，佛祖才同意："你去教训教训它吧！"目犍连长老变成比难陀巴难陀龙王更大一倍的龙，用身体缠绕了14圈，把难陀巴难陀龙王和须弥山严严实实围住挤压。龙王吐出的焰火伤害不了长老。而长老所吐的焰火却直奔龙王而去。

龙王问道："用须弥山挤压我身，燃起焰火的是谁？"长老说："是我目犍连长老。"龙王问："你能变为僧侣之身吗？"目犍连长老收起巨龙的身形，从龙王左右两耳进进出出绕来绕去；又反复从它两侧鼻孔出来进去；通过龙王的喉咙，进入龙王的腹中，从东到西踱来踱去。佛祖嘱咐道："目犍连，小心！"目犍连禀告道："佛祖，我修习过无限神通。就算有十万条难陀巴难陀这样的龙，我也能降伏。"

龙王想："他跑进我腹中时我没有看到。等他出来时我定要把他嚼烂嚼碎。"就说："你别跑进我肚子里走来走出地折腾我啦！出来吧！"长老走出来站到龙王面前。龙王用鼻子长吸一口气说："就是这位长老啊！"长老以禅定的威力完全挡住了龙王的鼻息。只有目犍连长老能这样挡住，佛的其他弟子都不能。所以其他弟子们请求制服龙王，佛祖都没有应允。

龙王说："这位长老神通果真了得。"遂投降认输。目犍连长老又变化成巨大的妙翅鸟，追过去抓龙王。龙王变成一少年，躬身说："您就作我的庇护者吧！"拜伏在目犍连长老的脚下。长老将龙王带到佛祖面前。

目犍连长老教训难陀巴难陀龙王

佛祖把龙王放了，然后去阿纳特本富翁家去用斋。富翁问及因难陀巴难陀龙王和目犍连长老大战，直到日上三竿，佛祖才来进斋之事。富翁听说目犍连长老如此能干，非常高兴，施斋 7 日，进行大规模的供奉。

(11) 目犍连长老显示神通 佛祖对沙弥等僧众进行训喻

一次，佛祖在卜巴永寺挂单。小沙弥们在尖顶阁中讲了些野蛮粗话。佛祖说："你们没有看见讲这种话的僧人吗？"目犍连长老了解佛祖的心意，就用足拇指尖轻轻一点，踢飞了有着上千间殿堂装点的尖顶阁屋顶，直冲云端。佛祖也走了出来。整个尖顶阁歪倒向一边。目犍连长老又点了一下，尖顶阁全部倒塌了。说那些无用言语的僧人们都惊恐地从尖顶阁内跑了出来，奔到佛祖跟前。佛祖随即向这些僧侣们讲述了解脱之道。

(12) 目犍连长老在忉利天显神通提醒帝释天

一次，帝释天到佛祖面前来求排除嗔怒、贪欲之道。佛祖讲了名为色蕴经的深奥的法。帝释天听法之后，愉悦地返回天庭。神也是有六境①的，也会有头脑不清醒的时刻。所以帝释天回到神国后就忘了法。目犍连知道他把法忘却了，就去问他。帝释天说已经记不起来了。目犍连长老用足拇指尖碰了碰帝释天的维赞达宫，整个宫殿晃动不已，帝释天也惊恐了。帝释天在惊恐之中想起了法。目犍连长老就这样利用它的神通干他的事业。

这就是目犍连长老成为罗汉的情况。

(13) 舍利弗长老成为罗汉

舍利弗长老是这样成为罗汉的。长老的外甥名叫迪嘎那卡，是一位外道云游僧。迪嘎那卡想："以前我舅父为了修善行常找人去请教，都是很快就回来了。而现在去乔答摩佛处却已经半个月了，肯定是在那里听到善行了。我也去看看。"直奔佛祖所在地而来。

当时佛祖正在给扎贡山上叫做外都的迦叶佛时代一个古窟里，舍利弗长老正为佛祖打扇。看到舅父在为佛祖打扇，感到不跪拜就坐下来不大合适，就按照外道的做法站在了那里。没有表明自己的主张却向佛祖发问。佛祖知道他隐藏了自己的观点，首先让他承认了自己隐藏起来的观点。消除了迪嘎那卡信奉的"所有人、神一死去就全没有了，所发生的一切不会再次出现"的外道观点。宣讲了名色之道和无常、苦难和空的内涵。舍利弗长老听到佛祖所讲，用自己的智慧对此进行了思考。

正是为别人盛好的饭反被他轻而易举地吃掉了。舍利弗长老为

---

① 佛教用语。六境者，指眼、耳、鼻、舌、身、意六识所感觉认识的六种境界，即：色、声、香、味、触、法。亦即："十二处"中的"外六处"。

佛祖打着扇，就转识成四智①，修成了高贵的罗汉。

长老外甥迪嘎那卡外道也得道修成预流果。舍利弗长老修成罗汉的达博兑月圆日正是弟子们集会之时。1000僧人、随舍利弗长老、目犍连长老而来的250位僧人都成了具有神通的僧人，都是今世罗汉。没有去请就都来了，适逢达博兑月圆日。在弟子四众齐聚的集会上，佛祖讲了僧的戒律。

如上所述，舍利弗长老和目犍连长老通过这样的经历，获得了高级弟子修持的波罗蜜，舍利弗长老成为智慧第一，而目犍连长老则成为神通第一。舍利弗长老说："吾智慧全部显露在外，整个世界也无法相比。智慧如此之大的善果，都是因为吾曾赞颂了阿诺玛陀悉佛的智慧所得的果报。"

(14) 舍利弗长老的前世智慧高僧人大弟子的故事

佛祖从忉利天下界到达定卡达纳果国，佛祖所问的问题只有舍利弗长老能答得出。由此舍利弗长老的智慧著名，就像佛祖一切种智一样著名。佛祖也多次称赞舍利弗长老的智慧。

"舍利弗并非到此世才有高度智慧，在以前轮回中智慧就高。吾曾是500僧人的师父。当时舍利弗是吾之大弟子。弟子僧众问吾：'到最老时能得到什么禅道呢?'吾简要地说了一声'某种空'就到阿巴达耶梵界去了。弟子们没有明白吾的意思，错误地认为：'死去的话就会像师父说的那样某种空，得不到任何一种禅道。'而后来成为舍利弗长老的吾大弟子则说：'根据佛祖教诲的某种空，可知师父说的是可以得到三次无色禅。空者并非虚无或没有，而是指因缘所生一切现象刹那生灭，假而不实。所以认为师父说的是什么都没有是不对的。'因为僧众不信大弟子的话，吾就从阿巴达耶梵界返回停留于天际，对吾大弟子赞道：'弟子们，你们就是议论一百年也不明白吾的本意。了解吾

① 佛教用语。"转识成智"亦称"转识得智"。意即：通过特定的修行，领悟到佛教的真理。四智即："成所作智"，能于十方以身、口、意三业为众生行善；"妙观察智"，能根据有情众生不同根机，自在说法，教化众生；"平等性智"，能平等普度一切众生；"大圆镜智"，如大圆镜之光明，能遍映万象，纤毫不遗。具此四智，即达到佛界。

本意的只有一名弟子。你们都不知道,只有你们中间吾的大弟子智慧出众。'"像这样的赞誉还有过多次。

舍利弗长老成为罗汉,活到44岁,与佛祖同寿。在这期间讲法,从没有不讲四谛的。他很有学识,对有学识的人特别赞许,也特别重视。

(15) 舍利弗长老前生素拉尼梵授王珍视学者的故事

虽然佛祖悟道获一切种智无人能比,但对有学识的人还是非常赞许的。关于这个问题,举个小例子:舍利弗长老曾是统治南岛的素拉尼梵授王,当时佛祖前世名叫大隧道的智者是素拉尼梵授王的敌人毗提诃王的大臣。为了恩主的利益,多次使彬萨拉利王失利,夺走他的妻子儿女。

毗提诃王死后,智者大隧道来到彬萨拉利国。素拉尼梵授王对智者这样一位应该记恨的曾与自己为敌的人,却把国家全部交给他说:"你愿意把这个国家怎么办就怎么办吧!"这是由一位外道女修行者来问素拉尼梵授王一个水鬼的问题而引起的。梵授王说:"水鬼要吃我和智者大隧道两者之一。我对她说:'你可得把你的嘴张得大大的。有着统治整个大地,享有帝王无限福禄的我可要往你的嘴里跳啦!我要跳进水鬼的嘴中牺牲我的生命。只要我活着,我就不会让智者先我而死,让我自己活下来。'"舍利弗长老前生素拉尼梵授王就曾这样舍弃自己的生命和福禄照顾过智者。

这就是长老前世珍视学者的一个小例子。

(16) 舍利弗长老对富楼那[①]长老这样的智者极其尊重

佛祖时代有位悟道后成为说法第一的大弟子富楼那长老。舍利弗长老见到富楼那长老,问及七善[②],富楼那长老以骏马驾的七种车为例作答。

---

① 富楼那(Pūrna),意译"满慈子",从母得名。释迦牟尼十大弟子之一。善于分别义理,广说佛法,以辩才著称,故人称"说法第一"。

② 佛教用语。大小乘皆有此说。大乘佛教《大涅槃经·名字功德品》载:"佛告迦叶,此经名为大般涅槃,上语亦善,中语亦善,下语亦善,义味深邃其文亦善,纯备具足,清静、梵行、金刚宝藏满足无缺,"即谓之七善。小乘佛教则指:严守戒规,纯洁心地,正确信念,屏除疑惑,明白道果,修行正道,观悟四谛为七善。

舍利弗长老想:能遇到这样的有问就能马上作答的人,若与他在同一寺中挂单,可以随时请教该多好。即使因片刻分开,有了问题不能即刻去问,要等一等也会感觉时间太长。对于希望增长见识的人来说,真想把富楼那长老这样能够解答任何问题的人当做一块布料,时刻顶在头上。只有这样,想问问题,一低头就可以得到答案。像我这样的贤人也希望将富楼那长老这样的人当做一块布料顶在头上。虽然舍利弗长老已经悟道,但对于智者仍然如此尊重有加。

舍利弗长老对常与自己一起修行的伙伴们说:“但愿吾不喜欢的人远离吾周围一百由旬之外。在周围一百由旬之内没有这类人。愿与善言善行有学识的人在一起,要把他奉在吾的头顶之上,拜于他的足下,接受教诲。接受这样人的教诲两次三次也不满足,要接受十次、百次以至千次。”

(17) 舍利弗长老常以二乘[①]来帮助一起修行的伙伴们

舍利弗长老常以二乘来帮助一起修行的人们。清晨,佛祖的弟子们都去村中化斋,各个寺庙中都非常清净。看到与佛祖相对立的外道们不能把物品收拾得井井有条,长老想:“乔答摩的弟子们不能听从师父的教导,不会整理归置东西,就会受到人们的耻笑。”于是,不仅在自己挂单的寺庙,还会到其他寺庙去,把需要清扫的清扫,需要清理的垃圾清理掉,需要归置清楚的归置清楚。

打听到有人身体不适,就会去安慰问候,送去所需的药品,使其得到照顾。对于全力扶持照顾病人的僧人们予以赞扬。把这些事都办妥,太阳已经很高了的时候才去化斋。这就是他在寺中一贯的习性。

当佛祖外出云游时,对一些年老走不动路的僧人和年幼体力不支的僧人,长老会替他们拿上僧具、袈裟,为他们按摩解乏,带着他们每天都能跟上队伍,即使到天黑深夜也要赶上去。

一次,带着这些人深夜才到达目的地,没有安寝的地方,只得在存放僧衣的茅棚中呆到天亮。佛祖知道这件事后,讲了象、猴和鹧鸪三者在一起,谈论谁年长就该尊重谁的本生故事。规定律条,要按年纪

---

① 佛教用语。谓引导教化众生达到解脱的两种方法、途径或教说。一般称声闻(听闻佛祖言教的觉悟者)、缘觉(自觉不从他闻,观悟十二因缘之理得道者)为二乘。

长幼留下安寝休息的地方。舍利弗长老就是这样帮助他人。

在以法对一个人进行帮助的过程中，对尚未获预流果的人会教诲百次，因为某件事会反复进行千次。人都是这样得到各个方面的教诲后才成为罗汉的。佛祖一贯以法来帮助教诲人。因为除了佛祖外，能够这样帮助他人的只有他这位大弟子了。任何时候他都会牢记这是自己的职责。

这就是长老对人们教诲的习惯。

(18) 舍利弗长老毕恭毕敬地接受七岁小沙弥的教诲

就是长老也要接受他人的教诲。一次舍利弗长老在披袈裟时没有察觉到穿得不整齐。有个当天刚刚剃度的七岁小沙弥，师父告诉他："袈裟应该这样穿，斋应该这样吃，要这样说话，这样坐，这样走。"教他穿着言谈行止之法。小沙弥记下了师父的教诲，看到长老袈裟穿得不整齐，向长老叩拜后说道："师父……袈裟怎么能这样穿呢?"长老忙到僻静处整理好袈裟，再次来到小沙弥的面前。为了对教导之言表示尊重，合十说道："今日刚刚剃度出家的七岁小沙弥对我进行了教诲。我双手合十过顶，表示接受这样的教诲。"

舍利弗长老毕恭毕敬地接受七岁小沙弥的教诲

(19) 舍利弗长老一向身心卑恭自谦

舍利弗长老一贯尊重师长。

因为最初是听阿说示长老说法，他才达到预流果的。作为对启蒙老师的尊重，在修行时总是面朝阿说示长老所在的方向。长老终生都很注意进食，据说从未打过饱嗝。正因为这样注意进食，从他解脱得道时起，直至44岁，一生没有入睡，未在卧榻上伸直身子平躺过。因为没有吃到东西，肠子在肚子里蜷曲着。即使它想从肚子里出来活动，但因吃的东西不干净，长老努力就是不让它这样。长老知道："除了一切智佛以外，吾的智慧无人可及。"但在大庭广众中常谦虚地说："吾不认为吾身是吾，就像是一块被人践踏的脚布一样，像被他人轻视的乞丐之身一样，像折了毒牙的蛇、断了犄角的牛再无力发威一样，吾谦恭尊重一切守戒的伙伴们。"

(20) 舍利弗长老讲消除怒火之五法

舍利弗长老向人们讲息怒之法，修习无怒者之法。举例说：

① 凡拾取粪扫衣[①]者，都会取其可用的，将破碎无用的遗弃。即令弃置之举不好，但注意语言者并不会对其介意。注意语言可消除怒火。

② 一个人把水塘上布满的青苔撇开，饮用水塘中的水。即使他是个不注意言语的人，因为他的所作所为得当，也可消除怒火。

③ 一个人在炎热口渴时，遇到牛蹄印坑儿里积存有雨水，也会去喝。无法喝到坑儿里的水，只好四肢爬地用嘴去吮吸泥汤。虽然这样的做法并不好，他也不注意言语，但偶尔遇到这种情况，心情不错，因此也会消除怒火。

④ 一个男人远离城乡，在山林中行走，重病缠身，没有能照顾他的伙伴，也没有治病的良药。病痛折磨得他难以忍受。若有人看到了他，任何人都会对他产生同情与怜悯。

① 佛教用语。亦称之为：百衲衣。按佛教戒律规定，僧侣的僧服应为人们遗弃之破旧衣故名。

没有怜悯之心的人肯定是个极恶的人。这样的行为不好。即使是心情不好的人,突然产生了“在现实轮回中,此人好难啊”的怜悯之心,也会消除怒火。

⑤ 某个水塘堤岸秀丽,四周绿树成阴,水清甘甜。一个人到达水塘边,洗个澡,喝上几口水,在塘边树阴下乘凉。不论谁本来心情不好,也会极其惬意。身、心、口三者都非常愉悦的人,有谁会有怒火呢?在任何时候都会是愉悦的。

消除怒火的办法有此五种。这就是长老讲的无怒者之法。

(21) 舍利弗长老对愚昧僧人拉鲁达伊表示宽恕忍让

一次,当着佛祖的面,舍利弗长老为众僧伽讲法。当时,一位名叫拉鲁达伊的愚僧说:“长老所讲的道不对!”舍利弗长老认为该愚僧是因为不知道才如此说,所以并没有把这话放在心上,仍继续讲。讲了三遍,而愚僧拉鲁达伊也再三反对。舍利弗长老想:“当着佛祖的面,此人竟反对我的话。而众僧中却没有一位说我讲得对、表示赞许的。看来我还是不讲为好。”于是不再讲法,停了下来。这时,佛祖对拉鲁达伊说:“像你这样愚昧的僧人还以为自己说得对吗?真是没法说你啦!”佛祖又把可称为佛法司库的阿难(陀)[①]长老唤到身边对他说:“明明看到愚昧的僧人竟如此欺辱长老,我们还能视而不见吗?”连佛祖都感到过意不去,讲了话。啊!修行无怒者之法,竟能如此地宽恕忍让!

以上就是讲述舍利弗长老、目犍连长老修行的一些例子。

讲述效法舍利弗、目犍连两位长老修行之法的话语至此结束。

---

① 阿难(陀)(Ananda),意译“欢喜”。释迦牟尼的堂弟。释迦回乡时跟从出家,为释迦牟尼十大弟子之一。谓长于记忆,被称为“多闻第一”。

第二章 质多富翁和诃塔拉瓦伽居士的故事

(22) 质多富翁的祝祷

在质多富翁和诃塔拉瓦伽居士两人中质多富翁的故事是这样的。从贤劫直至十万劫波前曾有巴杜牟达耶佛。当时质多富翁生长在汉沙瓦底一个高贵的家族之中，看到佛祖将一位施主放在能讲经的大弟子位置上，心想我要能像他那样该多好，就布施行善做了这样的祝祷。

在现世迦叶佛时，他生长在渔猎人家之中。一天，正在林中狩猎，看到一位在林中挂单的佛祖弟子，命人回家取来斋饭布施给长老。采摘了能得到的所有林中花朵献给长老。布施了美味的斋饭后祝祷道："我以(我衷心)供奉的善举，希望在今后的轮回中能得到千种以上的礼品，从天上降下五彩缤纷的花雨。"长老说："愿施主的祝祷能得以实现。"知道他的心愿，还教了他以毛发等 32 种物体修习禅定之法。并说："施主终生做尽善事后将升入天庭。霎那间天庭会降下没膝的神花之雨。因你供奉鲜花之善举，相貌将比众神都庄重漂亮。"

(23) 质多富翁现世的故事来世的缘起

从迦叶佛到后世佛之间一直在神国人间轮回享受福禄，直到释迦牟尼佛祖时代转世到摩揭陀国密实伽丹达城一富翁家中。在他出生之时，霎那间全城降下了没膝的五彩缤纷的花雨。因为全城都是五彩缤纷的花朵令人非常惊奇，其父母说："吾儿自己带来了名字!"遂称之为质多。长大成人后成了家。父亲死后，继承了密实伽丹达城富翁的地位。

当时见到五比丘之一的摩诃男拘利[①]长老，对长老非常崇敬。就在该城的安巴达卡罗玛花园中建一寺院，供奉四物请长老在此修行，希望永远供养长老。摩诃男拘利长老在为质多富翁讲授他所喜爱的佛法时，为他分析了六境，讲述了真谛。因为质多富翁在轮回中修习过以毛发等 32 种物体组成的五蕴等的禅定之法，所以听到长老所讲之道不久就三次悟道，成为最后断除欲界修惑，趋向到达不再生还欲界的不还向的修行者。

质多富翁虽然已经修行成为尊者[②]，过了很长时间但尚未拜谒过佛祖。密实伽丹达城距王舍城有 30 由旬之遥。质多富翁用 500 辆牛车满装布施物品，击鼓招呼人们："想拜谒佛祖的人跟我走吧！"就这样，在 2000 人簇拥之下向佛祖所在的王舍城进发。一路上供奉了各种神明。

当到达佛祖面前叩拜时，下起了五彩缤纷的花雨。质多富翁有喜好"处"[③]法的习惯。因此佛祖按照富翁的喜好，充分地宣讲了深奥的外六处之法。富翁在佛祖处停留了一个半月之久，进行了布施。布施的物品与王舍城人送给他的礼物相当，所以从自己家中带来的 500 辆牛车仍旧是满满的。将这 500 车物品全部一股脑儿地布施给僧伽们。500 车物品空了，但神明们赐给的七宝[④]又装满了 500 车。这样奇特的事情是因为他以前有过这样的祝祷。

佛祖在世时共有七位施主居士修行成了尊者，各有 500 居士相随。他们是：

① 达密伽居士
② 维沙卡居士
③ 称之为乌迦富翁的居士
④ 素拉阿纳塔本蒂伽居士
⑤ 摩诃阿纳塔本蒂伽居士

---

① 摩诃男拘利：*Mahānāmakulika*。

② 佛教用语。尊者(Arya)，亦译"圣者"，或音译为"阿梨耶"。指德智兼备的僧人。

③ 佛教用语。(Ayatana)意译为"处"，谓能生长心心所法。指六根(眼、耳、鼻、舌、身、意)、六境(色、声、香、味、触、法)的十二法，称之为十二处。

④ 缅人谓"七宝"，指人们常用的七种宝物，即金、银、珍珠、红宝石、猫眼石、钻石、珊瑚。

⑥ 质多富翁居士

⑦ 诃塔拉瓦伽居士

其中质多富翁尊者也有500居士相随。因为质多富翁学识渊博，可以和佛祖弟子长老们就深奥的佛法真谛相互问答。也得到佛祖弟子们的赞誉。得到了长老们所能得到的赞誉。

质多富翁有学识，也按有学识的人那样去实践。就像戴着耳坠儿的人想晃动自己的耳坠儿并不难，但随心所欲地让它动就不容易了。他明白深奥的佛法真谛，且精通全部三藏经。

(24) 质多富翁具备学者的三品

称之为学者的人

① 能恰当地明确回答旁人的问题；

② 向旁人发问，能让对方恰当地予以回答；

③ 虽然得到的是恰当地明确回答，也要衷心地给予赞扬。

这三点是学者应具备的品德。质多富翁就是按照学者这三种品德去做的。

(25) 质多富翁分析情感和带情感的道理

质多富翁提的问题都很深奥。举例来说：佛的僧俗弟子们不大懂得情感和带情感的这两者的本意，就会这样说。有的说："意思完全一样。"有的说："两种说法，一种意思。"质多富翁听到这种没谈到点子上的话，就这样回答道：

"所谓情感是一个意思，所谓带情感的又是一个意思，一头黑牛，一头白牛，想不让黑牛随意地离开白牛，也不让白牛随便地离开黑牛，就用绳子和车轭把两头牛系在一起。绳子和车轭让两头牛不能随意地分开了。绳子和车轭好比是情感，而两头牛就好比指带情感的。所谓情感就是爱欲，所谓带情感的就是容貌和眼睛。有时候喜欢那样的外表，就用眼睛去看。有时候喜欢那个声音，就用耳朵去听。六境皆如此。把容貌和眼睛连在一起就称之为爱欲。"

听到质多富翁这样回答，都赞扬道："弟子们在佛法传扬的年代，了解到佛祖的本意。像您这样，真是个富翁，真应该长寿。”

质多富翁向信众分析佛祖所说“情感”与“带情感的”含义

(26) 质多富翁会讲法成了大弟子

一次，富翁向佛祖弟子们提问。

问：“修灭尽定者心灭，死者亦心灭，此二者有何不同？”

弟子们答道：“死者无生命，眼、耳、脸等已反常态；而修灭尽定者有生命，眼、耳、脸等皆正常，就像富翁这样。”

富翁很高兴，对佛祖弟子们赞颂一番并以四物供奉。这就是富翁按学者品德去做的例子。

佛祖因富翁这些学者的品德，就把他放在能讲法的施主们之中的大弟子位置之上。

(27) 诃塔拉瓦伽居士前生故事：得到巴杜牟达亚佛的授记

诃塔拉瓦伽居士的故事是这样的：在过去的10万劫波前有巴杜牟达亚佛在世，汉沙瓦底的一位施主常到佛祖身边来听法。在他听法时，巴杜牟达亚佛赞扬一位施主的交友四法①，把该施主置于众人之上的大弟子位子之上。见到这情景，来听讲的这位施主进行了大布施，向佛祖供奉，祝祷也能成为这样的大弟子。在人间神国享尽福禄度过十万劫波后，在现世成了阿拉维国阿拉瓦伽王的王子。人称之为“诃塔拉瓦伽居士”，成为佛的大弟子。在这里详细地说说佛讲的阿拉瓦伽经文。

(28) 诃塔拉瓦伽居士的现世故事：阿拉瓦伽王林中狩猎

佛祖在离阿拉维国四分之一由旬处的阿拉瓦伽神魔地界时，阿拉瓦伽神魔来到佛祖面前。经过是这样的：

统治阿拉维国的阿拉瓦伽王虽然享有君王福禄但毫不懈怠，为了使盗贼们不能胡作非为，各国国王间不能滋事生端，保持自己的武功与威力，七日必去林中狩猎一次。阿拉瓦伽王常提醒大家：“猎物从谁的地界跑掉，谁就要负责。”一次，猎物从国王的地界跑掉了。国王以他刚烈的脾气，手持弓箭徒步紧追不舍追了三由旬之遥。兽类的习性往往是一口气能跑三由旬。国王追赶的野兽跑了三由旬，精疲力竭，就像是掉进了深井似的，再也跑不动了，站在那里。

国王并不是捕杀猎物当菜肴的人，只不想让人以为“国王是追不上的”，要让他们知道朕追上了，就把猎物砍为两段，用根扁担挑着往回走。走到离城不远一棵树阴茂密的榕树下，放下担子休息。

(29) 遇阿拉瓦伽神魔向他做了承诺

这棵榕树是阿拉瓦伽神魔的属地。四大天王曾答应阿拉瓦伽神魔“凡中午时分进入榕树树阴的人都由他来处置”，因此凡这种时刻进入榕树树阴的人都被阿拉瓦伽神魔吃掉了。看到国王，阿拉瓦伽神魔说：“我吃的东西来了。”

国王看到神魔可怖的样子，全身都僵直了。两条腿直直的，根本没有力气爬起来跑。国王说：“你把这猎物拿去，放了我吧！”神魔说：“你和你带来的东西都已成了我的食物。怎么还想逃脱？狡猾地欺骗

① 交友四法指在与人交往中能做到：乐施、善语、为人、平等四者。即佛教用语：“四摄”或“四摄法”。

我呢?”不放。国王说:“你要是放了我,我保证每天都给你送来一个人和一锅饭。”

神魔想:“国王享受着他的福禄,往往忘事,说了做不到。对我来说,只对进入我地界的人有吃的权力,走出去的人就管不了了。没有进入我的地界,没有得到天神的允许的人,我管不了。若把国王放了,他说话不算数,不给我送来,那么不成了本来可以吃的国王也没吃成,白费了吗?”还是不想放。国王说:“我不送来的那天,我待的地方就由你来统治。”做出这样的承诺,才从神魔的手中逃了出来。

(30) 为阿拉瓦伽神魔送食整整十二年

国王的将相随从等都在等国王返回。看到国王回来了,都不敢表示国王没有追上猎物才回来如此之晚,只是迎上前去体谅地说:“大王您怎么这么累呀!”国王向人们说了遇见神魔的事。到了城内,叫来都城的邑宰,叫他按自己答应的去办。

邑宰问国王:“您定没定给他送一个人和一锅饭送多长时间?”国王说:“我没定。”

“大王……您这样答应没定个时间,不合适。如果定下时间,到了时间以后就不用给了。大王您没有讲定时间,说实在的,人都得给他了。城镇乡村的人们都会很难办。既然这样了,您不必犯愁。我去安排吧!”邑宰答应了。清晨来到监狱门口,对里面关押的人们说:“某人某人将获死刑,你们这些人中,有想多活些日子的人出来吧! 其他人留下。”这样说过以后,让最先出来的人洗个澡,吃了东西,命令他“把这副饭挑子给神魔送去!”神魔也露出了令人可怖的面孔,把来送饭的人和饭像吃一节生藕似的统统吃掉。

按照神魔的习性,尽管是人的毛发、骨头,他也像吃奶油和牛奶一样,吃得有滋有味。负责给神魔送食物当差的人们看到神魔吃东西的样子都很害怕,就告诉自己的朋友亲戚:“国王抓到盗贼送给神魔去吃。”人们听到这消息都不敢去偷去抢了。抓不到新盗贼,老盗贼也没了,囚禁盗贼的监狱全空了。把这个情况禀告了国王。

国王说:“去抓贪心拾东西的人!”国王命人把东西扔到大街小巷各处。国人看到这些东西,连用脚尖也不敢去碰一下。国王[邑宰]抓不到盗贼，就跟大臣们商量。大臣们说："抓咱们城里一个个的老人吧！人老了肯定要死的，就把老人送给神魔吃吧！"

因为这样办，"把我爸给吃啦！把我爷给吃啦！"人们吵闹着。国王说："别这样做！"大臣们又说："只会仰面朝天或翻身爬着的婴儿不知道爱父母。把他们送给神魔吃吧！"邑宰按他们的话去办了。

时间一长，带婴儿的妈妈、怀孕的孕妇都逃亡到国外，等孩子大了再回国。就这样，每天都送给神魔一个人吃，12 年了。给的次数太多，全国已经没有小孩儿了。邑宰告诉国王："除了国王您的王子外，全国已经找不到别的小孩儿了。"国王说："我爱我的孩子，人们也爱他们的孩子，我爱自己胜于爱自己的孩子。比较一下，把我的孩子给出去吧！我自己再等等吧！"这样说，给阿拉瓦伽王子洗了澡，穿戴整齐，用白布尿垫裹了，放在孩子的母后那里。虽然皇后和 16000 名嫔妃哭闹着，派去的公差们还是凭着国王的权势，抱走了小王子，明天去给神魔吃。

(31) 佛祖规劝超度阿拉瓦伽神魔

一天，佛祖正在逝多林寺殿中休息。黎明，本着对所有有情生灵的伟大怜悯，佛祖入禅，凭着禅定的功力用一切种智①观看，决定在阿拉维城旁对未来的阿拉瓦伽王子和将获得预流果的阿拉瓦伽神魔讲法，也看到了将获得解脱的 84000 名阿拉维国人。

佛祖看到了这些。早晨在舍卫城挂单，到月晦斋日日落，佛祖只身一人带着袈裟和钵从舍卫城走了 30 由旬到达阿拉维城，进入阿拉瓦伽神魔地界之内。

若问佛祖是在榕树树根处，还是阿拉瓦伽神魔的宫殿之中？是在神魔的宫殿之中。神魔们像看到自己的宫殿一样，也清清楚楚地看见了佛祖。

因为看到了，所以当佛祖到达神魔宫殿时，已经站在宫殿门口了。

当时阿拉瓦伽神魔去大雪山参加神魔们的大会没在此处。一个名叫嘎塔亚巴的门卫魔鬼对佛祖非常虔敬施礼后阻挡说："天黑了您

---

① 佛教用语。一切种智，即指：既能把握一切现象的本质，又能了解每个人、物，每件事的诸种因果、体性、作用、善恶等，达到无所不知的认识。

才到此,真不是时候啊!"

佛祖说:"嘎塔亚巴……我是这时候来到这里的。如果方便的话,就让我在这里住上一晚吧!"

嘎塔亚巴魔鬼说:"佛祖……我倒没有什么不方便的。可阿拉瓦伽神魔是非常凶蛮残暴的。连父母都不礼拜尊敬。您……在这里住下实在不妥呀!"

佛祖对嘎塔亚巴魔鬼说:"阿拉瓦伽的脾气我知道。没有任何危险。你就答应我吧!"

嘎塔亚巴魔鬼说:"佛祖……阿拉瓦伽就像一口热锅,摸不得碰不得。不认父母,不认罗汉、婆罗门,他把所有到这里的人的心掏出来抛掉,把他们的胸撕开,抓住他们的腿会诅咒着:让它永远也回不来!扔向大洋彼岸,或者宇宙那边。所以佛祖真不宜在此久留!"

佛祖再次提出要求。

嘎塔亚巴魔鬼说:"佛祖……我没有什么不方便的。可阿拉瓦伽神魔会说,没有我的允许,你竟敢答应?!阿拉瓦伽神魔会把我掐死的。所以请允许我去向他报告。"

佛祖对嘎塔亚巴说:"就按你的意见向他报告吧!"

嘎塔亚巴说:"还是佛祖明白。"对佛祖叩拜后,奔大雪山阿拉瓦伽处去了。

佛祖想我现在就进去,宫殿的大门自动开启。佛祖走进宫殿,哪个地方是吉祥之地阿拉瓦伽享乐的地方呢?那里全是宝物。就在该处坐下来。佛祖的身体泛出了金色的光芒。看到这样的祥光,侍奉阿拉瓦伽神魔的魔女们纷纷下拜,簇拥在佛祖左右。佛祖说:"前世布施过、持过戒,供奉过应供奉的人,就能在这样的宫殿中享乐。现在也是这样,都在布施、供奉,相互间不要攻击、怨恨、发怒。"

讲了这些法。魔女们听到这些美妙的法,发出了千百次赞颂的声音。门卫魔鬼嘎塔亚巴到大雪山向阿拉瓦伽神魔报告了佛祖住在魔宫的情况。

阿拉瓦伽神魔听到这样的报告,想到人们会说:"尽管是阿拉瓦伽的宫殿,没有他的允许也能进去啊!"恼羞成怒,在众魔面前,转过身来对着嘎塔亚巴喊道:"住嘴!"

(32) 刹达给里神和黑玛瓦达神来到佛祖身边

这时,刹达给里神和黑玛瓦达神在逝多林寺中向佛祖叩拜后,率随从人等从空中乘车前往神魔大会。

便于神魔们空中来往的路线并非到处都有,只有避开空中一些宫殿的路线。阿拉瓦伽的殿堂建在榕树之上,不在空中,是建在地上的。有坚固的院墙、门楼(门楣上还布满着网状的斜格子。大墙足有三由旬高。神魔们经常从大殿上空走过)。

两位大神到达阿拉瓦加神魔殿堂的正上方时,怎么也走不过去,不由自主地向后退。因为直至梵界,没有人能越过佛祖头顶上方。两位大神查看为什么走不过去?看到下方的佛祖,两神就像砖头一样从高空直落到地上,双双拜倒在佛祖面前。听过佛祖的教诲,顺时针方向绕佛祖一周表示敬意后,往神魔大会去了。

(33) 两位大神蔑视地对阿拉瓦伽说话

阿拉瓦伽神魔看到两位大神来到,找了个地方对他们说:“就在这儿坐吧!”两位大神对阿拉瓦伽神魔说:“正好!佛祖驾临你的宫殿了。你运气真好,回去的时候可以皈依佛祖了。”两位大神这样说,阿拉瓦伽神魔却怒火大发。

[对于五种人来说,有五种好话却会被他们认为不是好话:

① 对心不诚的人讲诚心的话;
② 对不守戒规的人讲规劝他遵守戒规的话;
③ 对不愿增长见识的人讲多增长些见识的话;
④ 对吝啬施舍的人讲希望他多施舍的话;
⑤ 对没有智慧的人讲智慧多么重要的话。

这五种人就会把人家的好话当成不是好话。]

阿拉瓦伽神魔是个心不诚的人、不守戒规的人,因此对大神们讲的心诚的话没有赞扬,反而像投向炭火中的盐块,勃然大怒,打着舌响说:“跑到我殿堂里来的佛祖是什么人?”

阿拉瓦伽这样说,大神对他说道:“你听着!佛祖驾临神国兜率天时,在一万由旬的宇宙之内生活的四大天王、帝释天、梵天等众神为了将来能成佛，请求佛祖让他们看看应该观悟的五件事，即：在佛母腹中作胎；降世；出家；获一切种智成佛；转法轮。以及在这些时刻解除烦恼等32种征兆。你不应该看看这些，思量思量吗？”阿拉瓦伽正在发火，说：“我没看见！”

两位大神说：“哼！朋友……想看的话你就看，不想看你就别看。可是说看到的或者没看到的人都不能对我们的恩师佛祖怎么样。与我们的恩师佛祖相比，像你这样的人在活动，就像有着大驼峰的大公牛旁边当天刚出生的小牛；正在发情的大象身边刚出生的小象；有着闪烁发光蓬松长鬃毛和雄伟身材的狮王身旁最低级的走兽狐狸；有150由旬硕大身躯的大鹏鸟身边的最低级的有最差翅膀的鸟类小乌鸦。”

大神们蔑视地说：“你滚吧！你愿意怎么办就怎么办吧！”

(34) 阿拉瓦伽神魔向佛祖寻衅

听到大神们这样讲，阿拉瓦伽神魔马上站起身来，用左脚踏在大雪山的塞丹敏迪拉山脚说：“要看看大神们恩师的本事啦！”抬起他粗壮的右脚，向六十由旬宽的给拉萨银山山顶踩去。就像把一块红彤彤的铁块放在铁砧上用大铁锤去砸，砸得扁扁的一样。60由旬的大银山被神魔踩成薄薄的一片片。踩在那山上高声喊道：“看我阿拉瓦伽神魔吧！”这声音传遍了南赡部洲。

(35) 四种巨大的声音

① 布翁那伽神魔掷骰子高喊“我赢了”的声音；
② 帝释天让维萨炯天神变成黑犬狂吠的声音；
③ 拘舍王把有光公主放在象背之上，奔向战场大吼道“朕乃狮子吼拘舍王”的声音[①]；

① 故事源自长篇第531号佛本生故事《拘舍本生》。故事梗概是：拘舍是末罗国拘舍婆提城的王子，他本天神下凡，声如狮吼，威力无穷，但容貌奇丑无比。娶得摩陀国奢羯罗城俊美无双的有光（音译为：巴巴瓦底）公主为妻后，登基为王，但一直不敢让妻子看到自己的真实面孔。有光设法看到了拘舍丑陋的面孔，非常厌恶，逃回自己的国家。拘舍紧追不放，反复表达真心相爱之情。此时，临近七国王子听说有光不愿嫁给拘舍，遂各率兵马来到城外希望抢得有光为妻。拘舍将有光驮于象背之上，骑象出战，发出狮子吼，吓退众王子，也得到了公主的芳心。可参见：郭良鋆、黄宝生译《佛本生故事选》，人民文学出版社，1985年，第374—402页。

④ 阿拉瓦伽神魔咆哮的声音。

此四种声音，凡在南赡部洲的每户人家都会像在家门口一样听到它。所以人们把这四种声音称之为世界上四种巨大的声音。

正如四种巨声偈陀所说：

布翁那伽神魔高喊，
拘舍王的狮子吼声，
维萨炯神变犬狂吠，
阿拉瓦伽咆哮四种。

(36) 阿拉瓦伽的九种神威武器

由于阿拉瓦伽的神威使得南北、东西各宽3000由旬，方圆9000由旬，高500由旬，有84000山峰的巍峨的大雪山也晃动不已。

① 阿拉瓦伽神魔咆哮道："狂风把和尚吹跑！"从大雪山刮起了狂风。从东西南北四面袭来的狂风把一由旬、二由旬、三由旬高的山峰刮得纷纷崩塌；把林木连根拔起刮到阿拉济国；把带顶的屋舍刮得东倒西歪。佛祖祷念道："勿让所有生灵受到任何惊吓！"狂风吹到佛祖脚下，未能吹动袈裟的衣边。

② 阿拉瓦伽神魔狂吼着："洪水把和尚呛死！"作法下起了暴雨。千百层乌云团团聚拢，大雨倾盆而下，大地似乎即将崩塌，洪水淹没树梢，奔腾而下，流到佛祖跟前，却没有一滴水珠沾湿袈裟。

③ 随后下起了巨石之雨。大山顶上的所有石头带着浓烟烈火从天而降。到了佛祖跟前，都变成了神花簇、神花环。

④ 其后下起了刀箭之雨。刀、枪、剑、箭等等带着火焰呼啸着从天而降。到了佛祖跟前，又都成了神国美丽的花朵。

⑤ 再后下起了火炭之雨。大块大块的红红的火炭从天泄下。到了佛祖跟前，又都变成神国的花朵。

⑥ 此后下起了热灰之雨。奇热无比的热灰到达佛祖跟前，

却变成了香粉。

⑦ 之后下起了热沙之雨。到了佛祖跟前，也成了神花。

⑧ 然后下起了泥浆之雨。到了佛祖脚下，却成了香粉浆。

⑨ 最后高喊：“让和尚恐惧地逃走吧！”把天色变得漆黑一团。

(37) 四种漆黑

天色漆黑有四种情况：

① 每月二十九日月晦日；

② 子夜；

③ 在茂密的森林深处；

④ 天空中乌云密布。

遇到这四种情况，人们就称其为天色漆黑。而阿拉瓦伽神魔变幻得与这四种情况一样。而这种漆黑到了佛祖跟前，却像日出时分亮了起来。

阿拉瓦伽神魔用狂风、暴雨、巨石之雨、刀箭之雨、火炭之雨、热灰之雨、热沙之雨、泥浆之雨、天色漆黑等 9 种武器妄图赶走佛祖，未能如愿。遂带上各种武器，变幻着各种身形，带上妖魔鬼怪等四军亲自逼至佛祖跟前。

妖魔鬼怪们制造出各种恐怖现象，威吓着高喊：“抓住他！杀了他！”似乎马上就要打将过来。但是它们就像苍蝇把烧红了的铁块儿当成肉块一样，扑上去就被烧成灰啦。

据说，魔罗向佛祖进攻的时候，所率从东南角铁围山直到摩诃菩提宝座兵马队列上下的厚度为 9 由旬。魔罗前方和左右两侧各有队列长 12 由旬的兵马，殿后的队伍则直至铁围山。虽然魔罗率领这样多的兵马来攻，但在当夜就垮了。

阿拉瓦伽神魔从黄昏时分直至子夜，一直在对佛祖骚扰。在这半个夜晚制造了种种恐怖的情景，但丝毫不能使佛祖有所反应。阿拉瓦伽神魔想：“我九种武器都奈何不了他。可是没有什么人能抵挡住我的筒裙这件武器的。我应该使用我的筒裙了。”

(38) 四种厉害的武器

人世间说有4种武器是最最厉害的：

帝释天持有杵金刚，
阎罗王武器是眼睛，
维沙温大神铁钩棒，
阿拉瓦伽的筒裙长。
① 帝释天的武器是金刚杵；
② 统治瓮形鬼的阎罗王的武器是眼睛；
③ 维沙温大神使用的武器是铁钩棒；
④ 阿拉瓦伽神魔的武器是他身上穿着的长长的筒裙。

如果帝释天发了火，从须弥山顶掷出金刚杵，可以穿透高达168,000由旬的须弥山直至山底。

阎罗王动怒用眼睛一看，成千的瓮形鬼就会像摊在热锅里的芝麻粒，噼噼啪啪地瞬间死去。

维沙温大神未得道前尚是一个凡人时，生气抛出他的铁钩棒，就会把千万颗魔鬼的头砸得稀烂，神棒又回到他的手中。

阿拉瓦伽神魔发怒把自己身上穿的筒裙脱下，抛向天空，就会整整12年干旱不雨；掷向大地，草木就会全部枯死整整12年不再萌生；投向大洋，就像水珠滴在热锅里顷刻间大洋之水干涸无存；扔向须弥神山山体就会整块整块地崩塌。

阿拉瓦伽神魔要把这样威力无穷的筒裙脱下抛出去。

生活在方圆10000由旬之内的宇宙众神心想："今天佛祖要教训阿拉瓦伽，在教训他的过程中我们又可以听道啦！"都跑来观看。天空到处都是天神，阿拉瓦伽只得绕来绕去，靠近佛祖，扔出他的筒裙。只见那筒裙像雷电在空中发出令人恐惧的响声，带着焰火直奔佛祖而来，但像一块擦脚的破布一样落在了佛祖脚边。

阿拉瓦伽神魔见此情景，就像断了犄角的公牛、折了毒牙的蛇，无力再发威，威风扫地，心想："为什么我的筒裙也奈何不了他呢？"

"可能是因为这和尚以'慈'为怀的关系。我要说些刺激的话，让他发火，使'慈'离他而去为好。"想到这里，为了能达到刺激的目的，来到佛祖面前，说："哎，大和尚，滚吧！"驱赶佛祖。

［这些话是佛祖身处阿拉瓦伽宫中，故事用巴利语所讲"当时阿拉瓦伽神魔来到佛祖跟前"的补充。］

巴利文写道："来到佛祖近前，说大和尚滚吧！"详细的意思是："和尚……为什么没有得到我的允许，就擅自进入我的宫中，好像是宫殿的主人一样，在嫔妃宫娥们的簇拥下端坐于上呢？擅用未经主人允许的地方，在嫔妃宫娥簇拥下与她们混杂相处，这都是与一位和尚不相宜的事。因此，作为一位僧侣不应待在不适宜的地方。快些滚吧！"轰佛祖走。

佛祖知道："对粗暴的人，以粗暴对粗暴地教训他是困难的。阿拉瓦伽神魔像一条会咬人的狗。用个苦胆塞到会咬人的狗的鼻子里，以粗暴对付粗暴这样去教训它，就会使它更加粗暴。只有用温和的办法教训粗暴的人，才容易成功。"

遂很动听地应声说："施主，好吧！"走了出来。阿拉瓦伽神魔想："这和尚真好说话儿。我就喊了一句滚出来！他就出来了。对这么一个很容易就能轰走的和尚，我怎好无缘无故就这样动武呢？"心也软了下来。又想："一句话还不能说定，一次也不能说已经清楚了。可能他是很好说话儿，也可能他是在生气要发火。现在我应该再试试他。"就又说："和尚，再进去吧！"

这时，佛祖就像神魔心中所想的那样很好说话儿，很动听地应道："施主，好吧！"又走了进去。阿拉瓦伽神魔就这样试佛祖是不是好说话儿，连续说了三遍：出来！进去！佛祖也按他所说的那样出出进进三次。如果阿拉瓦伽神魔这么说时，佛祖表现出不愿意的话，本来就非常粗暴的神魔不善的心会更加粗暴，就不可能悟道了。

举例来说，有孩子的母亲对待爱哭的孩子，依着他的性子给他东西，锻炼他不再爱哭。佛祖对像个浑浑噩噩、脾气急躁、爱哭的孩子似的阿拉瓦伽神魔，为了让他不哭，一说就按他说的去做了。

打个比方，奶母对不愿吃奶的孩子，会给他这样那样的东西哄着他吃奶。同样，佛祖为了让阿拉瓦伽神魔喝到"出世脱俗"的奶水，神魔怎么说就怎么去做，以此来引导他。

再用个比喻，一个人想装满一葫芦斯杜玛杜[①]，就会先把不干净的葫芦收拾干净。佛祖想把像个葫芦似的阿拉瓦伽神魔的心装满斯杜玛杜，就要把神魔不洁的怒火傲气清除干净。他三次说进就进，说出就出。

此后，阿拉瓦伽神魔却想出了一个坏主意："(这和尚好说话儿。叫他出去就出去，叫他进来就进来。我就这样出去进来折腾他一夜，等他累了，就朝着大洋那边)把他扔出去！"第四次轰赶佛祖说："和尚出去吧！"

(39) 阿拉瓦伽想向佛祖提问

佛祖了解他的想法，知道"神魔把他的心境反复比较之后，一定会向我发问。而他问的问题正好是我讲法开始之处。"于是说道："施主，我不出去了。你正想着一个坏主意，才这样说的。"

听到佛祖这样说，阿拉瓦伽神魔想以前一些神通广大的出家人从这里飞过都想看看"这宫殿是用什么造的"。尽管到自己宫殿来的人都是些神通广大者，但如果答不上自己所问的问题，都会用让他们心神不宁、发疯等办法折磨他们一番。也可以像对那些出家人那样，把佛祖折磨一番，遂说道："和尚我问你一个问题。如果你回答不上来，要么我就会让你发疯，要么我就撕开你的胸膛，要么我就把你扔到大洋彼岸去！"

[神魔如果想使人发疯，就把自己的大嘴和脸变紫，手脚四肢变得红彤彤，头大得出奇，还带着一付血红的眼睛；或者发出令人毛骨悚然的声音；或者当人说话的时候，神魔把他的手伸进人的口中把人的心肺肝胆揉搓一番，让人们发疯。阿拉瓦伽神魔想，对这个和尚我也这样去办。]

说起阿拉瓦伽要问的问题从何而来？是从他父母那里来的。(在过去迦叶佛在世时，人们从佛那里学到了八个问题和问题的答案。在阿拉瓦伽儿时父母也)教过他。时间一长，阿拉瓦伽神魔只记得问题，而答案却忘记了。怕连问题本身也忘掉，就把它用朱砂写在了贝叶之上。

这一问题是佛祖一切种智的内容，所以那些神通的出家人们回答

---

① 斯杜玛杜，缅人指一种用酥油、蜂蜜、饴糖和麻油等四种物品制成的滋补美味。

不了。神魔就借此折磨他们一番。因为想折磨一下佛祖,也提出这个问题,如果答不上来再罚他。

佛祖说:"施主阿拉瓦伽……和天神们在一起的所有人也好,与统治神国六层的魔罗在一起的所有人也好,跟僧侣婆罗门们在一起的所有人也好,总之人世仙界没有能让我心神不宁的人,也没有能撕开我胸膛的人,更没有能抓住我的脚把我扔到大洋彼岸的人。我没见过你所说的能这样干的人。"

佛祖这样说,就让神魔想折磨佛祖的想法落空了。

"你说如果答不上来就罚我,可我告诉你没有人能罚我。而且没有我回答不上的问题。你不是说要问我问题吗?你想怎么问就怎么问吧!没有我答不上来的。"只有获一切种智的佛祖才能这样应承。

(40) 佛祖回答阿拉瓦伽问的问题

这时阿拉瓦伽神魔念了一首偈陀对佛祖发问:

① 和尚……智者们说的:人世间所有贤人的什么财物是使人愉悦的高贵的财物呢?

② 什么品德是人们要注意培养的,能带来身心幸福的品德呢?

③ 什么滋味是所有滋味之中最奇妙的滋味呢?

④ 用什么谋生手段谋生者的生活才是最美好的生活呢?

问了四个问题。

佛祖也像过去迦叶佛回答的那样做了回答:

① 阿拉瓦伽施主……包括佛祖在内的智者们说:人世间所有贤人的善心是使人愉悦的高贵财物;

② 十善[①]是人们要注意履行的,能带来身心幸福的品德;

③ 实话等真谛是所有滋味之中最奇妙的滋味;

④ 用智慧谋生者的生活才是最美好的生活。

---

① 佛教用语。十善,亦称十善业,与十恶相对。指佛教的基本道德信条,即:不杀生、不偷盗、不邪淫、不妄语、不两舌、不恶口、不绮语、不贪欲、不瞋恚、不邪见。另一说为:布施、持戒、参禅、舍弃、颂扬、扶助、敬奉、讲法、听道与悟正道。此书所述指后者。

这就是对上述问题的简单回答。

(41) 四个问题的深层含义

所谓财物的善心

如果详谈是这样：

所谓善心是什么意思呢？为什么把善心称为最高贵的财物呢？

所谓善心就是要把幸福、善业铭记在心，要把因为善业得到幸福铭记在心。铭记这种因果是善心，铭记三宝[①]的恩德也是善心。只有这种坚信和铭记，才会希望见到佛、法、僧并皈依于三宝，抱着无任何顾忌，纯洁施舍的心。只有这样希望拜谒、听道、布施的人才能说他充满了善心。这就是讲善心的本意。

为什么把善心称为最高贵的财物呢？佛祖讲了皈依三宝是比得到任何宝物或利益都强的最高贵财物的道理。正因为具有善心才是高贵的，所以即使是对神国即将要投生到人间的神灵们，也没有人会嘱咐他“想办法搞到金银财宝啊”的，而是说“你成为人后自己要有善心，也要规劝别人具备善心，要注意时刻赞颂与善心相关的恩德”。即使是神灵(因为想发展投胎到人世间也会被他人这样嘱咐。这就是说有善心比得到任何宝物都高贵。是希望谋取利益的人应该牢记的话。就是)也把善心看成是使人愉悦的财物，所以称其为最高贵的财物。具一切种智的佛祖就是这样讲的。

所有的财宝都是与身体相分离的，或是我的或是他的，与某个人有关。而善心则与身体不分离，与他人无关。因此说善心是宝贵的财物。曾诚心善意地布施的人，在轮回的各世中成为非常富有幸福的富翁，比他人的外貌更加庄重俊俏，人们看到他都认为是中看的。一切种智佛祖在讲到贤人五种布施[②]时讲到了这些内容。

正因为如此，善心是与身体不分离的与他人无关的财物，是使人愉悦的财物。这也会得到他人的敬重。因此说善心是使人愉悦的财

---

① 佛教用语。称佛、法、僧为三宝。

② 佛教用语。贤人五种布施指：纯洁的布施、虔敬的布施、亲身参加的布施、完好物品的布施、不求回报的布施。

物。(没有善心的人就是让他施舍一点点东西也是困难的。要记住，就像人们不敢到两个为敌的人相持的战场去一样，让没有善心的人说他要给的话是困难的。对那种没善心的人难于讲出的话，却能够诚心诚意地说出给你。“自己愉悦的善举也是)可以称得上是善心形成的宝贵的财物。”一切种智佛祖这样回答阿拉瓦伽神魔。这就是对第一个问题的回答。

所谓好品德的善业

十善是人们要注意履行的，能带来身心幸福的。有布施的善业、持戒的善业等十善。在进行善业之前也好，进行善业之中也好，进行善业之后也好，都要非常纯洁地履行。这样纯洁的十善才能带来人、神、涅槃此三者的幸福。这就是对十善能够带来幸福的简单回答。如果展开来讲是这样：

要问什么是十善？什么是三种幸福？

① 米饭饮料寺庙袈裟，
鞋履粉浆还有鲜花，
香粉被褥把油灯加，
布施物品十种不差。①

在三时纯洁地施舍上述十物的布施善业；

② 要避免错误言行，避讳错误的谋生。这种避讳就是持戒善业；

③ 为了消除卑劣邪念入定修行的参禅善业；

④ 为把十种布施物品送到自己应该施给的人手中的舍弃善业；

⑤ 像玛蒂皇后对维丹达亚王的布施颂扬称善，德瓦南比亚代达王与尼乔陀沙弥等在布施过后非常高兴颂扬称善的颂扬善业；

⑥ 当对自己有恩德的人身体不适的时候，他人进行善业的时候，自己应该参与照顾的扶助善业；

---

① 佛教用语。有布施物品十种之说。指：米饭、饮料、寺庙、袈裟、鞋、鲜花、香粉浆、香粉、被褥、油灯等僧侣生活用品十种。

⑦ 对有恩德的人士尊重爱护的敬奉善业；

⑧ 以寻求利好的心情向旁人讲述得利之道的讲法善业；

⑨ 修行无怨有利之道并聆听佛法的听道善业；

⑩ 持三皈依戒，牢记三宝功德，对所有善业（颂扬心情愉悦的悟正道善业。即：布施、持戒、参禅、舍弃、颂扬、扶助、敬奉、讲法、听道与悟正道。）

上述十者称之为十善。

十善可以带来三种幸福：

① 人的幸福；

② 神的幸福；

③ 涅槃幸福。

所谓人的幸福有：四岛之主转轮王的幸福；无忧法王的幸福；像杜达东王那样统治全岛王中王的幸福、头顶一把白伞统治全国封建大王的幸福。这是三种国王的幸福。

每天都有 20 箩的银钱进账，也会这样使用的叫做卡提亚富翁国王的幸福；每天都有 10 箩银钱收入，每天也会支出 10 箩银钱的叫做比亚马纳富翁婆罗门的幸福；每天都能得到 5 箩银钱，也会花费 5 箩银钱的格哈巴蒂平民富翁的幸福。这是三种富翁的幸福。

就这样注意履行十善的人得到了三种国王的幸福、三种富翁的幸福——人的幸福。与人的幸福相比，帝释天等神的幸福就无法相提并论了。忉利天的神们比南赡部洲的人有三点更强，即：寿命要长，幸福要多，统治权势要大。

用手能握住的石块无法与吾佛用手握住的 9000 由旬方圆的大雪山相比，人间转轮王的幸福也无法与神的幸福相比。这种与人的幸福无法相比的神的幸福，上述注意履行十善的人也是能够得到的。

巴杜马瓦迪王后之子摩诃巴杜马大王享尽了神幸福般的国王幸福之后，成了辟支迦佛，享受了远离老、病、死灾难的涅槃幸福。享受了远离老、病、死灾难涅槃幸福的人士所享受的并非人或神的幸福，他们都厌倦了会死、会毁、会苦的人神幸福。

厌倦了三界众生认定的幸福，认为这些并非幸福而是苦的人士，知道只有享受远离老、病、死灾难的涅槃幸福才是幸福。而尚未享受过这种幸福的凡人是不了解的。就是这种远离老、病、死灾难的涅槃幸福，注意履行十善（的人也是能够得到的。应该注意履行十善）从而得到身心幸福。

一切种智佛这样回答了阿拉瓦伽神魔。

以上就是“什么品德能带来幸福？恰当的品德能带来幸福”简要与详细回答的话。

所谓滋味的真谛

对“什么是最奇妙的滋味”的问话，回答是“真谛是最奇妙的滋味”，在所有滋味之中，真谛才是真正的最奇妙的滋味。

什么是真谛的滋味呢？所谓滋味又是什么呢？什么样的才是奇妙的呢？

讲实话是真谛，避免不实是真谛，涅槃幸福也是真谛。这三者称之为真谛滋味。

一切滋味就是指对色尘、声尘等视、听、食等得到的滋味而言。

在滋味之中，讲实话的滋味，避免不实的滋味，获得涅槃阿罗汉果幸福的滋味，这三种滋味最高贵。视的滋味等增长了身体的愉悦，与贪欲一起会出现烦恼。而这三种真谛的滋味没有烦恼，所以高贵。所以佛祖讲滋味之中真谛的滋味最贵。这是简单地概括。

详细地讲是这样的：一切高贵的男人都会避免不实，而会运用真实。未来将成佛的维杜耶说：“应永远保持这种品德。”典籍作家们曾赞誉道：“从学者维杜耶说‘大王，奴才我所讲是实’那一句话时起就添加了三十文钱的波罗蜜。没有与真谛相同可依赖的东西，也没有与真谛相等的奇特果报。”

伽比那王出家的时候，路遇三条河流，念了真谛三偈颂，一马平川地跨过了三条大河。卡纳底巴亚那出家人用真谛治疗蛇毒，把小施主救活。当佛祖在黑鲶鱼世时曾以真谛之语使大旱之年下了瓢泼大雨。佛祖前世杜巴耶船长用真谛之语使落入巴拉瓦牟卡大洋的船只抵达自己家的楼梯脚下。佛祖前世杜温那先用真谛之语让父母失明的眼睛重见光明。迪瓦伊王用真谛之语使没有眼球的双眼重获眼球。这些都是修行高深的贤人们所得到的令人称奇的果报。

据说阿育王时代一位妓女在阿育王和众多随从面前讲了真谛之语，竟使恒河之水向上游倒流。这些真谛之语的果报都令人非常满意。所以说真谛的滋味是最奇妙的滋味。

这就是对这一问题的详细回答。

所谓谋生的智慧

对“怎么样谋生最美好”的回答是：“用智慧谋生最美好。”智慧才是分辨利弊的力量。排除一切有害的恶劣的主意和有害的符篆，正当地谋生者才能称得上用智慧谋生。

不正当地得以活下来。正当地活动却死去了。这样的死者比活人更高贵。尽管不正当地活了下来，但当他满身罪恶做了恶业死去时，将沉沦于四恶道[①]永无出头之日，受尽佛祖也难以计算清楚的种种苦难。虽然不正当活着的时候没有任何变化，但由于当时所作的恶业却造成无边无际的苦难。只有能够有分辨利弊智慧的人才能称得上是用智慧谋生的人。只有这样的人才高贵。

① 对他人的利益和自己的利益（不了解的人可以称之为双眼失明的人；

② 只知道个人利益不知道他人利益的人可以称之为一目失明的人；

③ 二者都知道的人才是有两只眼睛的人；

这样）有两只眼睛的人在家庭中非常勤奋，持三皈依戒，持五戒，持斋守戒，持守十种善业谋生。这样可称之为用智慧谋生。

如果作为一位僧人持守四分律，做到善戒静心，持十善业，（持守高僧之德）即可称之为用智慧谋生。持有僧、俗这样品德的人比所有谋生的人都高贵。一切种智佛这样回答道。

这就是四个问题中“怎样谋生最美好”的详细回答。

对最先提出的四个问题回答就是这样。

尽管阿拉瓦伽神魔不可能把这样详细的回答听进去，但对回答的内容还是有了一个大致的了解。

---

① 佛教用语。“四恶道”又称之为“四恶趣”，指：地狱、饿鬼、畜生、修罗四界。

(42) 阿拉瓦伽又提出四个问题

阿拉瓦伽神魔在得到金贝叶上所写八个问题的四个答案以后，又这样问了剩余的四个问题：

① 和尚……怎样才能渡过激流？
② 怎样才能渡过大洋般的轮回？
③ 怎样才能渡过色界中出现的苦难？
④ 怎样才能清净？

佛祖按照迦叶佛回答过的那样回答道：

① 阿拉瓦伽施主……凭借真诚能渡过激流；
② 凭借谨慎能渡过大洋般的轮回；
③ 凭借勤奋能渡过色界中出现的苦难；
④ 智者凭借智慧就能清静。

佛回答这四句话的意思是：

① 真诚的人能获预流果消除邪念；
② 获预流果者断绝欲念七世之后，又反复多世，可获一来果；
③ 获一来果者努力修行希望不再重返色界，可获不还果，从而摆脱了色界中的苦难；
④ 获不还果者以阿罗汉向之智慧，清除尚未消除的黑暗污秽，成为罗汉。

这四问四答所指的是四向：

① 用预流向消除将五蕴分为二十类即我的邪念。真诚者获预流果，用预流向消除漩涡般的邪念。获预流果者断绝欲念七世，反复在人世神国轮回。
② 获一来果者转世多次，用一来向摆脱轮回。若获一来果者不为获不还果而努力，还会多次回到人世间受尽色界的苦难。
③ 如若努力可用不还向克服色界之苦难。

④ 获不还果者可用阿罗汉向智慧清除黑暗与污秽。

这四问四答是针对能消除四流[①]的四道[②]所言。

当把这四个问题回答完毕,阿拉瓦伽神魔获得了预流果。了解了在无际可寻的轮回中做梦也从未梦到过的四真谛。

问答之道是使之解脱之法。尽管是阿拉瓦伽神魔,他刚刚悟道就获得了预流果。佛祖这话语是按照迦叶佛时八问八答那样回答的。

(43) 阿拉瓦伽再次提出的五个问题

阿拉瓦伽神魔在听完佛祖"智者凭借智慧就能澄清"的回答后了解了四真谛,想如果对现世轮回的发展有所误解,自己也能比旁人更快地了解到并能用智慧将其澄清才好。就基于般若智慧这个词又提出了五个新问题。

佛祖……您讲凭借智慧就能清静。我已懂得了般若智慧能带来的果报和裨益。

① 怎样才能获得般若智慧呢?
② 怎样才能得到世俗与超世的财富呢?
③ 怎样才能声名显赫呢?
④ 怎样才能得到朋友呢?
⑤ 怎样才能摆脱轮回的烦恼呢?

佛祖又回答了这五个问题。

(44) 能获得般若智慧的四种情况

阿拉瓦伽神魔,能获得般若智慧有四种情况:

① 深信有智慧的圣哲为了涅槃所讲的道;
② 认真听取并照此去做;

---

① 佛教用语。四流,指四种像漩涡一样使人难以自拔的意念。即所谓:一见流(迷恋三界一切的愚惑)、二欲流(迷恋色界无色界一切的愚惑)、三有流(所有错误的异道邪念造成的愚惑)和四无名流(所有痴惑无名的烦恼)。

② 佛教用语。四道,指四种能够通往涅槃的道路。

③ 把听到的道铭记在心；

④ 思考铭记在心道的意义与内容。

（只有像这样深信、听从、牢记、思考才能获得智慧。）此处所说的智慧是聆听所得的智慧、思考所得的智慧和净虑所得的智慧。这就是智慧的分类。

(45) 能获得世俗与超世财富的三种情况

了解三界中的业果裨益者称之为世俗智慧，而获得道果涅槃者则称之为超世智慧。

① 恰逢适当的地点；

② 恰逢适当的时间；

③ 恰逢适当的依托。

因有适合于获得世俗与超世财富谋略的习惯做法，不懈的努力，无论寒暑冷热永远保持着热情进取。（这样深谙谋略，不断进取，勤奋努力，有这三者就可获得世俗与超世的财富。）

恰逢时机用一只死老鼠作本钱也能赚到一点点钱。用这一点点钱赚到 8 个铜钱，用 8 个铜钱赚得 16 个铜钱，又用 16 个铜钱赚得 24 个铜钱，再用这 24 个铜钱赚得 1000 元，就这样，由于具备了以上三个条件，在 4 个月内苏拉富翁就赚得了 20 万元。[①]

(46) 玛拉伽蒂萨罗汉

而关于超世的财富，可以用玛拉伽蒂萨高僧的经历证明。在他是位俗人时，是依靠卑劣的谋生手段谋生的穷汉。靠杀生生活。

一天，吃完烤熟了的渔猎物以后，在山林中游荡。口渴难耐就走进了一座山野小寺，打开水罐准备喝水，可偌大个水罐中连能把手沾湿那么一点儿水也没有。那穷汉非常恼火，对在身边的一位僧人说："长老……长老们吃着住着用着施主们施舍的物品。怎么在这饮水罐

① 这里讲的是第 4 号佛本生故事《小商主本生》。苏拉富翁即小商主的意思。可参见：郭良鋆、黄宝生译《佛本生故事选》，人民文学出版社，1985 年，第 5—7 页。

里却连一口水也不添？这样不尽责合适吗？”

和尚听到这话，看了看水罐，(水罐是满的)。就用喝水的法螺舀了满满一下水递到他的手中。穷汉用法螺喝了两三法螺的水，想：“哎！我的命可真苦啊！在我死之前肯定要变成有嘴吃不进而肚子饿得难熬那种畸形人了。饮水罐明明是满着的，因为我命不济，却成了烤热了的浅底锅。等我死后还不知会怎么样呢？”心中非常害怕扔掉了手中的弓箭等物件，对身旁的僧人说：“请您剃度我出家吧！”僧人说：“你这样的人也要出家吗？”穷汉说：“长老……我看到了我的处境。像我这样的人不出家还能干什么呢？”和尚为他剃度了。穷汉出家后名为玛拉伽蒂萨。

玛拉伽蒂萨想到自己在当俗人的五十年中所做的一切。经常挖陷阱、设捕兽笼，射杀野兽的情景隐隐约约出现在眼前，心中非常着急。心想杀牛好像是在偷窃，所以师傅所教的坐禅入定之法毫无效果。

这样，玛拉伽蒂萨想当了和尚还是没有什么效果，就不安心了。对着师傅叩拜之后说：“看来奴才我是修行不了罗汉之法啦！”师傅说：“你就收集大量的新柴吧！”玛拉伽蒂萨收集了凡能收集到的丛生榕树等的大量新柴堆了一大堆。师傅说：“把这柴堆用火点着吧！”玛拉伽蒂萨想尽办法也点不着这堆新柴，就向师傅报告说：“点不着。”师傅把大地分开，从阿鼻地狱取来了萤火虫般大小的火种，扔进了新柴堆中。

此时偌大一堆新柴就像一堆干树叶马上烧了起来。师傅说：“玛拉伽蒂萨看到了吗？如果是人掉到阿鼻地狱这样的烈火之中也会被烧熟的。”玛拉伽蒂萨从看到阿鼻地狱之火时就非常害怕，问道：“师傅……佛教大业真的能使人摆脱苦难吗？”师傅说：“的确能使人解脱。”

玛拉伽蒂萨说：“师傅……您教导我的的确能摆脱苦难，可我为什么修行不到摆脱苦难的境地呢？我要修行到摆脱苦难。我不再有什么顾忌了。”从此，按照师傅教授的修习禅定之法尽力修炼，为诸多寺庙备足饮用水和洗脚水，在日常的立、行、坐、卧四者之中，尽力修习避免卧睡。

当困倦之时就跳入没颈的水中，把沾湿的稻梗枕头置于头顶，使上升的睡火全消，不再困倦。就这样长达 10 年之久。

(47) 获得富贵幸福应做的事

一日向寺中送水，心想饮水缸中水已不多，将自己挑来的水桶提起放上去。此时正听到师傅教小沙弥朗读：

不懈勤奋良好理念，
注意思考言语至善。
持行守戒遵法谋生，
铭记心中幸福无限。

听到这首偈陀心想："佛祖讲这首偈陀就是针对我这种人说的啊！我应该成为那种勤奋的人，成为那种善于思考的人，偈陀所讲的内容都应该在我身上有所体现。"

自己身心牢记这首偈陀的含义，将水桶提起时就获得了预流果等三个果位，修得不还向。玛拉伽蒂萨高僧知道"佛祖宗教大业发展的时代才是最适合使你从苦难中解脱的时候"。为了摆脱苦难，努力不懈地、习惯地完成大小应尽的职责，终于得到了很难得到的超世脱俗的财富。

正因为如此，阿拉瓦伽神魔问及获得财富之道时，佛祖回答说："知道恰逢适当的地点、时间和依托才是获得财富之道，心中坚持，不懈地勤奋工作，有了这三者就能获得财富。"

(48) 真谛与加持①

因为讲真话就会以是个讲真话实话的人而闻名。由于获得阿罗汉果的真谛也会成为佛祖、辟支迦佛、尊者而闻名。所谓说真话的人就是按照所见、所闻、所知、不见、不闻、不知的六尘如实地讲的人。

在没说"实话实说"之前的决心就是加持，在说"不实就说不实"之前的决心也是加持。（实就说实、不实就说不实，这就是真谛。这是真

① 佛教用语。加持，梵文 Adhisthana 的意译，有音译为"地瑟娓曩"者。原意为站立、住处等。一般指以佛力佑护众生。

谛、加持的特点。这样做讲真话的人就将真谛波罗蜜、)加持波罗蜜两者在讲述的那一刹那间修习了。

佛祖前世毗杜亚学者讲了一句实话"我真是这样的",就修习了波罗蜜三十种之多。为什么这样说呢?

① 施舍财物富贵、肢体乃至生命给恩人,没有任何精神负担,就可称之为修习了布施波罗蜜了;
② 避免讲谎言,就可称之为修习持戒波罗蜜了;
③ 远离各种各样欺诈的恶习,就可称之为修习弃欲波罗蜜了;
④ 认清善果与罪恶,就可称之为修习智慧波罗蜜了;
⑤ 时刻不忘我是他的奴仆将会如何如何,就可称之为修习精进波罗蜜了;
⑥ 明明知道将面对的是受人控制的苦难却强忍着去做,就可称之为修习忍辱波罗蜜了;
⑦ 讲真话、实话,就可称之为修习真谛波罗蜜了;
⑧ 真的下决心:不实的我不说,我只实话实说,就可称之为修习加持波罗蜜了;
⑨ 对反对吾主大王的人不记恨,就可称之为修习慈悲波罗蜜了;
⑩ 抱着平静的心态既不追从大王之所爱,也不惧怕妖魔的迫害,想我已落入他手,他打算怎么处置就怎么处置,随它去吧。就可称之为修习行舍波罗蜜了。

这十者在说"我真是这样的"一句话的刹那间就都修习完成了。因为人称施舍财物富贵就等于修习了十波罗蜜;施舍肢体等于修习了十极度的波罗蜜;施舍生命等于修习了十永恒的波罗蜜。

所以说一句话就修习了 30 种波罗蜜。真谛可带来许多善果,真谛可使其名声大振。

(49) 成为朋友的职责

要想成为朋友就要给予。给予是能得到朋友的品德。所谓给予,就要按对方所要求的那样给予。把自己的财物毫不吝啬地给对方,还要用善言慰喻；考虑到对方利益；以平等同情之心与之相处[①]。这样给予的人就会得到朋友。

这样就回答了你提出的前四个问题：

① 如前所述在四种情况之下就能获得般若智慧；
② 具备前述三者就能得到财富；
③ 获得真谛就能声名显赫；
④ 给予就能得到朋友。

随之，也就能摆脱轮回的烦恼了。

阿拉瓦伽神魔，我讲了声名显赫的原因在于讲真话、实话；心地纯洁源自智慧；得到财富源于勤奋；要得到朋友就要给予。一个人能做到这四点就能得到财富；做到这四点在人生轮回中也就没有烦恼了。

意思就是说，所有的人在轮回中要摆脱烦恼就要：

① 诚心实意地讲真话；
② 认清善果与罪恶有智慧；
③ 要勤奋；
④ 要给予、舍弃。

为什么这四者被称为能摆脱烦恼的品德呢？

① 你想问："怎么样能获得般若智慧呢？""听了以后这样去做了。把听到的牢记心中，思索记下的意思，决心照此去做，因为这四者，就能获得般若智慧了。"
② 你问："怎么样能得到财富呢？""深谙谋略，不断进取，勤奋努力，有这三者就能得到财富了。"
③ 你问："怎么样能声名显赫呢？""讲真话实话就能声名显赫。"
④ 你问："怎么样能得到朋友呢？""给予就能得到朋友。"
⑤ 你问："怎么样在这轮回中能没有烦恼呢？""心地纯洁的

① 以上几句话实际上是对佛教用语"四摄"（或称之为"四摄法"）的解释。指为帮助众生，使其皈依佛法，应做的四件事。即：布施摄（按众生所需布施钱财或宣讲佛法）、爱语摄（根据众生的根性用善言劝慰）、利行摄（做有益于众生的种种事）、同事摄（与众生一起，随机教化）。

> 人，凭借真谛、智慧、勤奋、舍弃四者，就能在各世轮回之中不再烦恼了。”

佛祖知道通过五问五答他已明白了今世与轮回的业果，对阿拉瓦伽神魔说：“阿拉瓦伽……除了我回答你的真谛、智慧、勤奋、舍弃四者之外，如果你对轮回之中不再烦恼还有疑问，我建议你可以再去问问追随吾左右的罗汉们。”

凡获预流果的人士就不会因自身修行二十类戒律[①]而对五蕴产生疑惑，不会在过去、未来、当今三世中对十六心[②]产生疑惑，也不应有此疑惑。因为阿拉瓦伽神魔已获预流果，就对佛祖说：“佛祖……我听了您讲的今世轮回问题，从今日起我理解了，不再会有疑惑了。我怎么会再去问别人呢？我没有问题可问了。”

阿拉瓦伽神魔知道都是因为佛祖的点拨自己才了解了今世轮回问题的全部，为了让人们都能了解他的心情，又高兴地说道：“一个人施舍得到的善果很多。佛祖让我们得到这些善果。从今天起这些我都知道了。佛祖您是为了我来到这个阿拉维国的。就是因为佛祖您来到阿拉维国，我才知道了难以理解的这些道理。”

(50) 将阿拉瓦伽王子交给佛祖

阿拉瓦伽神魔讲过他所得到的好处以后，还要为他人的利益而工作，遂又向佛祖说道：“佛祖……您让我了解了今日轮回的结果，我非常高兴且非常满足。今后我到各地也会不断地赞颂：佛祖是正等正觉；佛法是真正应该宣讲的善法；佛门弟子是真正修习善行的人士。这样来赞誉叩拜三宝，宣法（可称之为宣法者）。我阿拉瓦伽神魔就是

---

① 佛教将修行的二十类戒律名之为二十犍度。犍度系梵语 khandha 的音译。二十犍度即：受戒、说戒、安居（每年四月十六至七月十五安住一起修禅行）、自恣（安居结束时众僧自由揭发他人罪、互相反省）、皮革（用皮革用具的规定）、衣、药、迦稀那衣（安居后受居士赠功德衣）、拘睒弥（比丘有争斗应如法制止）、瞻波（评说不正的做法）、呵责、人（行忏悔法人数）、覆藏（治罚隐瞒犯罪之事）、遮（禁止罪人入僧中）、破僧（说佛祖弟子提婆达多背离僧团事）、灭诤（灭七种争论）、比丘尼、法（比丘的种种行为仪则）、房舍（僧房卧具规定）和杂犍度（种种杂事规定）。

② 佛教用语。十六心，谓在观察思悟四谛后所得的十六种智慧。

一个宣法者。”

当他讲述完要为他人的利益去做时，正值天亮时刻，众神都为神魔叫好，官差把阿拉瓦伽王子送来给阿拉瓦伽神魔食用。送王子来的官差们听到众神的叫好声，知道这叫好声一定是因为佛祖，想到可能佛祖要来此地。看到身泛祥光的佛祖之后，以往不敢进入神魔领地，只会在外面观看的官差们，这次就走到了榕树脚下，看到阿拉瓦伽神魔正合十跪拜在佛祖跟前。官差们对阿拉瓦伽神魔说：“神魔……我们把这个王子给你送来了。想吃就吃，想用就用吧！”

阿拉瓦伽神魔已获得预流果，在佛祖面前有人这样说，感到又羞又怕。怜爱地用双手接住官差们递过来的王子。对佛祖说：“他们把这个王子作为我的食物送来了。现在我把他交给您。您对众生都是慈悲的，为了这个王子的利益和幸福，佛祖您就收下吧！”说着念了一首偈陀：

这个少儿福分称奇，
身材适中端庄得体。
我以诚心献给佛祖，
明察接纳望为其利。

佛祖接过了阿拉瓦伽神魔递来的王子，对神魔和王子表示祝福，讲了三句。阿拉瓦伽神魔为王子持三皈依戒，也讲了三句。

祝愿这一少儿长命，
你也能获幸福安宁，
二人无灾受益众生。
这一少儿虔敬吾佛！
这一少儿虔敬佛法！
这一少儿虔敬高僧！

佛祖说：“等王子长大后再送来吾处吧！”把王子又交给了官差们。因为王子从官差手中到了神魔手中，从神魔手中到了佛祖手中，又从佛祖手中回到了官差手中，所以阿拉瓦伽王子被称为诃塔拉瓦伽。官差们带着王子返回。种田、外出的人们见此情景惊恐地问：“神魔是因为王子太小不想吃他吗？”官差们据所见所闻对人们说：“不用害怕，是佛祖把灾难消除啦！”听到这一情况，阿拉维国的所有民众都朝着神魔所在的方向高呼：“善哉！善哉！”

到了化斋的时刻，阿拉瓦伽神魔拿着钵和袈裟，送了佛祖半程。佛祖在阿拉维国化斋，用过斋饭之后在安静的树下高贵之处打坐。阿拉维国王以及民众们都围拢到佛祖跟前，询问佛祖教训神魔的经过。

佛祖向人们讲了开始阿拉瓦伽神魔九次制造狂风暴雨等，从初夜直到天亮对神魔进行教训，念了阿拉瓦伽经，使 84000 人得道。

此后，大王与民众在阿拉瓦伽神魔所在神殿处建立了殿阁，经常供奉鲜花与食品。

(51) 佛祖超度阿拉瓦伽王子

阿拉瓦伽王子长大成人后，佛祖又一次来到此地，超度了他。经过是这样的：

一次，在逝多林寺中挂单的佛祖想到青年诃塔拉瓦伽将获不还果，遂只身来到阿拉维国。在该国附近(一种黄檀属树林有着斑状阴影的)树下，佛祖找来些干树叶铺垫在凹凸不平的地面上，坐下休息。

诃塔拉瓦伽王子在 500 名扈从的簇拥下游逛，正巧看到佛祖。走到佛祖面前问道：“您……在这里感到舒适幸福吗？”佛祖说：“王子……人世间人们是幸福的。我感受到了人间所有的幸福。”

王子问道：“佛祖……现在是旱季，很冷。寒霜覆盖着的树叶也不再茂密。您穿的染了色的袈裟并不严实，难以挡住冷风，不平的地面上也只是铺了一层枯叶，尽管如此，您为什么还说您感受到了人间所有幸福呢？”

佛祖反问道：“王子，按你所想的讲吧！富人在有着门窗的高阁殿堂内遮蔽严实的卧室中，在雕花的卧榻之上铺着椰狸等高贵毛皮，铺盖有垫子毛毯之类，睡卧休息。顶棚之上也层层装饰着。香油灯散发着柔和的光芒。尽情地享受着可心的四位夫人的服侍。你说这富人是得到了极大的幸福呢，还是没有得到？王子怎么想？你说说！”

回答道：“在人间最幸福的人中那富人的确是一位幸福的人。”

佛祖又问：“王子……我再问你，那富人有时会因为贪欲造成身心的烦恼，因为怒火造成烦恼，因为愚昧造成烦恼。不是也有烦恼的时刻吗?”

王子说:“有时候遇到这种情况,这样幸福的富人也会因为这三者[①]而烦恼的。”

“王子……我已消除了令人产生烦恼的贪、嗔、痴三者。以后任何情况下我都不再会出现这三者。所以我非常幸福,我感受到了人间所有的幸福。所以说消除了怒火贪欲的人们,在现世轮回的任何时候都总会非常幸福的。”

诃塔拉瓦伽王子听到佛祖讲的道,得到解脱成了获不还果者。王子的五百扈从皆获预流果。后来王子成了以四摄帮助人们的居士中的佛门大弟子,著名的诃塔拉瓦伽居士。以上所述就是诃塔拉瓦伽居士得道的故事。

[这些道理就是以四位贤人为榜样修行之道。]

佛祖超度阿拉瓦伽王子

① 此三者即佛教谓贪、嗔、痴三毒。

第三章　凯摩长老尼和乌巴拉温长老尼的故事

(52) 凯摩皇后被送到佛祖跟前

讲过了四贤人，再谈谈四位女贤人的故事。凯摩长老尼的情况是这样的。达格拉国玛陀意公主人称凯摩皇后。公主降生后，在宫中无忧无虑幸福地生活着，因此人称公主为凯摩皇后。凯摩皇后的肤色金黄，非常漂亮，惹人喜爱。成年后，当了王舍城频婆娑罗王的王后。

王舍城向南离竹林精舍仅有三伽握之遥。虽然佛祖就在这么近的竹林精舍挂单，但她从不敢去拜见佛祖。

频婆娑罗王想："我是佛的施主，我的王后却不去拜谒佛。这真不好。"就叫人写了一首表现竹林精舍如何美妙的歌曲。歌曲是这样写的：

未见怡人竹林精舍，
那佛祖寺院的人啊！
等于人神两界美景，
未曾映入他的眼帘。

意即：如果一个人没有看过佛祖挂单的竹林精舍，那他就不能说见过极其美妙怡人的地方。

如果见到竹林精舍，
人神敬爱佛祖驻地。
犹如身处难陀花园，
天庭帝释生活宝地。

意即：见到佛祖生活的竹林精舍，就等于看到了天国的难陀花园。

众神离开难陀花园，

下界来到世俗人间。
见到怡人竹林精舍，
极其惊奇百看不厌。

意即：众神离开难陀花园来到人世间，看到竹林精舍极其惊奇流连忘返。佛祖挂单的竹林精舍比天上的难陀花园还要美妙。

大地主宰国王福荫，
佛祖威势庇佑而成。
竹林精舍种种奇妙，
任何学者难赞其景。

意即：由于主宰大地山川国王的福分，才有了竹林精舍。又因一切种智佛祖的威力形成了种种美景。所以无人能对竹林精舍赞颂描绘。

频婆娑罗王叫人谱写了这样的歌曲，在凯摩王后能够听到的地方演唱。凯摩王后听到歌声，非常想看看竹林精舍，就向国王提出请求。

国王说："王后你就去吧！竹林精舍的确美妙好看。一年四季园中的树木花果五彩缤纷，加上佛祖的光芒笼罩，令人流连忘返。王后你去观看花园美景，也要拜谒佛祖，没拜谒佛祖就别回来。"

王后并没有应承国王就走了。王后去时正值佛祖尚未到王舍城化斋之时。频婆娑罗王嘱咐随王后前往精舍的人们说："不要让王后看过精舍花园就回。不能违反朕令，要让王后去拜谒佛祖。"王后看过花园之后就打算返回。但得到国王指示的扈从们带王后到了佛祖跟前。

(53) 凯摩王后悟道

王后以为佛祖不在精舍之内，就进了佛香阁的前厅。佛祖看到王后进来，化身成一位仙女，拿着扇子在一旁侍奉。一切种智佛祖之所以这样化身，是想："王后认为吾会说色尘的罪过，长期不敢来拜谒吾，所以王后自然会赞颂色尘了。吾不去谈色尘的罪过，王后反而会自然去嘲讽色尘的罪过。到那时吾再使她悟道。"

凯摩王后认为佛祖不在精舍中静悄悄的时刻走了进来。看到佛祖就像初升的旭日闪烁着六彩光芒躺在那里，一旁有一位持扇的仙女在侍奉。心想："噢！我想错了。竟有这样仙女般的女子侍奉在佛祖身边。我竟这么长的时间都没来拜谒令人愉悦的佛祖。真应该随在那持扇女子身后来侍奉佛祖。我真想错了。"看着持扇的侍女，凯摩王后暗自赞道：

看到持扇俏丽姑娘，
我想少女这样美貌。
此生此世此身此眼，
从未见过如此妖娆。

就在凯摩王后惊异地凝神注视之际，佛祖凭借威力把那持扇妙龄少女的形象从少女变成了中年女性，再从中年变为老年。皮肤粗皱，牙齿断缺，头发花白，本来惊人的美貌完全变了样。这样变化着，扇子拿不动了，和扇子一起砰然倒地，呼哧呼哧艰难地喘着气。

王后惊诧侍女变老，
花容不复体态龙钟。
牙齿断缺白发满头，
口水横流令人作呕。

皱瘦耳廓呆滞目光，
干瘪长垂一对乳房。
肤色黯然松松垮垮，
全身罩满青筋条条。

驼背弯腰拐杖为伴，
瘦骨嶙峋肋侧两旁。
战栗颤抖步履蹒跚，
呼吸急促吁吁气喘。

凯摩王后（在对容貌感到惊诧之时，因为有以前祝祷过的功德，所以并没有感到难以接受，由惧怕而悟道。心想："一个美妙的身躯竟变成令人厌恶的躯体。）这样变化的躯体跟我的躯体是一样的啊，我的躯体也会变成这样。”

(54) 凯摩王后由凡人变为女罗汉

佛祖知道凯摩王后是这样想的……
凯摩汝和该女一样，
汝变也像她变那样。
不论自身或者他人，
爱恋贪欲远抛一旁。

意即：凯摩王后你的身躯和这个变化的少女一样。看到少女躯体的变化就不再喜欢。同样，你的身躯也会这样变化的。所以不要爱恋，不能有贪欲。在佛祖讲完道后，凯摩王后就在四果位上悟道，获四智，成为女罗汉。成为女罗汉后，就在那里每日跪拜于佛前，思考以前自己想错了的问题。

我拜一切种智佛祖，
我拜慈悲众生佛祖，
我拜解脱轮回佛祖，
我拜赐众醍醐佛祖。

佛祖赐我裨益得道，
我却不悟执迷不要。
迷恋色尘不来谒见，
跪拜化解恶业不肖。

(55) 凯摩王后请求国王允她出家

凯摩王后跪拜过佛祖之后，为请求国王允许她落发出家，当日返回城内对国王说：

国王设计奴去游园，
震慑众敌大王威权。

竹林精舍景色美妙，
奴见佛祖断绝欲念。

意即：大王比奴臣先见到佛祖，为了让奴臣去谒见没有见过的佛祖，就施计谋叫人吟颂精舍花园。现在奴臣比大王见到的多了许多。

如果大王虔敬佛祖，
就应听从佛祖训导。
奴臣不再迷恋色尘，
拟随佛祖出家修道。

大王听到凯摩王后请求的言辞，双手合十答应："就按你的意愿去吧！"用皇族的仪仗把她送进精舍中。

[佛讲的道中明确指出：成为罗汉的人，不能再以人的形态存在，要以僧侣的形态颐养天年。凯摩是从一个俗人直接成为罗汉的，因此必须出家。]

凯摩长老尼的前世故事

悟道后向众生讲了自己祝祷之初和在三界之中享尽人神诸般幸福的情况：

曾有巴杜牟达耶佛，
获得五智降服五魔。
贤劫之前十万劫波，
成为世尊智者佛祖。

当时我在汉沙瓦底，
在世富翁豪门降生。
种种珠宝全身饰满，
诸般幸福享尽一生。

来到佛祖尊者跟前，
聆听讲道布法之声。
得闻佛祖所授佛法，

决心依法守戒修行。

取得父母双亲同意，
面对佛祖弟子僧众，
虔诚尊敬衷心迎请，
奉斋献食七日整整。

供奉斋饭七日过后，
身处首席比丘尼众。
驾驭人神众生佛祖，
置我女徒弟子第一。

惊喜听到佛祖此言，
再次跪拜世尊跟前。
永当佛祖为首女徒，
虔诚祝祷成就此愿。

几首偈陀的意思是：早在十万劫波之前，曾有巴杜牟达耶佛。当时我是汉沙瓦底国富翁之女，去拜谒巴杜牟达耶佛，听佛讲道，守戒修禅。征得父母同意，曾与众徒一起接连七日向佛供斋侍奉左右。满七日之时，佛将我置于最有学识女罗汉的首位。我听到此言非常高兴，再次奉斋，祝祷得到佛的首席女弟子的席位。

凯摩女罗汉向人们讲："这就是我曾祝祷的最初时刻。当时巴杜牟达耶佛这样预言道：

'女施主所祝祷的定能实现。十万劫波过后贤劫乔答摩成佛时名为凯摩比丘尼，成为女罗汉，列于有学识弟子的首位。'

我从那一世后转到忉利天神国，从忉利天到夜摩天神国，从夜摩天到兜率天神国，从兜率天到乐变化天神国，再从乐变化天到他化自在天神国。

在这一层层神国中，我都曾是神王的妻子、王后。到了人世间又成为转轮王、岛王、封建诸王这些大王的正宫王后。我轮回在这九万九千九百九十九世间，享尽了人间神国各种各样的人、神幸福。

在此之前 91 世时，曾有名之为维坝底的佛在世。我去拜谒毗婆尸佛，听佛讲道，在轮回中又享尽幸福，对做人已感到满足的有智慧的我，在毗婆尸佛时出家成为比丘尼，行善万年，修习悟道禅法，因见多识广，能讲深奥奇特诸法：

五蕴，
十八界①，
十二处，
十二因缘，
十六心。

学习研究这些佛法并能毫不迟疑地宣讲明白，因此我曾成为听过毗婆尸佛教诲的比丘尼智者。

从此世我又到了兜率天神国。因我熟知善法，行善行，在神国我比所有人都享受得更多。

所处各世享尽福禄，
具有丰富无尽财富。
见多识广积德行善，
有德善者簇拥左右。

各世之中我的夫君，
对我百般宠爱呵护，
对我倍加重视在意，
皆因本人长年善行。”

意思是说凯摩长老尼讲述了出家行善的过程，表明的道理是：

“我从兜率天神国到人世共 91 劫中，或成人或是神，都轻易地享尽了所有人世间、神国内的幸福。

① 佛教用语。以人的认识为中心，对世界一切现象的分类。其中包括能够产生认识功能的眼、耳、鼻、舌、身、意等的六根，作为认识对象的六境，以及由此生起的六识，合称之为十八界。

我见多识广聪慧机智。我拥有大量财物器皿、服装饰品，充分地享乐。

我比所有人都靓丽美貌，人见人爱。所以与我交往的人都是些明事理懂礼仪的真正好人君子。

因为我按照佛祖所说的善行去做，所以那些所有做过我夫君的，没有一个是不宠爱我的，没有一个是不尊重不在意我的人。”

(56) 与答达哈巴坝兹达长老之比较

在毗婆尸佛在世时出家行善一万年之久的凯摩长老尼享受过令人惊叹的幸福。吾佛乔答摩时代称之为答达哈巴坝兹达长老的一位高僧在毗婆尸佛在世时因躲避灾难出家为僧 7 天。

就在这出家 7 天期间，非常喜欢佛祖的教诲。就是因此功德，在 91 世中不曾堕入四恶道，尽享人神世间幸福。曾有 7 世成为转轮王，以杜内卡塞伽瓦德之名闻名于世。

最后，在吾佛乔答摩时代成为获四智的罗汉，称之为答达哈巴坝兹达长老。因出家 7 日，得到了很难得到的出世幸福。而出家万年的凯摩长老尼则获得了尘世所有幸福，凡想到的没有不能得到的。

(57) 七位高贵女性的故事

凯摩长老尼要讲因前世行善获得幸福之事，讲了在此贤劫之前的善举与善果。在此劫中拘那含佛在世时曾是一位富有的高贵妇女，见到了佛祖。

今世乔答摩佛时名叫得恁扎尼的女婆罗门、杜梅达比丘尼等二人在拘那含佛在世时曾与我一起布施，为僧众建造精舍寺庙并捐了价值上千的僧用法器。当时布施的我们三人都到了忉利天神国，享尽荣华富贵，随从簇拥左右，身处高贵尊位。直至迦叶佛期间，都处在人神两界享受福禄的尊位。

迦叶佛在世时，波罗奈城有一佛的施主名叫吉基的国王。该王有七个女儿。七个女儿的名字是：达马尼、达马纳拘答、贝库尼、贝库达迪、达马、杜达马、丹嘎达迪。

此七女到了乔答摩佛时就是凯摩、乌巴拉温、巴答萨伊、贡达拉给底、给达拘塔密、达马登纳、维达卡等七位女贤人。

我凯摩与乌巴拉温，
巴答萨伊和贡达拉，
拘塔密及达马登纳，
维达卡等七女贤人。

[此偈陀系凯摩比丘尼所颂。]

吉基国王7个女儿中长女达马尼就是我。国王的7个女儿听了迦叶佛的讲道，都获得了大智，向父王请求出家。未得到父王的同意，她们就两万年不嫁，衷心行善，侍奉佛祖左右。

我听佛祖讲了名为摩诃尼檀那经[①]，并学会了它。从该世到了忉利天。在乔答摩佛未成佛这一时期，我享尽了人神间的福禄，最后成了达格拉国码塔意王的公主，成年后，父王把我许配给频婆娑罗王。

频婆娑罗王以其智慧设法拯救我脱离轮回苦难，我这才成了罗汉获得解脱。享受三界中的幸福已使我厌倦，摆脱轮回的苦海，我终于成了罗汉。由于我熟知佛祖所讲佛法，我的智慧非常纯洁高尚。

(58) 凯摩是智慧第一的大弟子

我回答了拘萨罗国王问的非常深奥的问题。国王又用问我的问题去问佛祖。佛祖也像我回答的那样回答了他。由于我能这样回答问题，佛祖非常高兴，就把我放在了大弟子之列。

这样回答佛祖满意，
把我放在大弟子间。
智慧超群异常高贵，
成为长老尼中第一。

就这样向众人讲述了凯摩比丘尼成为罗汉，所有的祝祷都能如愿的经过。

拘萨罗国王问凯摩长老尼的问题是这样的：舍卫国与达吉达国之间有一个道耶纳乌突村。凯摩长老尼云游时曾在该村挂单。大王来到凯摩长老尼面前。

---

① 译者按音译译出。按其意为：大根本。

大王听说凯摩长老尼聪慧机敏，见多识广，能讲奇异之法，学识高深，就向她提了个深奥的问题。因为这个问题涉及称谓和永恒的问题所以深奥。

大王问："生物是一生的或不是一生的？"

凯摩比丘尼答："佛祖没有说是或不是。"

生物是称谓，而五蕴是永恒，因为有五蕴之永恒，才有了生物这个称谓。永恒的五蕴是明显的。作为称谓的生物是不明显的。不明显的生物说它是一生的或不是一生的都不恰当。因为所谓生物是不存在的，所以问是否成为或没成为生物，就是佛祖也不作答。

在佛祖时代，舍卫国有一名叫玛鲁迦博达的弟子就问过这样一个问题。佛祖说："不好回答，也无法回答。"

因为佛祖没有回答，不满足，于是出家跟随在佛祖身边。佛祖还是不回答，就想不再出家还是去做个俗人，就又问道："成为生物一生，您就说是。没成的您就说不是。尽管您不知道是或不是，我们能不能就直接记作不可能知道呢？"

佛祖反问道："玛鲁迦博达……我对你说'你就来我身边出家吧！我将回答这个问题'了吗？在你未出家前向我提出请求'回答这个问题吧！我要在您身边出家'了吗？"

玛鲁迦博达说："您没有这样说，我也没有这样对您请求。"

"不中用的玛鲁迦博达……我没有这样说，你也没有向我提出请求。我问我叫你了吗？你不该回答没有叫。尽管你没有说我请求的话，我也不该说你没说请求出家。

玛鲁迦博达……我举例来说，一个男子中了毒箭，来到治箭伤的人跟前。而治箭伤的人却先问道：'不知道射箭人的姓氏、身材、面貌、居住何方我不治，知道我才治。你中的箭是这种弓射的；弓弦是这种弦；现在中的箭杆儿是人工培育的竹子，还是山林间野竹做的；箭头是称之为鸟翅的一种；绑箭用的筋是这种筋；箭锋是称之为这样的箭锋；这些都该详详细细地知道，不清楚我不治，清楚我才治。'如果中箭的男子对所问都不知道，那只有等死了。"

"就像这样的人一样。吾佛不回答这样的问题。就算说我不在佛祖跟前出家啦！吾佛仍然不会回答。这种人只能是死，或者等于死一样。(中箭的男子因为不清楚只得死去。不知道这问题的答案就等于死。我不讲这种问题的答案,我只讲四谛。)记住:我不讲的问题,任何时候都不会讲;我讲的东西任何时候都会讲。"

认定自我,(或认定生物),都是异念。不是佛祖的主张。所谓生物是没有根本意义的,所以佛从来不讲成不成为生物。

再讲一个例子。佛祖在吠舍厘城挂单时,有一名叫阿努耶陀的高僧问佛祖:"持异念者常会问:'生物是一生的或不是一生的?'我应该如何回答?"

佛祖问:"阿努耶陀……你怎么认识自我?你认为生物就是色蕴吗?生物是不是就是五蕴中受蕴、想蕴、行蕴或识蕴几者中的一种?"

阿努耶陀答道:"并非如此。"

佛祖对阿努耶陀说:"阿努耶陀……所谓生物并非五蕴。实际上脱离了五蕴就没有意义了。尽管如此,持异念者却认为生物是真实存在的,就会来问生物是一生或不是一生的问题。我从不讲自身是存在的,或者生物是存在的。我讲的一切之中只说四谛是存在的。"

就这样,佛祖也不回答这个问题。认为没有什么可回答的。是个不应问的问题,而不予理睬。

对某人不应看做人,
应看成是五蕴积聚。
疑惑之人会生贪欲,
有贪欲者难脱轮回。

意即:应看五蕴,修习无常、苦、空诸法。不应看做人或生物。只有看到诸蕴才是看到根本。

应看世上五蕴之苦,
只有五蕴生成败毁。
五蕴之外别无他法,
他法难灭五蕴之苦。

意即:只有五蕴是不断地生成、败毁的。除去五蕴,就不会有自我、生物的出现或毁灭。

人人都有幸福困苦，
并不存在所谓人者。
一切是空各处全无，
只有五蕴意义各具。

意思是说：只有五蕴有其内容。所谓人却没有任何内容。自身、人、生物都是依据五蕴才有这个称谓的。说某个人成了这一生，实际就是所说的五蕴，有内涵的五蕴。一个积聚或蕴尚未形成。问一个尚无内涵的词汇是生成了还是未生成是毫无意义的事。

这就是佛法的根本。因为凯摩长老尼已经成了罗汉，对整个佛法的根本非常了解。

佛祖将凯摩长老尼置于女大弟子“智慧第一”之列

换个例子来说:“一个不孕女生的孩子奉养他的母亲,这种行为是多么高尚啊!”因为不孕女根本就不会生子,所以问这种孩子的行为如何,是无可回答的。同样,所谓生物本身就是不存在的。问它成或不成就无法回答了。

凯摩长老尼对这个问题非常清楚,所以说:“佛祖对此没有说是,也没有说不是。”拘萨罗王又向佛祖提出问凯摩长老尼的同一问题。佛祖说:“凯摩长老尼说得对。”佛祖对凯摩回答问题非常满意,认为她智慧超群,就把她放在了大弟子之列。

以上就是凯摩长老尼悟道的经过。

(59) 乌巴拉温由吉基国王的公主转世到忉利天神国

乌巴拉温长老尼的故事是这样的。乌巴拉温长老尼早在十万劫波之前巴杜牟达耶佛在世时曾是汉沙瓦底国名门之女,看到一位比丘尼被佛祖放在了威力神通广大的大弟子的位置上,向佛与众僧连续施斋七日。奉上整套袈裟、僧用法器、睡莲莲花,祝祷道:“弟子愿成为长老尼中的神通第一。”

龙界极品高贵之花,
人称晨曦曙光睡莲。
但愿有此莲花美貌,
跪拜佛祖祝祷奉献。

在那一世终生布施行善,后转世到了忉利天神国。又从神国转至人世时向辟支迦佛祖奉献斋食物品和睡莲。91世前成了波罗奈城的富翁之女,向毗婆沙佛献斋,举行盛大布施,在敬奉睡莲时,再次祝祷“但愿世世都能像睡莲一般容颜秀丽”。

在此劫波迦叶佛在世时,是佛祖施主吉基国王七公主之一,名为达马纳拘答。七姊妹一起两万年不嫁,聆听佛祖教诲,积德行善。七女都到了乔答摩佛祖的时代。乌巴拉温长老尼念了偈陀一首:

我乌巴拉温与凯摩,
巴答萨伊和贡达拉,
拘塔密并达马登纳,

维达卡共计七女人。

就这样从吉基国的公主转世到忉利天神国。

(60) 有关翁马丹蒂前世与今生的故事

离开忉利天到人间，
都出生在富贵名门。
曾把金色柔软布料，
我向僧伽罗汉奉献。

身死来到阿梨塔城，
出生在婆罗门世家。
迪梨蒂威萨之嫡女，
人见人爱翁马丹蒂。

偈陀的意思是：从吉基国国王公主转世到忉利天，又从忉利天回到人间。命运低迷，从高贵名门穷苦没落变成不甚富裕的（门第。生长在这样人家的女儿，看到人们身穿花筒裙在盛会上玩耍，也想像人家那样）穿戴，就向父母要求。父母对女儿说："咱们买不起啊！孩子！"

女儿征得父母的同意，答应到人家去打工干活，"您给我条花裙子穿吧"。东家说："干三年，三年干完，就给你花裙子。"姑娘太想穿条花裙子了，尽管不知道能不能真的得到，还是说"我一定干满三年"，应承了下来。

但愿满三年后真的能给，尽量干得使主人满意。因为姑娘令人怜爱，未满三年主人就把花裙子等等全给了她。姑娘想穿上那花裙，把花裙放在岸边，和伙伴们去洗澡。这时迦叶佛的一位僧伽弟子因为被歹徒抢劫，身披树叶来到此地。

姑娘看到僧伽。因为她是世世虔敬的善人，所以施舍之心油然而生。心想："没有布施的机缘，现在我得到了。我很容易就能布施了。"就把花裙子撕了一半布施给僧伽。僧伽把一半围在腰间，一半披上肩头。姑娘目送僧伽离去。

身披色泽鲜艳的裙子的僧伽，就像初升的旭日一样金光闪烁，好看极了。这情景真是看也看不够。姑娘又决定把整个裙子都施舍了。祝祷道:“我愿在轮回的世世代代中都有美妙的外表。我的美貌无人可比。所有见到我的男人都会无法自持。”

从那一世到了神国。从神国又转世成了底维梨国阿里塔补罗城的有八亿钱财迪梨蒂威萨之女翁马丹蒂。美貌出众,犹如仙女,凡人见到该女没有一个能不失态动心的,就像醉酒的人难以自持一样。

姑娘之父富翁向底维梨国王奏道:“我的女儿配当王妃。”底维梨国王派几个会看相的人去查看。富翁见婆罗门们来到家中,摆上酒宴款待一番。正当婆罗门们欢饮之时,打扮一番的翁马丹蒂出来相见。

婆罗门们见到翁马丹蒂都心绪不宁难以自持。有的把准备放进口中的饭团放到头顶上,有的放到胳肢窝中,有的则把饭团掷到地下。就是因为她前世在布施筒裙时曾祝祷过“所有见到我的男人都会无法自持”才这样美貌无比。

(61) 美貌漂亮的四种机缘

即使没有这样祝祷过,做过四种善事功德的人也会世世永远美貌无比。

① 施斋的人;
② 布施筒裙的人;
③ 能消除怒火怨恨的人;
④ 打扫卫生的人。

这四种人不论转至何世都会美貌无比。因为美貌,总会穿着好看的衣物。

布施细软舒适筒裙,
扫把清扫佛塔寺院,
消除怒火仇恨积怨,
都能得到美貌永远。
多次得到漂亮软裙,
也使该人更加美艳。

根据这首偈陀所说，在轮回中曾为佛塔清扫的人成了锡兰岛上一青年，后出家为僧，成了全锡兰岛最漂亮的僧人。在该僧清扫时，将垃圾收起倒掉的人成了锡兰岛上最漂亮的大臣。两人在塔基广场上相遇，相互争执“是僧人漂亮，还是大臣漂亮”。

僧人对大臣说：“我扫地，你把垃圾收起倒掉，你这是模仿我啊。”

可以认为凡做过四种功德的人都希望美貌，就是没有祝祷也总是会漂亮的。祝祷当然更是每次都能如愿了。对把自己成年累月干活得到的筒裙捐给僧人，并特别地祝祷的乌巴拉温来说，每次祝祷肯定就更会实现了。

如果一个人想“这吃的和穿的并不多，要把它捐了，我就吃不上了，饿肚子；我也穿不上了，更穷苦”，以私利之心考量，没有施舍，延误了时机。那个人在这轮回之中就会没人施舍，吃不上，遭受到饥饿的灾难；穿不上，遇到穷苦的灾难。如果一个人尽管穷苦也要去布施，把能吃到的东西捐了，把穿的东西也捐了，这个人在轮回中就会富有幸福，吃喝都很宽裕。

害怕饥饿不去布施，
饥饿是不施的劫祸。
灾难中肚饥和口渴，
吝啬自私人的恶果。
愚人常受灾祸折磨，
人世轮回之间度过。

偈陀意思是说：害怕现在面临饥饿不去施舍，以后定遭这种灾难折磨。害怕轮回中遭此劫难而现在布施，就脱离了这种恶果。

乌巴拉温的前生想到：“因为前生没有布施，我才遇到花裙子的烦恼。现在再不布施，来世还将面对烦恼灾祸。”她害怕轮回中的苦恼就要布施，因为成了这样一位女施主，她祝祷成了一位无人能比的漂亮姑娘。

身处困境穷困潦倒还能进行少量的布施，可以称之为等于成千上万的布施。穷人施舍一小勺斋饭与有钱的富翁施舍上千份斋饭是相等的。

(62) 诚心诚意布施的价值是无限的

布施很少用尽全部，
不需倾囊已然许多。
用尽财力少量布施，
等于成千上万施舍。

偈陀意思是说：所说价值成千上万的布施指的是合情合理的布施。如果不是合情合理的布施，就算施舍了 10 万或者更多，也比不上那种用尽全部财力的少量布施。

某人三业[①]善行谋生，
仅有甚少诚心奉献。
胜过富翁捐出巨款，
这种施舍价值无限。

偈陀所说含义是：尽管是僧伽罗汉却在山野村中饥一顿饱一顿，用所能得到的果子根茎充饥。虽然是个成了家的人还要用自己极少的所得去布施。这两种人都是奉行三业善行的人。即使是三业善行人所积的功德的十六分之一，每次成千上万施舍的人布施 10 万次也是赶不上的。

把仅有的少量东西全部施舍的人的功德，是成千上万施舍的富翁们 10 万次以上的布施善业也比不上的。乌巴拉温长老尼的前世姑娘把好不容易才得到的筒裙捐出，就像非常富裕的人们上千地捐献一样。比不合情合理的捐献 10 万还要强。

这种纯洁高尚的布施使得希望美貌的祝祷实现了，没有不能实现的事。穷人得来不易，所以即使一点点也会非常珍惜，舍不得。非常希望得到善果，进行布施，持守奋进，惊人地得到极其难得的善果。

(63) 因少量施舍的布施得到特殊业果的埃伽窦达施主长老

佛曾这样讲过在没有收入的时刻布施的好处。在我乔答摩佛祖

① 佛教用语。三业，指身业、语业、意业三者，泛指一切身心活动。

时代有一位名为埃伽窭达施主长老的罗汉。那罗汉曾向听道者们讲过："在巴杜牟达耶佛时代，我是个穷汉，以卖草为生，养活妻儿。正当佛祖成佛的年代，我却没有可布施的东西。除了身上穿的一条筒裙外一无所有。我虽缺衣少穿，但没有一个人给我衣服。即使是四恶道中的穷汉也会遇到施主的。所以我很震撼。我应该种下善事的种子，于是把我穿的筒裙献给了佛祖，对佛祖说：'您可怜可怜我吧！救救我吧！'佛祖高兴地对我说：'因汝做此善事，10 万劫波之内汝不会转世到四恶道。只会转世成为好人好神，会成为帝释天 36 次，转轮王 33 次，封建帝王无数次，在人间神国轮回。相貌美好，有用之不尽的汝想得到的种种服饰。'"

罗汉又说："正如佛祖讲的那样，我享尽了幸福。每走一步都会出现宫殿和铺满地上的筒裙。可以用筒裙布满宇宙。我肤色金黄，长得端庄漂亮。因布施一件筒裙的功德善果十万年也享受不尽。现在我悟道得到阿罗汉果，在十万劫波中从不知四恶道的困苦如何。"

(64) 乌巴答窭达施主长老

在我乔答摩佛祖时代有一位名为乌巴答窭达施主长老的罗汉。那罗汉曾向听道者们讲过："在巴杜牟达耶佛时代一位名叫杜扎达的沙弥去寻粪扫衣。我是个佃农长工，就把我穿的筒裙撕下来一半施舍给了杜扎达。因为这一善事功德，从那一世我转世到了忉利天，成为帝释天 33 次，转轮王 77 次，封建帝王无数次。因为虽然穷苦还撕了一半筒裙奉献的功德，十万劫波中从未到过四恶道，一直转世成为好人好神。正是因此功德，我现在成了罗汉。我能变化出无数条筒裙罩满天地铺满山川。"

在那难以施舍的时刻布施的人，得到了难以得到的善果福报。

(65) 罢陀答那施主长老

在我乔答摩佛祖时代有一位名为罢陀答那施主长老的罗汉。那罗汉曾向听道者们讲过：

"在 94 劫波之前我为别人做长工干活，带了一个小饭包进了山林。在林子里看到一位辟支迦佛来化斋。'唉！没有可布施的东西。

我太穷啦!'说着,我就把饭包布施给了辟支迦佛。

辟支迦佛就在我的面前用了斋饭,我非常高兴。我就从那一世到了忉利天。成为帝释天36次,转轮王33次,封建帝王无数次。大大小小所有各世享尽了无限福禄,从来都是布施僧用法器的主人,从未有低迷不济的时运。

就像大河滔滔流水,
富贵幸福享乐不完。
虽然我不会论长远,
一切源于那小饭团。

请您食用这点吃食,
请您休息在我睡榻。
讲出此言深感幸福,
施舍饭团得到善果。

我在91劫中从未到过四恶道,享尽了种种幸福,今日得到阿罗汉果。就是这个道理:你能无数次施舍你艰难地得到的那一点点东西,就总会得到无穷无尽的难以得到的幸福。不假思索地施舍一条筒裙、一口斋饭这样一点点东西的人,跟非常富有的人施舍大批财物是一样的。"

乌巴拉温长老尼成了罗汉,了解所有的法,每次祝祷都能如愿。也教会他人这些办法。

(66) 乌巴拉温长老尼前世与今世的故事

投胎转世翁马丹蒂,
山村穷苦人家之女。
一个不起眼儿姑娘,
正在看管田中谷粱。
看见到此辟支迦佛,
五百米花慨然施舍。
整整盖满莲花一朵,
但愿得子五百之多。

将来所得孩子五百，
统统献给辟支迦佛。

我曾祝祷得子五百，
投胎山野莲苞花心。
迦蒂伽意王之王后，
真诚敬奉祝祷衷心。
为王生下高贵王子，
不多不少五百名整。

长大成人五百儿男，
无忧自在戏水湖边。
看到莲瓣凋零参禅，
统统悟道成辟支迦。

辟支迦佛们都离去，
孩儿们母亲忧愁添。
再次转世吉利山脚，
贫困小村一户人家。

当时已是有子之母，
为了夫君为了孩儿，
去送粥饭走在路间，
遇见八位佛辟支迦，
来到村中化缘斋饭，
勾起前世母子情缘，
好似见到亲子一般，
乳汁上涌双峰胀满。

把粥饭递给辟支迦，
双手真诚奉献给他。

我从山脚小村转世，
来到神国忉利天庭。

以上数首偈陀的意思是：从翁马丹蒂姑娘一世起转世投胎人间，一直处在不太富裕的人家。当时正在田间看守，对一位辟支迦佛说："但愿成为五百男儿的母亲。"把五百粒米花用朵莲花盛着放到他的钵中。

这样布施时，辟支迦佛并没有在意。姑娘还想戴那朵花，又不经意地把莲花拿了回来。再想自己布施了的东西怎么能又拿回来呢？连忙表示歉意地向辟支迦佛拜了拜，把莲花重新献给他，祝祷道："但愿每粒米花都将成为我的儿子整整五百。奉献莲花的功德使我将来一迈步前面就出现一朵莲花。"

山林中的猎人们听到"但愿成为五百男孩的母亲"的祝祷声，也都祝祷："我们都愿成为那女子的孩子。"那女子从那一世转世到了神国。正如她祝祷的那样，每当落脚时就会出现一朵莲花。享尽神仙福禄后再次转世成人之时，未在母亲腹中作胎，而是成胎于莲朵之中。

一位出家人收养了她，因为她是个有福之人。出家人把手指放在她的口中，乳汁就流了出来，就这样把她喂养大。当她学会走路的时候，每走一步就会出现一朵莲花。出家人把她看做自己女儿，取名为巴杜马瓦蒂①。面貌长相超出常人，和仙女一样。当她长大成人时，一位林中猎人向波罗奈城的国王报告。国王向出家人提出请求。就在出家人面前，国王封她为正宫皇后，以巴杜马瓦蒂闻名当世。

巴杜马瓦蒂王后生了一位王子，取名巴杜马达都达②。生巴杜马达都达王子时流出的血泡沫也变成了许多位丹岱德扎达都达③王子。与巴杜马达都达王子共计 500 位。那些祝祷过的猎人们都成了王子。

因为巴杜马瓦蒂王后当年祝祷时曾把已经到了辟支迦佛手中的莲花要去回来戴。这心中的污点使得一段时间内国王的原王后向国王挑拨，造成她一度被废黜。由于天帝释的保佑，不久之后才复位成了皇后。

---

① 意即：莲花。
② 意即：莲花青年。
③ 意即：血泡沫青年。

乌巴拉温长老尼向施主们讲述她前世曾是五百位辟支迦佛之生母

500王子在花园池塘中戏水。莲花怒放非常好看，但是渐渐地花瓣花蕊落了，花枯萎了。见此情景，王子们都在想："我们的身体也会像莲花这样变化的。"都盘腿坐在了花瓣之上，成了辟支迦佛。

从初夜一直到天亮都坐在那里，用右手摸他们的头顶，发现他们都已变成了僧伽的样子。正在大家看时，只见他们都飞上天，到众辟支迦佛所在的难陀姆拉窟去了。

巴杜马瓦蒂王后在想："我这有一大群孩子的母亲，却变成没有儿子的妈妈啦！"饱受与500孩儿辟支迦佛分离之苦而死。转世到了王舍城伊迪吉利山脚下小村里的一个贫困人家。运气也是常常变化的。抛向天空的小竹节，落下时是尖儿着地还是根儿着地谁也不知道，人的生活也是如此。尽管轮回是无穷无尽漫长的，由于前世所作的业果，有时候也会生在拮据的贫困人家。

这个后来成为乌巴拉温的女孩也因为前世的业缘有时富有，有时贫困。转世到伊迪吉利山脚下一小村。成年后，为在林中干活的自己丈夫和孩子去送粥饭时，途中遇到来化缘的8位辟支迦佛。因为好像认出他们曾是过去一世中自己的孩子，非常喜欢和亲近，乳汁不停地从双乳中流了出来。

她请8位辟支迦佛用斋。8位请同母所生的500位辟支迦佛“都来帮帮咱们的生母吧”，用法力把8位吃的斋饭变成了500位都够吃的斋饭，让母亲很高兴。

[巴杜马瓦蒂王后的孩子——这些辟支迦佛在乔答摩佛祖前世为扎迦乃王时，大迦叶前世为南底亚王时，都是接受布施的人们。]

生养辟支迦佛们的母亲从那一世转世到忉利天神国。又从忉利天神国转世成为舍卫国一富翁之女。该富翁之女长得像睡莲一般，故称之为乌巴拉温。

在她成年的时候，全南赡部洲各王、富翁们没有一个不派人来说亲的。富翁见来人如此之多，也感到非常难办。不便就答应某人，于是就试探着问女儿：“你想出家吗？”女儿也是个学识渊博的人，知道这一情况无法改变，只有用百次提炼的清油从头倒下才可能将此火扑灭。所以听到父亲如此问她，就非常愉悦地答应：“我要出家。”

富翁备了许多供品，把女儿送到比丘尼们中间，为她剃度出家。乌巴拉温女出家仅仅八个月就学到了四谛成了长老尼。佛祖考虑到她以前祝祷过的波罗蜜，就把她放在长老尼中神通第一的位子上。

乌巴拉温长老尼在轮回中多次与佛前世在一起，为了佛祖曾百亿次献出过生命。因为这样的恩德，才成了罗汉。非常高兴地在佛祖跟前显示了自己的神通。念诵了如下偈陀：

佛祖儿子是罗睺罗，
您的女儿是乌巴拉。
请您看看女儿神通，
我把力量给您展现。

拿来大洋四条巨川，
放在女儿手掌上面。
似油渍留在筒裙上，
犹如小儿玩耍一般。

偈陀意思是：小孩儿玩耍的时候，往往在筒裙上留下油渍。同样，我可以把大洋和巨川之水放在我的手掌心给您看。

大地层层反复倒置，
放在手心让您观看。
就像青年堆叠砖块，
可以任意改变一般。

意思是：就像青年堆叠好砖块，可以随意把它重排一样；我可以把层层大地翻转过来放在手中给您看。

我的手掌大如环宇，
可把天空全部遮住。
能将各种各样雨滴，
次次撒向整个大地。

意思是说：我可以用我大如环宇的手掌遮满天空，像把大伞为世人遮雨。也能让天空一次次下起绿色的、金色的各种各样的雨。

我把大地当作臼槽，
我把石山当作稻谷，
我用须弥神山作杵，
像姑娘舂米般去舂。

意思是说：就像姑娘们舂米一样，我可以把大地作臼，石山当谷，用须弥山作杵去舂。

我是佛祖宝贝女儿，
名字就叫乌巴拉温。
修习大智大慧神通，
遵从佛祖教诲之道。
表现种种威力神通，
弟子面向佛祖汇报。
请您观看种种神通，
弟子跪拜佛祖跟前。

第四章 女贤人欧德拉和女贤人难陀摩多的故事

(67) 女贤人欧德拉

女施主欧德拉贤人的故事是这样的。早在 10 万劫波之前巴杜牟达耶佛在世时曾是汉沙瓦底国名门之女，听到佛法非常信服就投身佛祖身边。

一次看到一位女施主因为见识广被置于多闻第一大弟子的位置。就进行了大布施，祝祷道："但愿成为今后佛祖身边的多闻第一的大弟子。"终身做了许多善事。从那一世起在人世神国间轮回过了 10 万劫波。到了我佛乔答摩的时代成了拘睒弥国拘蒂达富翁之养女欧德拉。

在初次祝祷时没有祝愿美貌，在各世中也没有祝祷不要成为佣人。因为没有祝祷这两点，轮回中在迦叶佛时转世成了波罗奈城富翁之女。当一位长老尼来到家中时，曾叫长老尼"把那个盒子递给我吧"。因为这次的不敬，使她在多次轮回中曾沦为 500 人之奴。

在迦叶佛和乔答摩佛两佛时代之间曾成为波罗奈国王的家人时，看到一位驼背弯腰的辟支迦佛，就在女伴们中间模仿驼背弯腰的样子取笑。在这以后各世都成了残疾人，曾是乌德那王达玛瓦蒂王后的侍女。因此得名欧德拉，又因为她是个残疾人也叫做库祖德拉。

[摆脱不了三障[①]的众生常常是以身、口、意三善行或三恶行，有时做善事或有时做错事。库祖德拉仅仅是身体残疾了，但并未感到疲惫不堪。有一个生生世世长久身为男子的人，祝祷得到解脱之道，但在距解脱还有 7 世时冒犯了别人的妻室，到了地狱，变为畜牲或人五、六

---

① 佛教用语。三障，即信行佛法的三大障碍。烦恼障（贪、嗔、痴等一切烦恼）、业障（由身、语、意造成的一切不利于佛教修习的思想行为）、报障（地狱、饿鬼、畜生等恶报）。

次受苦受难，最后将解脱时是个妇女之身，就是波吒鳌城的意蒂达迪长老尼。

就这样祝祷得到解脱之道，而真要达到解脱时，却又变为畜牲或人五、六次受苦受难，到最后解脱时不是男子，反而成了女子。]

(68) 欧德拉和达玛瓦蒂等五百女子获预流果

尽管欧德拉体形变了样。但是从恩德方面来看，她是体态健全的人也比不上的善女，受到人们的尊重。一次，为达玛瓦蒂王后去买花，正值卖花男子家施斋，看到了佛祖。在见到佛祖的那一刻，用心记下了佛祖讲的法。听到了佛祖为卖花男子讲的施斋之道，悟道获预流果。

打个比方说，原本须弥山那样大，只剩下 7 颗芥菜籽般大小，其余都消失了；原本 4 大洋和所有大河的水，只剩下 7 滴水那么少，其余都消失了。须弥山和大洋般的苦恼只剩下 7 颗芥菜籽和 7 滴水般少的就是获预流果的人。明了四谛，悟道解脱，获得预流果，才能称之为女贤人。

悟道后回到达玛瓦蒂王后处，对王后说："听到了佛法，我尝到了甘露的滋味。"王后说："姑娘……也让我尝尝你尝到的甘露的滋味吧！"欧德拉女贤人对王后说："您尝尝吧！"

达玛瓦蒂王后叫她用 16 罐香水沐浴，让她整洁干净之后换上了华丽的衣服，坐在高贵的上座，让她拿上讲道者拿的镶满宝石的大扇。达玛瓦蒂王后本人等 500 女子则坐在低处。因为欧德拉学识高，按照佛祖讲的那样，讲述了获预流果应该明了的道。

听了欧德拉女贤人讲的法，达玛瓦蒂王后等 500 女子均获预流果。获预流果的 500 女子特别感恩欧德拉，向她拜谢，并派人侍奉左右，让她处在高位。说："从今天起，你就天天给我们讲道，让我们听佛法吧！"欧德拉也答应按自己听到的向大家讲述。

这样讲的时间长了，欧德拉的见识也越来越多，整部三藏经都能讲了。在整个佛教大业发展的过程中，作为一位施主女贤人精通三藏见多识广，欧德拉女贤人是无人可比的。佛对她这样见多识广非常满意，于是说："欧德拉比所有见识多的女施主都高贵。"置于大弟子之列。

这就是欧德拉女贤人祝祷如愿悟道的情况。

(69)欧德拉向达玛瓦蒂等人宣讲布施的好处

欧德拉女贤人听过佛祖在拘睒弥国挂单时讲的法。她就把佛祖所讲传给达玛瓦蒂王后等人。情况是这样的：

欧德拉把所听到佛祖讲授的佛法转达给达玛瓦蒂王后与宫娥们

欧德拉女贤人去听法时，佛祖对弟子们这样讲："我的爱子僧众……和我一样，施主们都知道布施的好处。有谁不想布施呢？哪个人心中能不牵挂这些呢？把早已打算自己吃的东西分出一半去施舍的善果，也就是布施的好处，我是清楚的。可是有的人并不像我那样了解，所以不布施。因为没有像我那样全部了解布施的好处。按一切种智的意思是：

如果有这个生物仅仅能吃饱，但不去考虑任何私利，纯粹出于怜悯之心施舍他人，就能百分百地得到五种好处。五种好处是：

① 长寿
② 美貌
③ 幸福
④ 力大
⑤ 智慧

一生中可以全部得到这五者，没有任何缺憾。这就是对生物施舍的好处。对人的施舍来说，接受施舍者可分高、中、低三种。向猎人、渔夫等不持斋守戒的人布施可以得到上述好处1000次；向农夫、庸人、不正直的人布施可以得到上述好处10万次；向三皈依持五戒的人布施可以得到上述好处次数不可计；如果向佛、佛的弟子僧伽布施得到好处次数则更是无法计算。

[上述第一个次数不可计的意思是说如同碾谷场般大小的地上的尘土颗粒无法数清一般多。而后者说向僧伽布施的好处次数无法计算是指整个南岛或者整个国家地面的尘土颗粒无法计算一样多。]

施主们能像我这样了解所有布施的好处的话，就应该没有不愿布施的了。都应该相信没有好处是不能使人解脱的，而去布施。"这就是一切种智佛的本意。这是佛讲的一次法。

还有一次是这样讲的："我的爱子僧众……所谓布施就是：

① 一种是施舍对方想得到的东西；
② 另一种是把我所讲的佛法施舍给听道的众人。

在这两种施舍中，施舍佛法才是最高尚的。

听到佛法就要好好去做，只有行善才能摆脱轮回中四恶处的苦难。得到涅槃幸福的甘露。听道才能知道自身的罪过和善果。轮回的苦难就是罪过，而三善趣[①]就是善果。只有听道才能明白这两者，知道什么是应该避免的，什么是应该去做的。所以说布施佛法比布施物品要更高尚。"这也是佛讲的一次法。

① 佛教用语。三善趣，指人、神、梵天等三界。

(70) 布施者与被施者应做的事

有一次佛祖讲:“我的爱子僧众……施主们把四物布施给你们,有很大恩德。你们把我讲过的各种佛法讲给施主们听,也有很大恩德。这样布施的施主和得到布施的你们都有很大功德。我的爱子你们在寻求高尚的功德中进行着高尚的善行。施主们做了高尚的功德善事,也获得了三善趣。”

这样被施者与布施者双方都得到了发展。这就是我的佛教大业教诲非常明显的好处与善果。

这又是佛讲的另一种法。

① 我的爱子僧众……那些人士都是些修持戒(戒律)、定(禅定)、慧(智慧)三学的人;

② 遇到该说教的情况,就会用各种办法去说教;

③ 讲道时会使人详尽地了解因果;

④ 清楚地引导人分清(五)蕴、(六)界、(十二)处、(六或十)因、四谛、(四)念处诸法;

⑤ 使人牢记上述诸法;

⑥ 使人为了不再忘却所记诸法而勤于背诵;

⑦ 因明了所记一切的功德由衷地高兴。

尽管我开讲的时候,这里就有这样的人士,但会使听到的人都受益。会使修习的人们都受益。见到的人就更不必说了,都有很大益处。仅仅就是想到这些人就有益处。如果能按照这些人的想法与善行去修习的人,就不必说更有益处了。

上述有这些功德的人好像是运载人们的车夫,像是一位点燃起巨型火把的人,可以称得起是位消除黑暗、带来光明的人。也可称之为消灭了众生三界中所有敌人的人。给予人们涅槃幸福甘露的人。

有这样功德的人才称得起是人世间功德多的人。这样的人才是众生的老师。宣讲这些应该修习的值得去修习的法也是佛讲的一次法。

一次,佛曾这样说:“我的爱子僧众……在这人世间有两种行为是所有的人都应避免去做的:

① 现世中旁人责难嘲笑的事应该尽量避免去做；

② 会使你进入四恶趣的恶事口、身、意三者都应避免去做。

此二者就是凡人都应遵守的羞耻畏惧之道。羞耻者羞于旁人嘲笑，畏惧者畏于四恶趣的苦难。

举例来说，一个纯正的男子看到两块烧红的铁块。一块是脏兮兮令人生厌的，另一块是烧得通红通红的。不会去捡那块脏兮兮令人生厌的，也不会去拾那块会烫伤自己的通红的铁块。同样，为避免旁人耻笑，上述两种事都要避免去做。"这也是佛讲的一次法。

一次，佛曾这样说："我的爱子僧众……这世间有絮絮叨叨懊悔的人，也有不絮絮叨叨懊悔的人。

① 一个人从不行善，尽做些为非作歹的恶事。当他念叨着'唉！我从没做过善事，我的行为多恶劣啊'死去的时候到了恶趣。

② 一个人行善，没有为非作歹，连一点点坏事也不做。那人总是高兴地想：'我是个行善的人，有许多善举。'也不需絮絮叨叨地念叨。当他死去的时候，只会成为好人、好神。

这就是一个絮絮叨叨懊悔的人和另一个不絮絮叨叨懊悔的人。"对这一佛法一切种智的意思是：恶人在世时为非作歹，像饮下甘甜的蜜汁一样，非常惬意满足，等到有迹象要故去的时刻才絮絮叨叨地害怕了。而做善事的人经常不断地想着行善，到将死之时，看到将从大地升到天庭去享受，非常高兴，就不需絮絮叨叨懊悔了。

因此，知道这两者的人可以叫做爱自己的人。一切种智佛的意思就是："不要行恶，要做善举。"佛又举了一个例子："我的爱子僧众……日过正午，山的影子就会出现。做善事的人做恶事的人两者的身体都会显现出将死的征兆。在这一时刻做善事的人总是高兴的，而做恶事的人则往往会絮絮叨叨地懊悔。"这也是佛讲的一次法。

(71) 佛祖讲的三种孩子

一次佛祖这样讲：

超越父辈或继父业，
父母皆爱此类子女。
行为不端父业不及，
无人钟爱此类子女。

人赞体面美好儿女，
虔敬叩拜三宝皈依。
信守三宝功德戒律，
绝不吝啬悉数布施。
月儿明亮薄云四散，
大庭广众气度不凡。

意思是说：人世间有三类子女，即超越父辈的子女，承继父业的子女和逊于父辈的子女等三者。

① 比父母双亲布施守戒还要尽心的子女可称为超越父辈的子女；
② 与父母相当的子女可称为承继父业的子女；
③ 不及父母不守信戒的子女可称为逊于父辈的子女。

在这三类子女中，前两者是父母祝祷得子之始时得到的子女。这两种子女没有吝啬之心，就像没有云雾的天空中升起的圆月，因为他们的布施守戒，在大庭广众中显得非常体面，气度不凡。

只有这样布施守戒非常体面的子女才能称得上是好儿女。超越父辈的子女和承继父业的子女应该做的五件事，向父母还清了旧债，且掌握了佛的有关幸福之道。佛讲的五件事是：

以前养我现我养您；
要让事业有所发展；
世代接替流传久远；
承继父辈精华遗产；

即便过世亲朋戚友，
也把布施善果享遍。
注意做好事情五件，
父母面对子女期盼。

父母企盼儿女美好，
知道恩情懂得回报，
悉心赡养双亲二老，
养育大恩铭记心桥。

偈陀的意思是说：凡是好的儿女都会按照父母所希望的那样，永远做好赡养父母、发展事业、传宗接代、承继遗产、分享善果等五件事。这就是佛讲子女责任之道的一次法。

(72) 父母恩情和赡养父母的善果

一次佛祖这样讲：

爱子们啊我说这家，
像梵天住地称为家，
有师长家神称为家，
能接受化缘称为家。

父母就是梵天大神，
父母就是启蒙老师，
父母是子女募捐者，
是怜爱子女们的人。

因此孩儿礼拜父母，
有识儿女尊爱双亲。
诚心奉上饭食饮水，
精心备齐被褥衣衫。
沐浴香汤预先备好，

净水洗脚侍立一旁。
面对双亲孝敬赡养，
父母二老欣喜满意。
今世智者多加赞誉，
未来轮回神国定去。

所说的意思是："我的爱子僧众……能把父母奉养在自己家中的子女，就像与梵天大神住在一起。父母双亲对子女来说就是梵天神。梵天神用慈、悲、喜、舍四梵行对待所有人。父母用慈爱哺育幼小的儿女长大成人。如果儿女有了病痛，父母会比对自己更加细心地悲悯。看到孩子成长发达会非常高兴喜欢。等到孩子会做事成家立业时，自己的责任才算完成。想由于福分命运的业果，现在他们也能干啦，才以行舍平静的心态处之，过去常常为之忧虑的，现在可以不再忧虑了。

这就是梵天神王们的慈、悲、喜、舍四梵行。父母对待子女的所作所为就与梵天一样。所以把父母们也称作梵天。敬奉父母的孩子今世能兴旺发达，还会得到人们的赞誉。

在今后的轮回中也会因其赡养父母的功德，得到人世、神界的或统治神国六层神王们的幸福。这就是子女赡养父母所得功德的果报。

父母也因对子女的温柔怜爱的恩情，和子女们一样得到人世、神国的幸福。"

这也是佛讲的一次法。

(73) 像火一样的三者

人世间有三种像火的人：

① 佛的弟子像火；
② 父母是子女的火；
③ 夫君是妻子的火。

如果冒犯了这三种像火的人，就会被灼伤。反之对其敬爱就是行善。在乔答摩佛祖时代，神国第五层乐变化天的仙女们都来到阿努右达王的身边。向王奏道："您可以像您心中所想的那样极其美貌，您可以像您所想那样变化身形享受幸福。"

阿努右达王按仙女们所说向佛祖报告。佛祖说:"人世间某个女施主对她的夫君非常敬爱。这样的女施主享受幸福的地方就是乐变化天神国。"这也是佛祖讲的一次法。

(74) 七种妻子

有一次佛祖这样讲过。人世间有七种妻子。

① 像杀人犯的妻子;
② 像女窃贼的妻子;
③ 像女主人的妻子。

这三种妻子往往会冒犯自己的夫君而下地狱。

① 像母亲疼爱孩子一般疼爱自己夫君的妻子;
② 像妹妹喜爱哥哥一般喜爱自己夫君的妻子;
③ 像重视亲密朋友利益一般重视自己夫君利益的妻子;
④ 像畏惧尊敬主人一般畏惧尊重自己夫君的妻子。

这四种妻子从不冒犯自己夫君,都很畏惧和尊重自己的夫君。因为这样的善事功德,必定享尽人世神国的幸福。因为冒犯夫君就是恶事,尊重夫君则成了善事。所以说丈夫可以称之为是妻子的火。

一切种智佛就是这样用各种各样的方法向弟子们讲法。欧德拉女贤人把所听过的佛讲的法都记了下来。她又把这些讲给达玛瓦蒂王后等获得预流果的500女子听。欧德拉女贤人成了获得预流果者的师尊。尽管她是个女子却熟知三藏,见多识广,在佛教流传的年代中是著名的一位。

(75) 难陀摩多女贤人的故事

讲过欧德拉女贤人的故事之后,再来讲讲难陀摩多女贤人的故事。

王舍城南面全是竹林,有一座叫做韦路甘陀伽的大城。城中一个7层重阁的高楼中有一位非常富有的富婆。她有个儿子名叫难陀路林。所以人称她为难陀摩多。难陀摩多女贤人的功德是这样的:

① 纯洁善行；
② 过午不食；
③ 熟记三藏；
④ 她是三次悟道和获得不还果得到全部禅定的著名女贤人；
⑤ 她是一位富有的富翁之女，是1250座红谷粮仓的主人。

这些粮仓在她一生中虽然取用，但不见减少，永远是满满的。所以人们往往会祝祷说：

“但愿像难陀摩多富婆的粮仓那样，虽然取用，不见减少，永远满仓。”

(76) 难陀摩多与天王见面布施谷仓

这样的粮仓是多闻天王非常愉悦地送给她的。经过是这样：

一次，难陀摩多女贤人在7层重阁的高楼之上度过了初夜时和子夜时，想：“在这破晓时分，我能获得禅定吗？我能背诵出一切种智佛所讲的法吗？”

她坚信：“比起禅定的幸福，我更希望得到背诵佛法的那种幸福。”佛曾在王舍城巴达纳泽蒂亚寺中回答了16位出家人提出的问题，念诵了名为“天堂之路”的250颂偈陀，使16017位出家人和1亿4千万人悟道。难陀摩多女贤人用美妙的声音背诵了这些偈陀，感受到佛法的滋味，非常愉悦。

她打开高楼窗户背诵天堂之路偈陀。此时正是多闻天王在千亿名罗刹簇拥之下，以珊瑚杆旗帜为前导，坐在由许多少女头顶着的名为纳伊瓦哈那的车上，从自己的神国出发来到空中，准备向佛祖去请教问题。天王经过难陀摩多的高楼，听见她背诵偈陀的声音。

多闻天王停住了他乘坐的车，一直听完。天王听完后，自己的颈部像百束金花般好看，赞道：“妹妹……你真让人称奇！佛在巴达纳泽蒂亚寺中面对16017位出家人讲法的那天和今天完全一样。就像分成两块的金子一样，妹妹你背诵的偈陀和佛祖讲的偈陀完全一样。妹妹记性真好，你的声音也非常美妙。我也为你高呼善哉！”

难陀摩多女贤人听到这赞颂的声音。“面目庄重的贤人……为我背诵佛法高呼善哉的贤人是哪位？来到我这有7层守卫的高楼上空，高呼善哉的是哪位龙王、伽咙王、神王或梵天王？”三次悟道获得禅定的女贤人走出凉台的门这样问道。

四大天王之一的多闻天王听到难陀摩多
女贤人正在背诵“天堂之路”偈陀，天王对她大加赞誉

天王流下泪说："妹妹……我是多闻天王兄。"因为获得预流果的天王，看到难陀摩多已超过自己得到不还果，才称她为妹妹。而自己已有 90 万岁，故自称兄长。

难陀摩多听到天王的名字，说："天王您为我高呼善哉太好啦！因您高呼善哉，我背诵的佛法也就成了送给客人的礼物。"送上佛法这份礼物，分享善果。

天王说："妹妹……送给我们客人的分享善果的礼物我接受了。明天早晨佛祖将派舍利弗长老、目犍连长老等弟子僧伽们从逝多林寺出发云游到此。我想请妹妹你为我分担向他们施斋。"接着又说："妹妹……背诵天堂之路偈陀可以称为讲道者，我也可以称为听道者。听道者都是要向讲道者供奉的。因此也应该那样向妹妹你供奉。"说着给了难陀摩多装满红谷的 1250 座[①]粮仓，天王说："愿此粮仓在你一生中虽然取用，但不见减少永远满仓！"

连多闻天王都向她供奉，因此说难陀摩多女贤人是一位佛教流传年代中值得尊重应该供奉的女贤人。

当时正值 4 月 15 日，拘萨罗王、阿那他宾富翁等人不敢请求在逝多林寺中挂单的佛祖出巡。一位名叫卑瓦的阿那他宾富翁的女奴对佛祖请求："佛祖……请您回到寺中吧！"佛祖又返回到寺中。

本来佛祖想去巡游，所以就对舍利弗长老和目犍连长老等人说："你们代我去吧！"两位长老与众僧一起在天亮时到达韦路甘陀伽。难陀摩多女贤人按照多闻天王所嘱，准备好斋饭，献给众僧食用。

用过斋饭，舍利弗长老问道："什么人告诉女施主僧众将来此地呢？"难陀摩多女贤人仔细地回答说："我背诵天堂之路偈陀的时候，多闻天王路过此地一直听完，赞颂了一番之后，告我僧众将来此地。"

① 舍利弗长老也像神通广大的天王一样称赞她道："你真让人称奇！"难陀摩多也多次讲过令人称奇的自己的功德。

② 有个儿子名叫难陀路林。这个儿子若遇到某种死难被人抓走杀死，我的心也不会出现一点冲动或难过，能控制自己。

---

① 此处原文又写作 1550 座。可能有误。但无法查明，暂按前述。

③ 我的夫君因为过去业果的某些缺憾成为一个罗刹。每当他来到我面前时都会变成人形。虽然如此，我对他从未有过厌恶畏惧之心。

④ 我从小就到了父母许配的夫君的家。从那时起，我的心中除了我的夫君之外，没有任何人。

⑤ 在佛教流传的年代中的某个时刻皈依佛之后，自认是个女施主时起，就一直执守五戒。

⑥ 一个贤人得到某种禅定感到幸福，我也同样自然地感受到禅定的幸福。

⑦ 除了禅定的幸福之外，抛却了欲界的全部五种情欲。

难陀摩多女贤人讲述了自己坚持的七种习性，舍利弗长老听后感到惊奇，称赞不已。这些都是女贤人功德的威名。

(77) 佛讲天堂之路偈陀二百五十颂

难陀摩多女贤人背诵的佛讲天堂之路偈陀 250 颂的故事内容是：

以前迦叶佛在世时，有位木工师傅的手艺无人能及。那木工师傅手下有 16 个大徒弟，这 16 个大徒弟每人手下各有 1000 名徒弟。共计 16017 人。他们在波罗奈城做木器、竹器，所有建造房屋殿堂的木工活儿也都由他们承担，以此谋生。

一次，那木工师傅想："我们干的这活计是身体无灾无病能正常干活儿才能维持生活的活儿。到老了的时候，怎么办？"于是用轻巧的木板安上机关制成能飞的大鸟。把徒弟们都叫来教他们造能飞的大木鸟。如果能把这些大木鸟放飞到天上，就没有什么地方去不了了。徒弟们商量："去打哪个国家呢？就打波罗奈城吧！"

师傅说："徒弟们……我不同意这么办！就算得了波罗奈城称王，人家还会叫咱们是木匠国王、木匠王储等等，去不掉木匠这个名字。南赡部洲大得很，咱们到那遥远的不为人所知的地方去称王。"大家商量后，把妻子家人都装进大鸟腹中，一起向北部的大雪山飞去了。

他们在大雪山的山脚下建立了格塔瓦哈那城。因为木工师傅造了机器木鸟，人们称他为格塔瓦哈那王。把格塔瓦哈那城一带称为格塔瓦哈那国。16 位大徒弟成了大臣，16000 名徒弟都成了官员。

因为格塔瓦哈那国王遵循了四摄法[①]，国家兴盛富有，没有灾祸，幸福安康。对国王也好，对民众也好，国内外的人都非常亲近友好。国中人们安居乐业。大王也成了国家的主人。

又过了很久，中天竺一带波罗奈城的商人们来到格塔瓦哈那国。见到大王，说明是从波罗奈城来的。大王对商人们也是尽量地给予帮助，并表示了对波罗奈城国王的友好情谊。商人们也把格塔瓦哈那国人和商人们向波罗奈城国王引见，也向格塔瓦哈那国国王表示友好。

两位国王互派使者，友好交往，尽管未曾谋面，却很敬爱。来往商贾互免税收。波罗奈城国王托人转告格塔瓦哈那国王："希望把我没见过的贵国宝物和贵国讲的话语，能让我看看、听听！"格塔瓦哈那国王也向波罗奈城国王表达了同样的愿望。

(78) 格塔瓦哈那国王向波罗奈国王赠送布料

一次，格塔瓦哈那国王向波罗奈国王赠送了非常贵重的八块红布料，像太阳放射出阳光一样，这些布料都能熠熠发光。格塔瓦哈那国王派人把布料送给波罗奈国国王。8 块布料装在 8 个小陀螺般大小的象牙盒中，用虫漆封上，放进箱子中，再用布把箱子严严实实地裹上之后，上面加盖了官印。并嘱咐："请在国中召开大会，接受这件礼物。"

波罗奈国王组织了一个大会准备接受礼物。当他打开时，看到送来的竟然是小孩儿玩具般的八个小盒，又羞又恼。把一个小盒在御座旁打开时，才知道原来是贵重的布料。

打开之后每块都有 16 肘尺长、8 肘尺宽大小。在广场上全部打开后，闪闪烁烁光芒四射。参加集会的人们都惊呆了。这几块贵重布料真是无价之宝。

---

① 佛教用语。"四摄法"亦称之为"四摄"、"四摄事"、"四事摄法"等。指菩萨为摄受众生，使生亲爱之心，皈依佛道，应做的四件事。即：布施摄，若众生乐财则施财，爱乐佛法则施佛法；爱语摄，随众生的根性善言慰喻；利行摄，做利益众生的种种事；同事摄，与众生同处，随机教化。

(79) 波罗奈国王向格塔瓦哈那国王回赠宝物

波罗奈国王这样想:“回赠人家的礼品往往都比来礼更贵重。我送什么礼品能比他这无价之宝的礼品更好呢?”这位波罗奈国王是迦叶佛在世时的施主名叫吉基的国王。该王认为没有能和三宝相比的宝物了。三宝才是最最高贵的宝物。我要把人间的这三宝送给我亲爱的朋友。就写了如下偈陀:

人间佛祖无比珍贵,
只因他为众生利益。
人间佛法无比珍贵,
只因它为众生幸福。
人间众僧无比珍贵,
因他们似善行之地。

把上述偈陀用朱砂写于金贝叶之上,接着又将“如何修行,如何获得禅定,如何静虑参禅无常、苦与空,如何获得向、果、涅槃之道”等等依照佛法系列直到成为罗汉获得解脱必须遵循的习性也都写于贝叶之上。将写好的贝叶卷置于镶满七宝的匣中。将七宝匣置于斑点红宝石匣中。其外套上红猫眼石匣、金匣、银匣、象牙匣、檀香匣、木匣。最后将木匣置于箱中,箱外再用布一层层裹得严严实实,并盖上了官印。

把一头御象装扮起来,头顶金幡,身披金饰,带金铃的网子挂在象肋两侧,象背之上放上王座。礼物箱子置于王座之上。撑着镶满宝物的白伞,旁边点燃着檀香木等,奏着乐曲向前行进。

命令自己国境内的乡镇民众一路上供奉迎送,从波罗奈国送到格塔瓦哈那国。格塔瓦哈那国王到本国边界迎接。到了国内,举行大会,在会上打开箱子,恭颂贝叶上所写的文字。

听到佛祖在世这样难以听到的好消息,国王非常高兴地说:“就是能长寿活 10 万劫波也难以听到这样的好消息。”接着又说:“我要去拜谒佛祖!”准备去波罗奈城。

16 位大臣奏道:“让臣等先去拜谒吧! 大王陛下再等一下吧!”16000 名原来的手下人等也一齐向师傅跪拜道:“如若见到佛祖我们就

不回来了。如见不到我们就回来。"随后全都去了。

大王对自己的一个甥儿嘱咐道:"如若见到了佛祖,你一定回来告诉我。"

16位大臣带着大批人众急于拜见佛祖,所以昼夜兼程,很快抵达波罗奈城。

大臣们还未到时,佛祖就涅槃了。因为佛祖刚刚涅槃不久他们才到,大家都非常惋惜地嚎哭不已。大臣们向佛的弟子们问:"长老们……佛祖讲没讲他死后人们应该修习什么吗?"长老们按佛祖教诲对大臣们说:"应该三皈依,守五戒,弃红尘出家为僧。"

来的所有人都出了家。只剩下大王的甥儿一个人。他得到了佛祖曾经用的水杯,又邀请一位精通三藏的长老与他同行。他和长老回到了格塔瓦哈那国。告诉大王佛祖已经涅槃的消息。

大王供养这位长老,并听他讲道,遵从他的教诲,将佛祖的水杯珍藏于塔基之中建塔并植树供奉。因为终生听从长老教诲,后转世到了迦玛瓦萨亚神国。那些出家的16000多名弟子也都转世到了神国,成了转世到神国的格塔瓦哈那王的左右扈从。

(80) 巴瓦伊婆罗门

这些人从迦叶佛时代起一位不少都成了神国的神仙。在乔答摩即将成佛时才从神国转世到了舍卫国婆罗门种姓家中。

为首者成了摩诃拘萨拉王的国师婆罗门之子,名叫巴瓦伊。具有眉毛布满额头、舌大伸出能遮住全脸、阳物如象鞭等三大伟人相,是个非常特殊的男子汉。

(81) 巴瓦伊婆罗门向国王请求出家为僧

巴瓦伊婆罗门左右一直有他的一位弟子跟随。摩诃拘萨拉王死后巴德纳底拘萨拉灌顶为王。巴瓦伊婆罗门也在其父死后得到了国师婆罗门的位置。因为他是巴德纳底拘萨拉王自幼的启蒙老师,所以得到国王加倍的敬重。

巴瓦伊婆罗门向国王请求出家。国王听到巴瓦伊婆罗门的请求,就用我一向把您当做我的父亲等话语来劝阻他。劝阻无效后,为了能经常见到,就请他在御花园中落发。他的16016位老弟子也全部出了家。

大王以四物供奉,早晚都去拜谒。一日,弟子们对师傅说:“在这离城很近的地方往往还是摆脱不了干扰。到偏远的地方去出家效果更好。”师傅也很同意弟子们的主意,就向大王请求到偏远的山野村落去。

大王无法劝阻,就给大臣们价值10万金钱的物品叫他们去供奉师傅们。又拨给了一些工匠说:“去建僧人们希望挂单的僧院吧!”巴瓦伊带着众徒从中天竺一个叫做欧达亚巴塔的地方,前往德基纳巴塔山一带。在阿德加国和阿腊加国之间人迹罕至的深山野林中,以果子、树根为食,寻求参禅的幸福。

据说这些僧人寻求参禅幸福时,正是佛尚未获一切种智之前的八年。阿难陀长老为了人们了解这一情况,在第一次佛经结集诵读天堂之路经之前,念了这样几首开场白的偈陀:

从拘萨拉国舍卫城,
到德基纳巴塔山区。
为寻无干扰静寂地,
精通占卜的巴瓦伊。

(意思就是说:巴瓦伊婆罗门从欧达亚巴塔到达德基纳巴塔山,在阿德加国和阿腊加国之间的高答瓦伊河边出家,化斋,找寻野果树根,修习禅定。)

靠近出家人所在处发展起来一个大村落。那村子收入很多,每年都搞一次大布施。巴瓦伊婆罗门在布施完后(回到僧院)。有个野蛮、不守戒规、狡猾的婆罗门想要财物,暗中发狠地说:“我向师傅要五百钱币,若师傅不给,到7天时我就把他脑袋砍下来!”

巴瓦伊听到这话,给的东西已经发完,所以非常着急。无法再享受参禅的幸福,忧心忡忡。一位神仙对巴瓦伊婆罗门说:“那狡猾的婆罗门只知道要东西。他不明白脑袋,也不知道怎么把脑袋砍下来。”

巴瓦伊婆罗门对神请求说:“您如果知道我脑袋要掉了的事情,您跟我讲讲吧!”神仙说:“我没有了解这个事情的本事。只有佛才知道这些事。”

巴瓦伊婆罗门对神请求道:“请您告诉我在这大地上有谁能知道

这件事呢?”神告诉他:“人世间都说迦毗罗卫城出家的释迦族王子成佛了,人们点了许多油灯供奉他。去问问那位佛,他一定能知道。”

巴瓦伊婆罗门听到这话,心情轻松了不少。问道:“佛在哪儿呢?”神说:“就在舍卫城。”

(82) 巴瓦伊婆罗门派十六位弟子到佛祖那儿去

巴瓦伊婆罗门把弟子们叫到跟前说:“听说非常难得的是人间出现佛了。快去拜谒吧!我120岁了,从没有遇到这样的事。”叫弟子们快去。弟子们问:“怎么知道他是佛呢?”

师傅对弟子们嘱咐道:“全部具备咱们占卜书上所写的32相者就是佛。具有伟人相者如若是人,他就会成为转轮王。如果是僧伽,就会成为一切种智佛。必须注意决定相的这两点。我的年岁,我的姓氏,(我的体征,我精通的占卜星相典籍,)我的弟子,什么叫脑袋,掉脑袋的问题。你们把这七个问题不要用嘴去问,而要用心去问。如果是一切种智佛,就会用心去考虑,用嘴讲出我们的想法并回答。能这样回答的无疑就是一切种智佛。”

阿济德、代达密达亚、布翁纳加、密达固、陀达加、乌巴迪瓦、南达、黑玛加等8位大弟子,还有道德亚、加巴、兹杜甘尼、巴德亚杜陀、乌德亚、包达拉、茂嘎亚扎、本吉亚等8位大弟子,共16位。每位大弟子各有1000僧人随从。他们都是修禅的人,也都是在轮回中积过许多功德的人。

这些僧人拜别了老师巴瓦伊,从南边的德基纳巴塔或从北边的欧达亚巴塔,都奔舍卫城而来。佛祖正在逝多林寺中,看到这一情景。

“巴瓦伊的弟子们带了许多扈从奔我这里来了。我在舍卫城,就算是能与我见面,他们也还未到悟道的时刻。在舍卫城,僧人们要悟道并不恰当。出家人们应该在王舍城巴达纳寺悟道。我将在那里讲道,众人将悟道。让他们都到王舍城来吧!”

为了使僧人们到达时能看到佛足印,佛就在舍卫城留下了足印后,去王舍城了。

当僧人们到达舍卫城时,看到了佛留下的足印。星相典籍中所说去观察,大家深信不疑地认定:“肯定是一切种智佛!”僧人们又从舍卫城跟到佛祖去的王舍城。这些从各国、各村随着僧人来的众人,都来到王舍城时，聚集而来的人群，从东南西北四方算，方圆足有12由旬之广。

为了所来人众安身，天帝释早在王舍城巴达纳寺中造好了大彩棚。佛祖也早已等在那里，与前来的僧人们打招呼。在这些人中，阿济德是大弟子。他按师傅所嘱用心问了那7个问题。

(83) 大弟子阿济德按巴瓦伊所嘱用心提出七问题

请您说出我师年岁，
说出他名字与特征，
精通哪些星相经典，
共有多少子弟门生。

阿济德用心问了这5个问题。一切种智佛心中已经明白，脱口答道：

你师年已一百二十，
婆罗门人称巴瓦伊。
他有三大特殊体征，
精通三部吠陀称奇。

熟悉相书占卜经书，
还有修辞典与辞典。
手下弟子常有五百，
婆罗门师中他占先。

(大弟子)用心先提出了五个问题：

① 我们的老师婆罗门有多大年纪?
② 他的名字叫什么?
③ 他的体征如何?
④ 精通哪些经典?
⑤ 经常有多少弟子在他门下学习?

佛脱口答道：

① 你的老师120岁；
② 他的名字是巴瓦伊；
③ 你老师身上有三大体征；
④ 你的老师精通三吠陀、辞典、梵志祭典[①]、相书、古语典等五类经书，在婆罗门经师中他最强；
⑤ 经常在他门下学习的弟子有500人。

僧人们听到佛祖在没有听到问题的情况下就能作答，都非常欣喜与惊奇。于是又用心问另外两个问题：

头和断头两个问题，
请教您我师巴瓦伊。
希望佛祖评说仔细，
帮助我等杂念抛弃。

佛祖又回答道：

无明愚痴就是头首，
断头之因阿罗汉向。
虔敬警觉正定之道，
欲求精进永不离身。

这两个问题问答的意思是：我们的老师巴瓦伊想问："①所谓头是什么呢？②断头的缘由是什么呢？希望佛祖能讲讲。"佛祖答道：

① "无明、因缘、行"等等之中，无明才是最根本的。所以它可以称之为头。
② 阿罗汉向之智能够断绝无明。所以可以称之为断头之因。

（阿济德用心问了五个问题，）听到了佛祖的回答后，拜伏在佛祖脚下说："我的师傅巴瓦伊婆罗门也跪拜在您的脚下了。"

佛祖说：

祝愿幸福就会幸福，

---

① 古印度十八大经之一，音译为：柯剌波论，专释诸天上古以来之因缘。

巴瓦伊和他的门徒。
能使自己达到幸福，
能使他们获得长寿。

你和你老师巴瓦伊，
一切人众所有疑惑，
皆可来问我已准许，
所有人等所有问题。

佛祖允许提问。因为在众人之中阿济德是大弟子，所以他第一个提问。接着代达密达亚提问。其后16位僧人依次每个人都提了问题。所提问题都是有关佛法真谛的一些问题，都很深奥。

(84) 提完问题最后一万六千零一十六位出家人都成为今世罗汉

当佛祖回答了一个一个的问题之后，这些出家人的弟子都成了罗汉，出家人自己也成了今世罗汉。回答了最后一个提问的本吉亚之后，本吉亚等也成了罗汉。本吉亚在听道的时候，心中一直想着要把这些佛法告诉给舅父巴瓦伊，所以当时并没有成为罗汉，而是成为获得不还果的今世罗汉。

后来，巴瓦伊悟道的时候，本吉亚已成为罗汉，而巴瓦伊获不还果。而在巴瓦伊身边的500弟子则均获预流果。佛祖在巴达纳寺回答了16位僧人提出的问题，使一亿四千万人神等悟道。

巴达纳泽蒂亚寺里，
帝释天造的彩棚中。
送来涅槃天堂甘露，
一亿四千万人享用。

第三次问答的四个问题：

使这么多人悟道所讲的佛法非常深奥。都是些真谛，现在只讲讲概要。在得到佛祖的同意后，阿济德这样问道：

① 什么把所有人都蒙蔽了呢？

② 为什么就不明显了呢？

③ 什么像猴子呢？

④ 人的大难是什么？

佛祖回答道：

① 无明把所有人蒙蔽了；

② 吝啬与忘却使功德不能显现了；

③ 贪欲像猴子；

④ 生老病死之苦是一切生物的大难。

意思是：因为不明白四谛，愚痴就笼罩了一切；因为吝啬在作怪，好的功德就不明显了；因为五尘，造成了怨恨与贪欲，进而形成了不善，所以说贪欲就像猴子；生、老、病、死四苦可以称之为人的大难。

又问道：

欲流见流从不间断，
什么能把二者监管。
请教佛祖您把法讲，
依仗何法把它阻断。

问的意思是：把蕴、处等看做是自己的身躯、自己的心理活动、精神现象而留恋就是欲流。认定五蕴、十二处是我自己、是我的身躯就是见流。欲流和见流在人中流淌不断。什么法能够管住这种连续不断的想法呢？什么法能阻断这些想法呢？

佛答道：

人中连续不断思念，
警觉能把二流约束。
若问何者可以严管，
涅槃正道将其阻断。

意思是：对待欲流、见流二者，用警觉就可以一次次地对其约束。涅槃正道则可以把这一切阻断。

就这样，回答了16位出家人的16次提问，因为都是真谛非常深奥。在这里只讲了一点梗概。

(85) 本吉亚长老转告舅父的确是佛祖

在佛祖讲完道后,从远方聚集来此的方圆足有 12 由旬之广的人群,由于佛祖的法力,须臾间就都回到了各自的乡镇。佛祖也带着悟道的出家人们从王舍城返回舍卫城。

本吉亚到了舍卫城后,禀告佛祖:“我答应过我的舅父巴瓦伊见到佛祖就回去告诉他,现在我就去见他。”得到佛祖允许后,以禅定飞天之神力霎那间回到了高答瓦伊河边。巴瓦伊见到甥儿扔掉了出家人用的僧具,以一个罗汉的形象来到面前,心想肯定是人间出现佛了,就问他:“见到佛祖了吗?”

本吉亚说:“见到佛祖了,佛祖向我们讲了法。现在我就把佛祖讲的讲给老师听。”巴瓦伊把身边的 500 弟子都叫来,用许多高贵物品供奉,请本吉亚坐在上座。本吉亚长老按照自己所听到的,向巴瓦伊讲道。就像佛祖身处舍卫城一样放射出佛光。

本吉亚长老看到佛光,便对巴瓦伊婆罗门说佛祖驾临了。佛祖身披祥光,仿佛就在身边,请佛祖就座讲法。讲法完毕,本吉亚长老成为罗汉,巴瓦伊获不还果,他的 500 弟子均获预流果。

按照上述,天堂之路摆脱了老、死等苦难,可称之为将要到达甘露涅槃的路程。所以天堂之路就是实现甘露涅槃之路。为了让众人了解此事,在第一次佛经结集之时,阿难长老念诵了以下偈陀:

阿济德代达密达亚,
布翁纳加和密达固,
陀达加与乌巴迪瓦,
南达僧人同黑玛加。

道德亚僧人与加巴,
学识高的兹杜甘尼,
巴德亚杜陀乌德亚,
另一僧人是包达拉,

堪称智者茂嘎亚扎，
最后一位名本吉亚。

十六僧人来到佛前，
走天堂路十五德行[①]，
等等问题深奥难懂，
请教佛祖解惑释清。

佛祖为出家人答疑，
所问问题是非明晰，
针对所问明确答复，
佛祖面对众婆罗门。

众婆罗门无比敬爱，
释迦王系五智佛祖，
都来守戒积德行善，
供奉跪拜佛祖跟前。

每人所提不同问题，
佛祖不厌其烦答疑。
遵从所答修身养性，
从三界到天堂无疑。

身从三界到达天堂，
积德行善所有人众，
佛讲之道可达涅槃，
因之称为天堂之路。

以上所述就是难陀摩多女贤人背诵的佛讲天堂之路偈陀的全部情况。

---

① 佛教用语。谓达到涅槃之路的基础。指：戒行、护根、善食、醒悟、真诚、警觉、羞耻、良知、真谛、精进、智慧、初禅、二禅、三禅、四禅等。

凡留心此法的人，在迦叶佛涅槃后遇到释迦佛祖，遵从佛的教诲，守戒布施行善。在一佛成佛间隔期，只会在神国享受福禄，转世到人间就能拜谒到佛祖。就是不巧也能成为罗汉。像获得今世罗汉的僧人们一样，在我佛佛教流传年代中持戒布施的话，在弥勒佛尚未出世期间，定会享受神国的福禄，当弥勒佛成佛时来到人间，定能按祝祷那样成功变为今世罗汉。

(86) 祝祷

已经先后讲述了舍利弗长老、目犍连长老、质多富翁、诃多拉瓦伽居士等四位贤者的所作所为。也讲了凯摩长老尼、乌巴拉温长老尼、欧德拉女贤人、难陀摩多女贤人等四位女贤人的所作所为。祝愿众位都能牢记并奉行这八位贤人的所作所为。到弥勒佛年代也能按这些贤人们所作所为去做。

(87) 结语

佛历 2055 年[①]，丹达乌地区敏加拉佛塔施主底里杜达马亚扎迪勃底王(之子瑞南觉欣那腊勃底王)即位 10 周年时，摩诃蒂拉温达长老写完此书《天堂之路》。

---

① 佛历，相当于公历减去 544 年。佛历 2055 年即公历 1511 年。原文如此。但根据目前缅甸学界所一贯持有的看法此书写成于 1501 年。

宝 镜

[缅] 瑞当底哈杜　吴 达 著

林 琼 译

版本说明

《宝镜》[①]是18世纪中叶缅甸贡榜王朝初期由瑞当底哈杜[②]和吴达[③]共同创作的古典小说。现根据1934年缅甸研究会出版的版本译出。该版本是由吴貌盛丁[④]先生根据藏于巴那图书馆中的贝叶抄本，对照1905年仰光全南岛出版社的版本校对刊印的。译文中的章节和故事的标题为译者所加。

---

① 《宝镜》缅甸语为 *Yadana Kyemon Wuttu*。

② 瑞当底哈杜即 Shwedaung Thihatu。

③ 吴达即 U Tha。

④ 吴貌盛丁即 U Maung Sein Tin。

引　子

一切种智佛陀在称之为“发展胜处佛陀地”的中央吉祥、高贵菩提、榕树宝座之上大彻大悟，获苦、集、灭、道四谛[①]，得断除烦恼之八胜处[②]，具九种威德，战胜修行之五障[③]，泛六道霞光[④]高贵圣人转识成智[⑤]领悟佛法，拥宿命明、天眼明、漏尽明等三明[⑥]，成为人、神、梵天三界众生之所依，有伟大无穷之神力。

佛陀除珍贵的舍利之外，还留下论藏、经藏、律藏等三藏经书，计八万四千多部贝叶经文。

罗陀那补罗国乃众多信奉佛陀舍利经文，获四向四果[⑦]，具足戒的三类僧伽法众[⑧]诵经祈福之地，位于5000年佛国吉祥宝地南岛[⑨]之中央。

---

① 佛教用语。“谛”是真理的意思。苦谛，即对于社会人生及自然环境之判断；集谛，指造成人生及其苦难的原因；灭谛，指灭绝世俗诸苦达到佛教修行的目的；道谛，指超脱世间因果达到涅槃的方法。概言之，即：要知善、断集、证灭、修道。

② 佛教用语。八胜处即通过对欲界色的观想而断除贪心的八种禅定。胜处，谓制胜烦恼以引起佛教认识的所依处。

③ 佛教用语。五障，也称五碍。即佛教修行的五种障碍：烦恼障（根部烦恼障碍）、业障（过去最业的障碍）、生障（由过去业因生在坏的环境妨碍修道）、法障（由前世因缘，此生不遇师，无由闻佛法）、所知障（虽闻佛法，但由诸种因缘，不能作般若波罗蜜修行）。

④ 指佛陀身泛六种祥光，缅人谓：绿色、黄色、红色、白色、粉色和闪闪烁烁的六种光芒。

⑤ 佛教用语。亦有称之为四智者，或称为转识得智。意即通过特定的修行得到四种智慧：作事智（能于十方以身、口、意三业为众生行善）、观智（根据众生不同跟机，自在说法，教化众生）、平等智（能平等普度一切众生）、镜智（能遍映万象，纤毫不遗）。

⑥ 宿命明，指悉知一切众生过去世的苦乐；天眼明，指悉知一切众生未来世的生死；漏尽明，指证知佛法断除一切烦恼所得之智慧，达到解脱。三者合称“三明”或“三达”。

⑦ 即上座部佛教所谓的预流向，预流果；一来向，一来果；不还向，不还果；阿罗汉向，阿罗汉果等八个修行果位。

⑧ 缅甸人谓比丘、沙弥与居士等三类修行人士。

⑨ 即南赡部洲。佛教用语。四大部洲之一。谓须弥山四方咸海之中有四洲，即：东胜身洲，南赡部洲，西牛货洲，地俱卢洲。

居于罗陀那补罗国金殿之上的乃百位君王之主、吾皇阿朗帕耶。吾皇修习十波罗蜜①,具足布施与持戒,建塔筑窟供奉舍利,乃吉祥金殿、五层宝塔之施主,修行四谛未来成佛之人。

在吾主足下生活着的王都男女民众,如有如意宝树②、时降黄金雨一般,受皇恩福荫庇护,身着华丽奇妙服饰,只有欢笑别无其他。

此乃南赡部洲全岛之主领地,故战事劫掠全无,歹徒蟊贼绝迹,永无惊恐烦恼之事,是个宝石般的王都宝地,胜过天神所居六层神国③,太平兴旺,昌盛繁荣,拥有宇宙飞矛、行空天马、吉祥白象等种种神器。

受统治南岛大地众生与广袤万里无垠世界④的阿朗帕耶皇帝麾下大元帅、鱼产监、咨政大臣摩诃内谬底哈都之托,精于描绘、援证引例、妙笔生花的本人——瑞当底哈杜,怀着极其愉悦的心情,开启智慧的宝盒,写出这部具开创性、将青史流传、文笔优雅、赏心悦目的小说。

---

① 佛教用语。谓十种从生死轮回此岸到达涅槃彼岸的方法或途径。各派佛教有不同说法。上座部佛教谓:布施、持戒、出家、智慧、精进、容忍、圣蒂、慈悲、信誓、罔闻等十者。

② 传说中一种可以满足人们愿望的宝树。

③ 佛教谓天神所居处为“六欲天”或“六重天”,即:四天王天、忉利天、夜摩天、兜率天、乐变化天、他化自在天。

④ 原文直译是:“以由旬万计的宇宙”,现意译为:“广袤万里无垠世界”。

一、恩达贡玛王子降生

古时候,南赡部洲[①]上有一个叫做仰玛尼亚的国家,直径12由旬[②],方圆36由旬,具备都城之七条件[③],拥有必备之四大资源[④],还有无数的宝藏。城内城外,各居住了九千九百万的僧伽、仙人[⑤]、婆罗门、富人和穷人,繁华热闹非凡。国内有城九千九百、镇九千九百、村落无数[⑥]。水陆两路四通八达,商业昌隆。南赡部洲上的百名国王和千名统帅、大臣都纷纷臣服。仰玛尼亚的国王摩诃雅圣达遵循君王十规[⑦]、具备君王四品[⑧]、履行君王八法[⑨]。王后阿杜拉黛维恪守八戒、五美俱佳[⑩]。

像天帝释[⑪]和天后杜萨达黛维一样,摩诃雅圣达国王和阿杜拉黛维王后,在由八顶白色华盖遮蔽的宝座之上举行了登基加冕大典。臣

---

① 南赡部洲,梵文Jambudvipa的音译。佛教名胜。四大部洲之一。此洲盛产赡部树,位于须弥山南面咸海里,故名。

② 由旬,梵文Yojana的音译。古印度计算距离的单位,以帝王一日行军之路程为一"由旬"。相当于20482.56米或12.72英里。

③ 都城之七条件指若要成为一座都城,必须具备的七个条件:一国之主——国王,多谋善断的大臣,友善的邻国君主,装满十宝和七谷的仓廪,坚固的城墙、门楼、河壕、沟堑、平台与通道,富强的国家,强大的军队。

④ 必备之四大资源指一座城池存在下去所必须拥有的四大资源:充足的柴、草、水源,大量的米、麦、粮食,足够的芝麻、豆类,丰富的奶、蜜、油、盐。

⑤ 缅甸人谓平日在林野中修行,有一定法力神通之人。

⑥ 村、镇、城之区别:无城墙和市集者称为村,有市集无城墙者称为镇,有城墙和市集者称为城。

⑦ 君王十规指君王必须履行之十规:乐善好施,恪守五戒十戒,周济贫苦,诚实正直,言行文雅,修习八戒,抑嗔勿怒,不欺民众,忍让有素,顺应民意。

⑧ 君王四品指君王应具备之四种品德:使用十分之一赋税;每半年供给将士粮饷一次;给穷人放贷,三年后按本金收回;对长者言谈和气。

⑨ 君王八法指君王必须履行之八法:敬畏至尊双亲父王母后,疼爱王子公主后妃宫娥,尊重皇亲国戚文武大臣,怜悯军马战象将士兵勇,建设大小村镇,发展都市城邦,虔敬僧伽婆罗门,珍惜飞禽走兽。

⑩ 五美俱佳指达到美女的五条标准:黑长的头发,丰腴的体态,细嫩的肌肤,匀称的身材,青春的年龄。

⑪ 天帝释,亦称"帝释"、"帝释天",佛教护法神之一。称其为忉利天(即三十三天)之主,居须弥山顶之善见城。

仆扈从环绕左右，如同群星中耀眼的日月一般。国王和王后两情相悦，生死相依，诞下一女，视若珍宝。他们对公主疼爱有加，安排了千名乳母、嬷嬷[①]和宫娥照顾她。公主自幼便虔敬佛法，持斋守戒，取名蒂拉珊达[②]。公主十余岁时，在公主殿中，听见一些奴仆在用缠绵的歌曲吟唱享乐之事。公主闻后，便问何事竟让这些人快乐得忘乎所以，有失体统。

宫娥答道："公主，渴望寻欢作乐乃人之本能。这些人无法与心爱之人在一起，为了消除心中烦闷而吟唱。"

公主不甚明白，问道："人本能渴望、惦念的事情是什么？"

宫娥答道："在人间找到自己的爱侣，共享鱼水之欢的欲望永无止境，快乐无穷。"接着，俯耳将男欢女爱之事细细讲明。

公主道："此事真是可耻、可怕之极！羞煞人也！真不该为了享乐而惦记这种事！"

宫娥耐心地解释道："因为没有经历过，所以才不会动情。只有感到幸福快乐，才会有子孙后代。如果真的可耻、可怕，人们怎么会结合在一起，共享鱼水之欢呢？没有云雨交欢，人类岂不是要断子绝孙了吗？那主子您和奴等又是从哪里来的呢？"

蒂拉珊达公主又问道："若非如此，长大后不能自然而然就有子女吗？"

宫娥说："不可能。没有云雨交欢，绝不会平空生出子女，只会被世人讥笑为不能生育之人。"

公主说道："如果只要虔敬三宝，恪守戒规，就能与正常人一样得到子女，那将是莫大的恩惠、天大的荣幸，我此生便没有任何缺憾了。纵使上天对我虔诚持戒、乐善好施的行为视而不见，让我因此缺憾而被世人讥笑，我也无法克服发自内心的恐惧和羞惭。甘比达亚[③]啊，我只有继续持斋守戒了。"自那一日起，公主便为了得到上天的恩惠和保持自己的尊严，每日专心持斋守戒。

---

① 公主身边负责照料和教导公主之人。

② 蒂拉意为"戒规"，珊达意为"月亮"。

③ 甘比达亚为公主嬷嬷的名字。

这时，摩诃雅圣达国王因自己既无子，又无兄弟，王位后继无人，便与阿杜拉黛维王后商议道："朕之王族自摩诃三末多王[①]始，国王仙逝后，均由子继父位，从未中断。如今本王既无子，又无兄弟，后继无人，国将亡矣。唯今之计，便只有在皇亲国戚中觅得一位佳婿，与我们的掌上明珠、纯洁高贵的蒂拉珊达成婚，才能得到王位继承人啊。"

国王与王后一同起驾前往公主所住宫殿，婉转地向公主说明了来意。自宫娥们向其详细讲述男女之事那时起，公主便感到惊恐和羞惭，认为不应考虑此事，一心专注于修行。此时听到父王和母后的话，公主说道："如果父王和母后大人命令孩儿跳入熊熊燃烧的烈焰之中，孩儿也定然从命，但此事孩儿实在难以接受。每每想及此事，便深感恐惧。现在谈及此事，就羞得孩儿瑟瑟发抖。请父王和母后不要认为孩儿是在违抗父母之命，就请放过孩儿吧。"

国王和王后不忍心再说什么，看着女儿如此坚定又憔悴的面庞，不禁叹道："真叫朕失望！"闲谈几句之后，叮嘱嬷嬷宫娥："好好劝导公主，让她对这种自然之事产生兴趣。"之后，便起驾回宫了。

宫娥嬷嬷们为讨公主欢心，把雅都雅甘[②]、摇篮曲拉纤歌等诗词歌曲编得新颖优美，把弯琴竹笙弹奏得婉转动听，想方设法吸引劝导公主。公主仍然没有改变心意。于是，嬷嬷甘比达亚在援例引证谈及轮回和世俗人情之时说道："公主殿下容颜秀丽，完美无瑕，举止优雅，聪慧绝伦，但违背父母欲得王位继承人之意愿的做法是错误的。从前的公主可从没有违背父母之命的。传说故事中，违背父母之命的人，不仅在现世会受到世人谴责讥讽，来世还将变成动物畜生呢。"

公主问道："谁曾变成了动物畜生啦？"

于是，嬷嬷甘比达亚讲了一个故事。

"违逆父母变成动物"的故事

从前，统治着泽亚那咖亚国的国王亚扎布瓦亚和瓦丹达玛黑迪王

---

① 摩诃三末多，Mahāsamata，原意为伟大的君王。旧译大平等、大等意。一说是太阳种族之后裔，刹帝利之始祖，人世间第一位君王。

② 雅都雅甘均为缅甸诗体。

后相亲相爱，生有一女，名叫艾咖达伊。公主自幼长在深宫之中，奴仆宫娥簇拥左右，受到精心照料。因此，公主对异性之事一无所知。那位国王也是既无兄弟，又无儿孙，没有王位继承人。民众百姓上言："吾王百年之后若发生争夺王位之战，将使百姓遭殃，恳请吾王早日选定王位继承人。"亚扎布瓦亚国王欲将公主配婚给大臣德宁喀之子杜玛那，并将其立为王储。公主闻听此事，惊恐万状，羞惭不已，断然回绝。因系爱女，国王不再多说，只命大臣之子杜玛那："汝径自前往公主殿中劝诱她一番吧。"杜玛那于夜深之时造访公主殿，在卧榻前与公主相见。公主问："你是何人？"

"我乃大臣之子杜玛那，奉国王之命前来与公主会面交谈。"

艾咖达伊公主又怕又羞，伤心欲绝："父王对杜玛那比对我还要疼爱啊！反而把我变成一个呆头呆脑的人啦！"遂服毒身亡。死后变成穿山甲，因又羞又怕，担心人家知道自己的底细，不敢露出眼睛和面孔，终日缩头缩脑。

嬷嬷甘比达亚说："这位艾咖达伊公主以死违抗父母之命，不仅在现世受到人们的嘲讽谴责，来世还变成了低等动物。奴才一干人等担心国王陛下可能也有同样的想法，若也派某个人前来，公主殿下会不会像这位艾咖达伊公主一样，做出不当的举动。"

蒂拉珊达公主说："虔敬三宝之人岂会有如此错误的想法！"同时，公主也想到："父王母后真有可能派个特别的男子来对我说服诱导。"

一天，蒂拉珊达公主佯装在宫中住腻了，征得父王和母后的同意后，与千名宫娥奴仆一道，乘御辇前往吉祥山林花园。

到达位于底杜达咖湖畔的行宫后，蒂拉珊达公主每日都向来自四面八方的僧伽、仙人、婆罗门和前来求取布施之人布施鲜花、水果和斋饭。在持戒过程中，一天，公主看见一位名叫内卡玛的仙人，施展神通，从行宫上方的空中飞过，前往冬季伽蓝[①]。公主立即吩咐道："这位尊者神通广大，能飞天，若向他布施，功德匪浅，定能如我所愿。快快

---

① 伽蓝为僧侣所住的园林。

请他前来。”

众奴仆急忙恭请尊贵的飞在空中的仙人：“女施主蒂拉珊达乃国王之女，乐善好施，诚心诚意恭请您移驾底杜达咖湖畔行宫，接受她的供奉。”

内卡玛仙人收住法力，来到公主所在底杜达咖行宫。蒂拉珊达公主准备了上座，请仙人享用食物、糖果等美味斋饭，并将自己的项链布施给仙人，说：“请您把奴的红宝石项链当做念珠使用吧。”

内卡玛仙人说：“年轻的女施主，你真是虔诚啊。有何愿望，尽管说吧。”

公主说：“我希望既不违背父王的意愿，又不结婚成家，就能得到一个儿子。”

仙人说：“此事甚难，唯有比其他三十二天诸神还要神通广大的天帝释才能满足你的愿望。将此法力无边的大力经咒诵念千遍，天帝释便会降临。届时，你若向他请求‘愿不嫁而得子’的话，天帝释应该会满足你的愿望。”仙人将大力经咒交给公主后，又继续施展神通，飞往冬季伽蓝去了。

统治着仰玛尼亚国的摩诃雅圣达国王和阿杜拉黛维王后思女心切，多次派人前去催促公主早日回宫。四月、五月、六月，夏安居期满[①]，七月之后，公主才同千名宫娥奴仆一道，乘坐吉祥御辇返回宫中。

公主乘坐御辇抵达王宫前庭院时，国王和王后从西宫迎出，拉着女儿的手，问道：“心肝宝贝，你听不进父母之言，整个夏安居期都在吉祥山林花园里守戒，达成什么愿望了吗？”

公主答道：“布施和守戒的结果让女儿遇见了一位名叫内卡玛的仙人。女儿向他布施了红宝石项链，他给了女儿大力经咒。诵念一千遍大力经咒，天帝释便会现身。那时若向天帝提出不结婚便可得到尊贵的儿子，成为王位继承人的请求的话，女儿的愿望将得到满足。”

国王和王后原本也是慈悲为怀之人，不愿伤害他人。只因担心王

① 夏安居，佛教名词。在古印度雨期的三个月里，禁止僧尼外出，因外出易伤草木小虫，应在寺内坐禅修学，接受供养。

位后继无人，才对公主说了狠心的话。他们对公主说："女儿你不要伤心，也别孩子气。就按照仙人的指示诵念经咒一千遍吧。如果天帝释真的现身，就向他请求不结婚便能生子。若是天帝释不能满足你的愿望，我们真的断子绝孙了，那也只能怪我们的命了。你尽管诵念经咒，等待天帝释的到来吧。"

他们挑选了吉日，在王宫前庭院铺满了百余层光滑柔软的丝绒，洒上由玫瑰香露、檀香、海棠果香料块、沉香、茉莉和香脂等香料混合而成的圣水，插满了用鲜花制成的宝伞和旗幡。蒂拉珊达公主在国王和王后的陪伴下，在选定的地点，手拿绢帕，数着价值连城的珍珠念珠，清清楚楚地诵念了一千遍大力经咒。

坐在宝座之上的天帝释，突然感到宝座半边车轮一沉。起身，发现车轮深陷及膝。坐下后，又深陷及毂。天帝释知道一定是大力经咒的缘故，宝座变得像鼓面一样紧绷着。天帝释心想："定有大事发生。"于是，变幻出千只天眼，向人间巡视。得知蒂拉珊达公主的愿望后，便开始寻找合适的对象。他发现了在瓦达雾梯天国[①]被一万名奴仆侍候着的一对神仙夫妇，就找到他们说："恳请两位下凡投胎，到人间走一遭。"天帝释带着御车夫，急忙赶到南赡部洲的仰玛尼亚国。见过众人后，天帝释问道："何事要我下凡啊？"

摩诃雅圣达国王奏道："因深恐王位后继无人，便让公主蒂拉珊达结婚生子。无奈公主一心向佛，不思婚嫁，难有子嗣。恳请您施展法力，让公主不须婚嫁便生贵子。"

天帝释赞道："虔信佛法，品德高尚之人的愿望理当即刻得到满足。"

天帝释赐予公主一颗如意仙果。天帝释对公主说："此种仙果，在忉利天[②]众神的万般期盼下，一千株中也仅有两株开花结果。服下此果，待前世功德圆满，你将得到福德兼备的儿子。"天帝释说完便返回天国了。

公主将如意仙果盛在钻石高脚杯中，满怀期待，诚心诚意地服下。

---

① 瓦达雾梯天国(Vasavattī)，意为遂愿仙境。

② 忉利天，即三十三天，佛教用语。谓在须弥山顶中央为帝释天，四方各有八天，共三十三天。

顿时觉得无比骄傲幸福，千条经脉也都充盈膨胀起来，即刻便怀有身孕了。自从有孕在身，公主便对一切酸咸涩苦等味重的食物完全没有食欲，像过去一样安详端庄，不愿四处走动，就静静地躺在铺着天鹅绒的卧榻之上。十月期满，就像天空中那颗照亮整个南赡部洲的璀璨之星，一个黄金般的儿子诞生了。

阿杜拉黛维王后以及众多的皇亲大臣之妻、太傅乳母们，全都小心翼翼地照料王子。摩诃雅圣达国王得了外孙，兴高采烈，邀请了八位婆罗门为其举行洗礼。宫门大开，撑八顶白色华盖，红宝石镶边的金盘中盛满玫瑰香露，为刚刚降生的王子洗礼。王子出生后第七日，为其举行盛大皇家命名典礼，用沉香和棉纱作护身符。之后，大宴宾客，整个南赡部洲各国都送礼祝贺。还安排了各种符咒、消灾经的诵念。用上等黄金打造、镶嵌着九种珍贵宝石的摇篮的两边，各有五百人伺候。还从统帅大臣的夫人和儿子中选出千名乳母和侍从，不分昼夜，轮流看护、照料小王子。摩诃雅圣达国王为其取名恩达贡玛，意为天帝释之子。以上便是王子降生的情形。

二、惠如妙苏瓦公主出世

那时，统治着杜达德那山的神王狄炎德意和仙后格拉娜瓦迪身边，有无数仙女。他们居住在仙宫之中，夫妻恩爱，育有一女，名叫杜温娜雅迪。长大后，出落得美丽动人，完美无缺，住在七层重檐殿阁之中，千名仙女环侍左右。

夏季的一天，杜温娜雅迪向父王禀明自己想去参加嬉水盛会。得到允许后，一路伴有舞者表演和五种乐器[①]的乐师演奏，杜温娜雅迪仙女戴着玛瑙玛亚[②]红宝石项圈，在千名奴仆的陪伴下，驾祥云飞天，来到阿诺陀湖[③]等神湖中嬉水玩耍。时值初夏，微风从四面吹来，送来香

① 五种乐器指鼓、锣、铃、钹、唢呐。

② 传说中能满足人们一切愿望的宝石。

③ 传说中的大雪山七神湖之一，终年不见阳光，湖水清凉。

山[①]上一种神花浓郁的芳香。杜温娜雅迪到达仙湖附近时，问道："什么花的香气这样浓郁？与兰花、山柰、黄荆、玉兰、藏红花还有七瓣莲的香味完全不同。"

嬷嬷宫娥们回答道："曾经听说过，从这里望去，像绿豆一般大小，郁郁葱葱的就是香山。山上红宝石神窟里的神花芳香扑鼻。现在闻到的花香的确非常浓郁，应该是神花的香味吧。"

仙女非常渴望佩戴神花，便同一千奴仆一道，循着空中飞鸟的路线，飞到了香山之巅。神窟被七层高的铁墙围住了。她们向看守七层铁墙大门的神将请求入内。守门神将说："统领着所有土地神、树神、紧那梨[②]、紧那罗[③]的玛拉德瓦神王，就居住于红宝石神窟宫殿之中，手下奴仆无数。要想入内，先报上名来。"宫娥们将仙女的来历一一道明。

守门神将说："仙女们请稍候片刻，容我先向神王身边的人禀报。"

于是，向思杜达卡树神禀报情况。树神赶紧前往红宝石宫向神王面奏："统治着杜达德那山的仙王狄炎德意之女杜温娜雅迪与千名奴仆一道，前往仙湖嬉水玩耍。因闻到了随风飘来的神花的阵阵馨香，不由得非常想摘来戴在发上。她们现已来到此地，正在门外演奏乐器，跳阿迎舞[④]。"

于是，玛拉德瓦王便去宫殿过厅眺望表演，正好与公主四目相对，因两人前世的缘分，如同一朵被一百次浸泡的棉花，落入了清纯的玫瑰露中，瞬间涨得鼓鼓的一样，两人顷刻间便情谊满怀，相见恨晚，心意相通，暗生情愫。两人借着讨要神花一事，互表心迹，传情达意。黄昏分别之时，玛拉德瓦王摘下神花两朵相赠，并说："以后想戴花时尽管来取！"

杜温娜雅迪仙女接过神花，在千名奴仆的簇拥下返回了杜达德那城。

---

① 佛经中说的香山。

② 雌性的紧那罗，为音乐天女或天帝法乐神女。

③ 传说中一种人头鸟身的神，为音乐天或天帝法乐神。

④ 缅甸一种舞蹈，由两三个女演员交替演唱或跳舞，中间有两个丑角插科打诨。

嬷嬷们认为此事多有不妥，便向狄炎德意神王和格拉娜瓦迪仙后禀报。自那日起，杜温娜雅迪不得前往神湖嬉水玩耍，终日待在镶嵌着九种宝石的七层重檐的殿阁之中，思念重重，忧心不已。香山之巅红宝石殿的主人玛拉德瓦神王也因此垂头丧气，郁郁寡欢。双方思念之情不断，只得互派使者，书信传情，嘘寒问暖。

玛拉德瓦神王派遣使臣，将一千颗红宝石作为礼物，并在金贝叶上修书一封，称："小王怀着一片真情，愿将自身情谊性命全部献予公主。若能恩准小王与杜温娜雅迪公主婚配，杜达德那城与香山城将成为一家，如同两片黄金合二为一。大王思虑筹谋诸事，小王定当效忠尽责。"神王狄炎德意与手下众神商议，众神一致认为："红宝石宫殿神花之主，乃神通广大之神王，对公主爱慕有加。如今他恭恭敬敬好言前来求婚，不应拒绝。如同将两块上等黄金熔和在一起，此乃天作之合。"狄炎德意升王遂用动听的话语做了回复。

玛拉德瓦神王听说一切进展顺利，便又多次恳求。狄炎德意神王和格拉娜瓦迪仙后挑选吉日良辰，在镶嵌着九种宝石的七层重檐的殿阁之中举行了盛大的皇家婚礼。

两位神通广大之神王结为姻亲，统领了建立在咖拉山、思德亚山、给拉达巴山等山上的王国。

婚礼举行了七天七夜之后，派杜达德那城的民众恭送女儿女婿返回香山。他们夫妻二人，居住在红宝石宫殿中，有八万奴仆伺候，幸福快乐，尽享荣华。

一日，杜温娜雅迪王后正与国王在卧榻上酣睡，突然梦见："日神和月神，在众星簇拥下，从瓦达雾梯天国的天梯上下来，并肩站在神花之上休息。日神带领一千名奴仆飞向了仰玛尼亚国，而月神站在神花之上目送日神远去后，则钻进了杜温娜雅迪王后的腹中。"王后从梦中惊醒，呓语："您的孩子，给您！"国王将爱妻搂在怀里，询问王后："爱妻为何惊怕？"王后将梦中之事相告。

天亮之后，宣御医德瓦迪达婆罗门进宫，复述了梦境，向其求解。精通三吠陀[①]之婆罗门这样解道："瓦达雾梯天国中神通广大的神仙夫妇

① 吠陀：婆罗门教、印度教最古的经典。

二人,在天国中死去之后,沿天梯下来,停歇在神花上。日神王子到人间投胎转世去了,而月神公主今天也在杜温娜雅迪王后腹中坐胎了。"

杜温娜雅迪王后真的怀孕了。十月期满,如天上的神珠从闪光的宝石盒中轻轻滑落一般,一位纯洁高贵的公主诞生了。

在宫娥奴仆、众仙女的帮助之下,公主顺利降生。出生后第七日,为其举行了盛大的洗礼命名典礼。放进摇篮后,外祖父狄炎德意、外祖母格拉娜瓦迪以及父亲玛拉德瓦都帮忙照顾,大家一致夸赞:"杜温娜雅迪生的女儿,像猫眼石一般,白白胖胖,娇嫩可爱,真是个高贵俊俏的姑娘。"于是取名惠如妙苏瓦。① 因为外祖父母和父母皆为神通广大、有权有势之人,所以为小公主仔细挑选了以咖那迪意为首的一百名乳母,以优巴达亚为首的一百名乳母,以玛杜萨拉为首的一百名乳母,以摩诃达拉为首的一百名乳母,共计四百名乳母轮流哺育小公主。

在精心养育下,公主长到了十余岁。从杜达德那山、咖拉山、思德亚山、给拉达巴山以及香山等五座神山上所有的土地神、树神、紧那梨、紧那罗和众仙人中挑选出思杜达卡神之女巴杜玛登季及一千名仙女,底腊补玛神之女赡部董达意及一千名仙女,摩诃巴杜玛神之女基戊那达意及一千名仙女,阿罗尼亚丹岛神之女巴达萨尼及一千名仙女,威萨兜神之女丁卡格那亚尼及一千名仙女,德瓦德那亚神之女萨佑亚德娜及一千名仙女,丁卡玛咖达神之女底咖给达及一千名仙女,摩汉达亚神之女甘达玛拉及一千名仙女,德瓦第达神之女瑶哈那玫达及一千名仙女,恩第德瓦神之女亚迪牟达及一千名仙女,共计万余人。她们教导公主为人处世之道,谙熟世间习俗规矩。

待公主年满一十三岁,身穿镶满钻石和翡翠的筒裙、衣衫和披肩;体态丰腴,细纱衣衫,更显酥胸;项间佩戴四五条钻石九宝项链,手戴三只翡翠玉镯,足套纯金脚链;留乌黑长发,云堆髻耸、喜迎晨曦、青丝紧束、云髻松挽、珍珠点点、香莲花蕊、皎洁银月、宫廷神花、星花飘零、鸳鸯觅食、妙声鸟喙、槟榔宝盒,②款款发式,衬得公主容颜格外娇媚。红宝石宫,大殿三十,小殿相连,各式殿阁,飞檐重阁,雕梁画栋,扶手

① 惠如妙苏瓦:意即高贵的猫眼石。

② 以上皆为缅甸古代女子所梳发式的名字。

栏杆雕有花卉藤蔓、雄狮、骏马、巨象和龙蟹，图案新奇，美轮美奂。特异琉璃门扇，能发出妙声鸟和仙鹤的动听声音。金宫殿堂，五千余座，鳞次栉比，令人称奇。殿前遍种神花，四侧耸立高楼，飞檐层叠，门扉晶莹。红宝石殿，纯金之宫，白银亭阁，左右环绕。惠如妙苏瓦公主在仆从万余人簇拥下，由八位婆罗门主持了公主的洗礼大典。吹奏弹唱，载歌载舞。礼成之后，公主偕仆从被送进这有五百扇门扉的宫殿之中，一干奴仆宫娥对公主悉心照料。以上便是惠如妙苏瓦公主出世的情形。

三、兴建宫殿

那时，仰玛尼亚国摩诃雅圣达国王之外孙，南赡部洲福德无边的尊贵王子和与他同时降生的千名同龄伙伴一样，已年满周岁，咿呀学语。乳母、嬷嬷和奴仆们摇着宝石镶嵌的摇篮，边哄王子，边唱摇篮曲[①]，讲述王子的身世。

他们唱道："摩诃雅圣达国王和阿杜拉黛维王后，为蒂拉珊达公主，在整个南赡部洲，寻觅佳偶未果。公主在山林吉祥花园，持斋守戒、虔诚礼佛之际，诵念仙人所赐经咒，请得天帝释下凡。公主向帝释许愿，得赐如意仙果。王子因前世因缘，投入母后腹中，我等皆亲眼所见。"

王子长大后，一次来到母后所居金殿，向母后询问："吃斋守戒，行善积德，道行深厚，品行端庄的母后大人，听说您诵念在花园中仙人所赐经咒，向天帝释要求以处子之身，得到儿子，天帝释便赐予了如意仙果，此事当真？"

母后答道："我为了满足父母的心愿，诵念仙人所赐经咒，向天帝释乞求儿子，确实如此。"将事情始末，详尽地告诉了王子。

恩达贡玛王子又问："如果现在再次诵念经咒，天帝释还会现身吗？"

蒂拉珊达母后说："将大力经咒清清楚楚地诵念千遍，天帝释定会

① 摇篮曲，缅甸诗歌的一种形式，用歌颂历代英雄伟业来教育年幼的王子和公主。

像从前一样立刻现身的。”

恩达贡玛王子说：“既然如此，母后大人，孩儿非常渴望与父王见上一面，有事相求。请母后一定诵念经咒，将父王天帝释请来。”

蒂拉珊达母后说：“孩子，天帝释在八万四千由旬高的须弥山[①]巅，建造了有千座城门的善见城。在天帝释的宫殿中，有杜楠达、杜赛达、杜丹玛和杜萨达四位王后相伴。有佑甘达亚、恩登达亚、内美达亚、伽亚卫伽、杜达德那、卫纳德伽、阿德甘等七座神山和七条神河环绕。迪达山之上，住着二十八位天神，龙众、大鹏[②]、鸠槃荼[③]、夜叉[④]、摩睺罗迦[⑤]。忉利山上宫殿中三千六百万仙子仙女侍奉左右。天帝释乃大福大德之主，如果没有什么大事，随意地恭请他，由于经咒的法力，他也一定会降临的。那该多不好意思啊！等真的遇到大事时，再双手合十举过头顶，行五体投地之礼，恭请天帝释吧。”

恩达贡玛王子一次次向母后请求：“孩儿乃天帝赐生之子，因此威名远扬南赡部洲。但孩儿既身无一技之长，又不懂人情世故，真是盛名之下，其实难符。孩儿非常渴望掌握让一切有情众生难以招架、甘愿俯首称臣的武艺。孩儿想向天帝释祈求掌握十八般武艺，您替我请他下凡吧。”

蒂拉珊达母后被儿子的真情打动。于是，择良辰吉日，彻底清扫宫殿内外，遍洒清凉芳香之水，满插花伞花旗，并与儿子一道，在一个尊贵的地方，数着用金线串成的珍珠念珠，清楚准确地诵念了一千遍大力经咒。天帝释感到宝座一动，向人间张望，得知了蒂拉珊达公主之子恩达贡玛王子的愿望。天帝释想满足王子的愿望，急忙下到凡

---

① 须弥山，梵文 Sumeru 的音译。印度神话中的山名，亦为佛教所采用。相传山高八万四千由旬，山顶为帝释天，四面山腰为四天王天，周围有七香海，七金山。第七金山外有铁围山所围绕的咸海，咸海四周有四大部洲。许多佛教造像和绘画以此山为题材，用以表现天上的景观。

② 大鹏，传说中的神鸟，又译做妙翅鸟、金翅鸟、迦楼罗或咖哝，是龙的死敌。

③ 佛教谓天界四大天王之一南方增长天王手下居首位的神魔，又译作瓮形鬼。

④ 佛教谓天界四大天王之一北方多闻天王手下居首位的神魔，又译作捷疾鬼。

⑤ 佛教谓天“天龙八部”或“龙神八部”八种天神之一，一译作大蟒神。天龙八部包括：天众、龙众、夜叉、乾闼婆（香神或乐神）、阿修罗、迦楼罗（金翅鸟）、紧那罗（歌神）、摩睺罗迦（大蟒神）。

间，询问详情。恩达贡玛王子启禀天帝释："圣主大发慈悲，才有孩儿。冀求掌握十八般武艺，不负盛名。"

天帝释赐予恩达贡玛王子世间无人能敌、威力无比的金刚杵[①]。他还放心不下，特意召来杜亚达底仙女，嘱咐道："恩达贡玛王子乃本王之子，你就替我好好照看扶持他，将十八般武艺，悉数传授于他吧。"

将儿子托付给杜亚达底仙女之后，天帝释还希望他拥有与其帝王身份相符的物件，便将自己所戴价值连城的项链取下。该项链为九种珠宝，三面三棱，奇特异常。一面望去，南海蒲桃、百宝树、山合欢和蟠檀四种大树以及两千座小岛上的苦楝树，闪闪发亮，一览无余。转换一面，但见铁围山四周，大洋环绕，源自神湖的五百条小河，与五条大河一道，缠绕峻山密林，大洲和周围小岛，被山川河流湖泊环绕，其上数以亿计的生命，尽收眼底。再换一面，瑶哈那玫达山上生长的各种奇葩怪草以及珍禽异兽，如在近前。从上往下看，龙众、大鹏、鸠槃荼、夜叉、摩睺罗迦，七层宝石山、六重天[②]、二十层梵天以及天神仙女们居住的琼阁金殿清晰可见。从下向上看，地狱、畜界、饿鬼以及阿修罗界四恶趣[③]中的种种历历在目。此九种宝石用翠色绳串起，有五种奇妙和五种功效，散发出白、蓝、黄、黑、棕、花、金等七种耀眼光芒。天帝释道："佩戴此九宝项链，愿你同我一样，至高无上，战无不胜。"天帝释亲自为恩达贡玛王子戴上九宝项链后，返回了天国。

恩达贡玛王子戴上有五种奇妙的九宝项链，像天帝释一样英俊潇洒，威仪堂堂。他还获得了威力无比、闻名遐迩、克敌制胜的金刚杵，并举办了整整七日庆祝盛典。

杜亚达底仙女因王子乃天帝释之子，每日亲自传授十八般技艺。王子学会飞天、遁地、变形、还魂，诸般技艺，样样精通，南赡部洲众王皆投奔其麾下。

---

① 金刚杵：原为古印度的一种兵器。佛教密宗采用作为摧毁魔敌的法器。它用金、银、铜、铁等制成，长八到十二指，中间为把手，两端有独股、三股、五股等刃头。

② 又称六欲天，即四天王天、忉利天、夜摩天、兜率天、乐变化天和他化自在天。

③ 指地狱、饿鬼、畜生、阿修罗等四恶处。即众生以造作恶业而受生的苦难世界。

一天，恩达贡玛王子率百万兵士、与和他同时降生的千名同龄伙伴，乘坐飞天神车，从仰玛尼亚国出发，前往吉祥山林花园中鲜花盛开、全年适宜居住的底杜达咖湖畔的行宫。

那时，统治着亚目那国的诶雅波拓龙王正在召集大臣们议事。龙王问道："亚目那河、恒河、阿思瓦底河、玛西河以及德亚部河这五条大河，还有五百条小河，它们的源头在哪里呢？"

大臣们回答说："源头在阿诺陀湖。"龙王又问："水是怎样汇成阿诺陀湖，又是在哪里变成大小河流的呢？"众臣均不知晓。

于是，龙王决定一探究竟。遂龙妃龙女一概不带，只率八万精锐龙兵前往亚目那河。他们施展法力，飞速前行。

到达五条河流交汇之处的德亿灿那山，得知此地乃是五大河之源头。但见水流过恒河之洞，流到山脚下的大石板上，形成50由旬宽阔的水面；又见天上恒河之水向天上倒流60由旬，再向下泻，直冲到四分之三由旬宽的巴巴达山腰之上；再从牛、马、象和狮等四处出水口处流出，蜿蜒十二道的水流，形成了阿诺陀湖、散丹达湖、亚拓噶亚湖、贡德拉湖、满德吉尼湖、迪哈巴巴达湖、难达木拉湖。龙王在各处查看后，还想查看七湖湖畔，乌鸦嘴般矗立着的五座大山的情况，便率八万龙兵继续前行。登上香山，在半山腰的石板之上，龙王与众龙兵歇息之时，看见山顶之上七层铁墙围绕着的五百座宫殿，放射出宝石般耀眼的光芒。

就在众龙心中疑惑是哪位国王的宫殿，正在举目张望之时，惠如妙苏瓦公主甚觉无聊，决定亲自采摘神花解闷。宫殿中满铺百层白色丝绒地毯，公主在一万一千名仙女的簇拥搀扶之下出宫。这情形正被龙王与八万龙兵遥望见：红宝石宫，五百殿阁，嵌珠描漆，金光闪耀，光芒万丈。看那簇拥左右的众多仙女：个个文雅人人端庄，五美具备六瑕①难寻。层层叠叠排列整齐，俏美佳丽楚楚可人。

再看惠如妙苏瓦公主：倾国倾城仙人难及，面如满月皓然当空，肌肤晶黄光泽柔美，体态轻盈纤若蜡像，柔如纯金貌似宝玉。龙王龙众个个看得目不转睛，屏住呼吸，如醉如痴，东倒西歪。

---

① 缅甸人谓女子长相有六种缺憾。即：太高太矮，太胖太瘦，太黑太白。

众人眼花缭乱、晕头转向之时，但见惠如妙苏瓦公主，手持金柄九宝叉竿，忽高忽低，叉取神花。公主身着紧身上衣，繁花似锦，钻石滚边。微风拂起围在玉颈间的披肩，露出了柑橘般大小的双峰。那若隐若现的酥胸，犹如闪电之中竞辉的双星。虽与公主相距甚远，却好似近在眼前。如同天上的闪电，照亮了人间。眼前奇妙的宫殿，气势恢弘。容光焕发的面庞上清澈的双眸似两盏闪烁的明灯。龙众定睛凝视，不禁心潮起伏，神魂颠倒，慌乱不已。

龙王一班手下，已经忘记主人就在身旁，个个心慌意乱，吵吵嚷嚷：有的咋舌作响，神志不清，摇摇晃晃；有的伸出舌头，恍若梦游；有的跌倒在地，满地翻滚；有的呵斥之声也难以改变他们，昏头昏脑，不明方向；有的跌跌撞撞，被荆棘刮破衣衫，被树根绊倒流血，竟浑然不觉。剩下龙王只身一人，不知不觉来到山脚之下，也精疲力竭，倒地睡去。

此时，呼炎巴拉大鹏率五百侍从，正前往威布拉山巅，准备求教于在那里挂单[①]的威萨玛亚仙人。途经山脚下时，看见没精打采的诶雅波拓龙王，正蜷缩在那里。大鹏让手下先行上山，自己使出浑身的气力，抓起龙王，一飞冲天，四面乱转，把龙王折腾得筋疲力尽、气喘吁吁。

他们正在天上打闹之时，居住在底杜达咖湖畔的行宫中、拥百万士兵、千名同龄伙伴的金刚杵之主人恩达贡玛王子，率众来到了距仰玛尼亚国以北三由旬之遥的吉祥山林花园休息。王子看见龙王正用尾巴紧紧缠住吉祥山林花园中一棵百肘尺[②]高的大海棠树。王子没想到竟然有人胆敢在他游玩的花园中破坏花草树木，非常生气。于是手持金刚杵，击中大鹏。大鹏折翅，血流不止，与龙王双双跌落地上。

看到痛苦不堪、可怜无助、血流不止的呼炎巴拉大鹏，通晓四谛、福大命大的王子心生慈悲，用脚踩着大鹏的头，念起了杜亚达底仙女所授的符咒，并喷洒清水。大鹏立即苏醒过来，伤痛全无，复原如初。

---

① 挂单，佛教名词。行脚僧投寺院暂住之意。“单”指僧堂东西两序的名单，衣钵就挂在名单下的钩上，故称。

② 缅甸计量单位，相当于 19 英尺长。

大鹏从未见过，也不曾听说过法力如此高强之人，今日有幸遇见，连忙说道："通晓四谛、福大命大之人啊，他日成佛，我也希望与您一道脱离苦海。我不想回自己的王国了，让我留在才智出众的您的身边，尽心伺候您吧。"于是，王子收留了大鹏。

诶雅波拓龙王也见识到了王子的威力，不愿离开救命恩人，表示要追随王子左右，尽心伺候，甘愿为奴。

一年之后，王子率百万士兵、千名与他同时降生的同龄伙伴，返回仰玛尼亚国，到达宫中。龙王和大鹏得知王子乃天帝释之子，心悦诚服，跪拜不止，紧随王子左右。

此时，杜亚达底仙女向摩诃雅圣达国王和阿杜拉黛维王后请求："国王之外孙恩达贡玛王子乃天帝释之子，应当继承天帝释之遗产。但凡人与神灵毕竟不同，请允许我为其修建一座像善见城内天帝释的宝殿维扎仰达宫一般雄伟的宫殿。"

摩诃雅圣达国王和阿杜拉黛维王后同意了仙女的请求，说道："像我们外孙这般造化极大、威力无比的王子，是我们摩诃三末多王系列祖列宗中从未见过，甚至不曾听说过的未来将成佛的神威之人。我们无法提供与其身份相配之条件，一切拜托仙女您了。"

杜亚达底仙女想要建造一座凭借人类的聪明才智无法建成的宫殿，便命令龙王和大鹏各自回到自己的王国，召集所有木匠、雕刻匠、画匠、泥瓦匠、金银首饰匠、铁匠和各路能工巧匠前来助阵。龙王和大鹏遵照仙女的指示，竭尽全力，分头行动。

来自龙国和大鹏国众多的能工巧匠，在距离仰玛尼亚国都三百由旬的地方，建造了一座方圆一百五十由旬，直径五十由旬，高三十阿达[①]的砖城墙；在砖城墙之中，建造了一座方圆一百二十由旬，直径四十由旬，高三十阿达的石城墙；在石城墙之中，建造了一座方圆九十由旬，直径三十由旬，高三十阿达的铁城墙；在铁城墙之中，建造了一座方圆六十由旬，直径二十由旬，高三十阿达的紫铜城墙；在紫铜城墙之

① 计量单位，七肘尺长的长度。

中，建造了一座方圆三十由旬，直径十由旬，高三十阿达的五色合金[①]城墙。这五层城墙之上，砖城墙上布满龙像箭垛子，石城墙上布满大鹏像箭垛子，铁城墙上布满鸠槃荼像箭垛子，紫铜城墙上布满夜叉像箭垛子，五色合金城墙上布满摩睺罗迦像箭垛子。

这样大小五重城墙之中，共有一千扇大门、十万座尖顶阁。门与门之间，有金银走廊相连。砖、石、铁、紫铜和五色合金各城墙间，则分别由砖、石、铁、紫铜和五色合金的千级阶梯相连。城池中心最高处，有一宽四分之三由旬的碧玉石雕龙口涌出的瀑布，顺时针方向绕城，形成五条河流。

宫殿之中，有多层屋顶大殿三十栋，环绕着三座尖顶阁。每座尖顶阁的重檐有九层，九个过厅，四面有门。东侧隔墙，放置宝座。宝座上方三面皆覆白色华盖。南宫、北宫、中宫之中，安置后妃宫娥。用白檀、紫檀、红檀、旃檀等建造的七层重檐尖顶阁，大大小小，相互连接。南宫、北宫、中宫周围，有三十座五层重檐尖顶阁环绕，新颖奇特。依身份地位高低，镶嵌黄金和宝石。身份高贵者所居之殿建有侧室、暗道、拱形顶、楼梯和迷宫甬道等，还有凉季、热季和雨季居住的宫殿，以及金库银库，均用九种宝石镶嵌其外，上等黄金装饰其中。雕梁画栋，各种花纹图案雕刻之间，紧那梨、紧那罗翩翩起舞。翡翠窗、钻石门以及不计其数的宫殿楼堂、尖顶阁，雕刻着花草藤蔓、狮子、凤凰、紧那梨、紧那罗、妙声鸟、麒麟、人面狮兽、孔雀和珍禽等图案。雕刻精美的宫殿之中，用太阳石、如意石、禅定石、斑红宝石、翠色宝石、闪电石、紫色透出红蓝光的宝石、珍珠、绿柱石、珊瑚、钻石、猫眼石等装饰。用绿色宝石、粉色宝石、闪光石、石榴石、黄玉等制成果蔬状装饰物，将整座宫殿装点得五光十色，金碧辉煌。推开玻璃门窗，便可发出悦耳的声响。这些宫殿和五层城墙的宾萨玛雷城，便是在杜亚达底仙女的设计监督之下，在龙王和大鹏率领众神的努力之下建成的。以上便是兴建宫殿的情形。

---

① 指金、银、紫铜、铁、铅五种金属的合金。

四、杜亚达底仙女返回天国

建成宾萨玛雷城后，杜亚达底仙女向摩诃雅圣达国王和阿杜拉黛维王后提议让恩达贡玛王子搬进城中居住。与蒂拉珊达公主和恩达贡玛王子亲切话别之后，仙女返回天国。

五、为恩达贡玛王子寻找爱妃

恩达贡玛王子年满十四周岁，摩诃雅圣达国王想为外孙寻找一位合适的少女，派遣使臣给南赡部洲所有国王送去了诏书。诏书上写道："本王之外孙恩达贡玛王子，居住于杜亚达底仙女建造的宾萨玛雷城，尚未有合适的南宫[①]人选。现将挑选合适的妙龄少女，有意者请携女前来。"

众国王慑于摩诃雅圣达国王的神威，纷纷备好贵重的礼物，亲自将女儿安全地护送到恩达贡玛王子面前。

国王和王后让百名公主穿戴得高贵典雅，一排排站好，然后对王子说："你就自己挑选心仪的对象吧。"

王子遵命，仔细留意每位公主的容貌，个个娇弱柔媚，血统高贵，完美无缺。但王子未发现特别出众者，公主们都相差无几，故没有选到意中人。王子禀告国王和王后："整个南赡部洲，只有前无古人，后无来者之绝代佳人，方配做孙儿我宾萨玛雷城的正宫王后。"

国王和王后面露难色，说："杜亚达底仙女此刻不在，我们想不出更好的方法。一百位公主中都挑不出一个中意的，实在是让我们犯难了。"

王子安慰他们道："无须为孙儿担心，孙儿自会找到合适之人。请二老放宽心。"

说完，恩达贡玛王子便集合与他同时降生的千名同龄伙伴和所有将士、侍从，问道："世上难道没有比这百名公主更加出色之人吗？"

① 缅甸以南宫为首，相当于正宫娘娘。

诶雅波拓龙王启奏道："您若不问，小的不敢禀报。自臣服于您的那一天起，小的就多次想禀奏。但由于惧怕您的威严，一直不敢奏报。小的知道一位与您相配的仙女所住的地方。"王子便问她在何方。

龙王细细道来："小的率八万龙众探寻亚目那河之源，在德亿灿那山看见从牛、马、象、狮等四处出水口处流出蜿蜒十二道的水流，形成阿诺陀湖、散丹达湖、亚拓噶亚湖、贡德拉湖、满德吉尼湖、迪哈巴巴达湖、难达木拉湖等七大湖泊。小的还想探寻五座高山，便率众攀登香山。在半山腰休整之时，看见山顶之上无数的宫殿金碧辉煌。小的心中正纳闷是哪位仙王的宫殿之时，看见像太白金星一般全身闪亮的高贵仙女，在众人簇拥下，手持金叉，正在宫殿凉台上摘花。小的看得目瞪口呆，心慌意乱，滚下山去。随从离散，眼不见，耳不闻，不知身处天上还是地下，跌落到蔑辛山脚下，被呼炎巴拉大鹏抓住，后来就臣服于您了。小的在天上也见过无数的仙女，却从未见过如此举止优雅之人。别说没见过，简直是闻所未闻。别说南赡部洲百王之女，便是六重天所有的仙女也根本无法与她相提并论。查她生辰，年近一十三岁。小的简直无法向您描述她的美貌。"

恩达贡玛王子听闻香山之上，惠如妙苏瓦公主的情况，因前世有缘，顿生好感，迫不及待。

于是，恩达贡玛王子向龙王问道："若率与本王同时降生的千名同龄伙伴，携带二十六种随身仪仗，需要几日方可抵达香山附近？"

龙王答道："如果由臣在建造和守卫宾萨玛雷城的百万龙兵工匠之中，挑选出十万，七日之内便可到达。"

王子道："如此说来，就让与本王同时降生的千名同龄伙伴携各种仪仗先行前往，在阿诺陀湖畔建造行宫。十日之后，吾将动身，当天到达。"诶雅波拓龙王用凤凰御舫载上大小槟榔盒、各种宫廷礼仪用品和王子的千名同龄伙伴，让十万名龙兵拉纤，择吉日从水路出发。到达德亿灿那山脚下时，弃凤凰御舫，改走陆路。到达阿诺陀湖后，在一处瓜果飘香、鲜花盛开的空地上，十万神仙工匠，用从六彩牙象王湖附近获得的无数象牙，结合绿、蓝、红、黄等各色颜料，建造了精巧美丽的行宫。

过了十日，恩达贡玛王子向外祖父母和母亲辞行，去寻找适合的妙龄女子。王子骑在大鹏王背上，手持金刚杵，由五百大鹏护送，当天抵达了象牙行宫。

王子抵达在阿诺陀湖畔用象牙建造的行宫后，四处巡视，查看四周的瓜果花草、湖泊池塘。在行宫住下后，怀念国都之中，将士们骑马驱象、操练盾术、火枪火炮、长矛梭镖的热闹景象。在缅历九月黄毛石豆兰未长出之前、凉季之初，兴致大发，在一片叫做给拉尼的甘蔗田中，捕到了咖拉瓦咖、金给亚、倍各拉、登巴、戊葆德拓、参登邦牡等六只白象。王子与千名同龄伙伴一道，赛跑摔跤，乐此不疲。象牙行宫中，五种乐器伴奏，跳阿迎舞，歌舞升平，其乐融融。

六、恩达贡玛王子去见惠如妙苏瓦公主

此时，惠如妙苏瓦公主感到无聊，常手持玉柄金叉，采摘神花解闷。宫殿中满铺厚厚的白色丝绒地毯，在众多侍女的簇拥搀扶下，步出红宝石宫殿，前往凉亭。途经宫墙时，上百柄金伞撑起遮阳。凉亭上有一块十庹[①]长的玻璃没有装好，露进了阳光，反射到门廊上，再反射到殿前平台。这时，金伞之间出现缝隙，一束枣叶般大小的阳光停在了惠如妙苏瓦公主的发上，公主受热，感到不适，满脸大汗，全身血流加速，青筋暴露，好似刚摘下的莲花在日下暴晒后蔫了一般，千金玉体，甚觉不适，肌肤干燥，瘫软在地。公主被抱进红宝石宫殿中，安放于蓝宝石卧榻之上，金柄金叶宫扇十把，轻摇送爽。巴杜玛登季、金乌那达伊、登咖格拉尼、巴德金萨尼、宝咖瓦底等一班宫娥，非常害怕国王和王后得知此事后多加怪罪，赶忙求救："格那吉利嬷嬷，摩诃达拉嬷嬷，你们赶紧想个办法吧！该怎么照顾公主才行啊？"

萨幼亚德那、底咖给达、甘达玛拉、瑶哈那玫达、底意牟达等五位宫娥说："这种情况下，我们赶紧去取阿诺陀湖之水，在国王和王后知晓之前，你们加紧打扇，让公主舒服一些。"五位宫娥监督着侍从们带着水罐前往阿诺陀湖打水。

恩达贡玛王子在侍从们的簇拥下，正在湖边欣赏各色奇异花卉，遇

① 庹，量词，成人两臂左右平伸时两手之间的距离。

见了前来打水的宫娥，正好得知事情的来龙去脉。看着站在湖边的王子，宫娥们想：“一定是忉利天上的天帝释到阿诺陀湖来玩，采摘莲花和莲藕。如果他在这里逗留时间太长，公主昏迷过去，麻烦可就大了。”

于是，五位宫娥走到王子面前，禀告道：“神仙大人，统治着甘德玛城的玛拉德瓦神王之女、惠如妙苏瓦公主，准备去凉亭，用黄金叉竿采摘神花。她从红宝石宫殿走出，扶着黄金扶手，脚踩天鹅绒，来到殿前平台上，金伞为她遮挡阳光。金伞之间出现缝隙，一束枣叶般大小的阳光照到了惠如妙苏瓦公主。公主血流加速，虚弱不堪。为了让公主清醒过来，我们前来阿诺陀湖取水。因为您站在湖边，我们不敢贸然靠近。请您看在我们主人病痛的份上，让一下路吧。”

王子知道了事情的原委，赶紧传唤诶雅波拓龙王，命他立刻火速前往玛拉幼岛取来金黄色的檀香。

王子的一些侍从恭敬地上前禀告：“等太阳从西边出现，才会闪金光。无忧花树根处生长的茉莉花，从前藏在暗处。因为您的福分大，不去问她们就来报告了。这预示着您将行大运。”他们唱着歌，迈着武术的步伐，手舞足蹈。

巴虎巴利咖、达亚赛达、底利敏格拉、摩诃泽亚等四位与王子同时降生的同龄伙伴说：“统治着整个南赡部洲的仰玛尼亚国王摩诃雅圣达之女蒂拉珊达公主叩拜天帝释所得之子、金刚杵之主恩达贡玛王子，听闻在甘德玛宫中，有一位五美俱佳之仙女，偕龙王大鹏王前来。如果事先知道是甘德玛宫的人，定然不会打搅，你们赶紧去取阿诺陀湖水吧。”

五位宫娥一一拜别了王子，同侍从们一道，来到宁静的阿诺陀湖边，用金水罐装水。这时，诶雅波拓龙王已从玛拉幼岛取来金黄色的檀香，献给王子。王子派遣侍从宾尼亚哈达[①]前去向甘德玛宫的人们说明情况，献上檀香。

宾尼亚哈达假装来看宫娥们打水，悄悄来到湖边，对五位宫娥说：“你们的主人受了热，身体不适，血流不畅。如果用阿诺陀湖水洒了之后，仍未复原，就请将这金黄色檀香献给你们的主人。这金黄色檀香

① 意为智慧幽默。

可是只有神通广大之人方可获得，只要一滴，便可使滚滚沸水立刻冷却。请向你们的主人禀告，天帝释之子恩达贡玛王子，住在杜亚达底仙女为其建造的宾萨玛雷城，仰慕甘德玛仙女的芳名，在龙王和大鹏王的陪伴下，来到阿诺陀湖畔，修建了象牙宫殿居住。”

甘德玛宫的人们接过芳香扑鼻的檀香后，表示一定如实向主人禀报。说了些好话后，每人用水罐盛满清澈的湖水，同奴仆一道回宫了。

回到宫中，用斑红宝石镶嵌的钵，取了适量的湖水，洒向公主。水干了后，又一次次泼洒。公主仍浑身瘫软无力。格纳迪亚嬷嬷又继续要湖水，扎幼亚德那说用水罐打来的湖水已经用光了。格纳迪亚嬷嬷说：“要是让国王和王后得知此事，我们红宝石宫殿中的人全都没有好果子吃。事情再发展下去，麻烦可就大了。”

扎幼亚德那说：“在阿诺陀湖畔，有一位侍从无数、拥有金刚杵的恩达贡玛王子，送给了我们只要在沸水中加入一滴，便可使沸水冷却的檀香，说如果公主发热，可将檀香研磨后给公主涂抹。现在檀香就在雅蒂摩达[①]身上。这位王子也是杜亚达底仙女修建的宾萨玛雷城的主人。”

听完扎幼亚德那的话，摩诃达拉嬷嬷说：“哪一位人间的王子可以来到阿诺陀湖畔呢？又有哪一位人间的王子能够有龙王和大鹏王追随左右，并从众罗刹和夜叉看守着的玛拉幼岛上取来金黄色的檀香呢？一定是天帝释得知我们公主的病情，发了善心，装扮成王子的模样，送来檀香救治公主。”

在三肘尺[②]宽的玉石板上，尤芭达雅嬷嬷沾着阿诺陀湖水研磨檀香，巴杜玛登季宫娥用闪光的宝石碗盛着，用神花的花蕊沾着，整个神花湿润了，清凉入骨，芳香怡人，公主即刻醒来，神清气爽，恢复了健康。公主向雅迪摩达询问金黄色檀香的由来，雅迪摩达向公主禀报了南赡部洲金刚杵之主，恩达贡玛王子派遣龙王前往玛拉幼岛取来金黄色檀香的经过。

听闻此言，众嬷嬷纷纷说道：“天帝释可真是聪慧绝顶啊！以前他

---

① 意为时令珍珠。

② 肘尺，缅甸计量单位，指从肘至指尖的长度，相当于 0.5 米。

不就装扮成老人，娶了阿杜雅王之女杜萨达公主吗？公主您的容貌身材，与杜萨达仙女不相上下，不分伯仲，也许天帝释就装扮成王子，想娶公主为妻呢。这种地方，又有哪个人间的王子能来呢？”

瑶哈那玫达宫娥说道：“摩诃达拉啊，您可别这样说。听我父亲说，在王后怀孕之前，曾梦见忉利天上，日神和月神在众神簇拥下，沿仙界长廊而下，在神花之上逗留休息后，日神先行前往人间，月神目送日神，直到他的身影消失后，钻进了王后腹中。王后从梦中惊醒，无法安然入睡。天亮之后，将我父亲德瓦底达召至宫中询问。我父亲解释说在瓦达雾梯天国死去的一对神仙兄妹，在侍从陪伴下，一同在神花上逗留休息。神仙妹妹看到哥哥前往人间投胎，也投胎到王后腹中。尊贵的王后，如同金子上镶满钻石一般，身怀六甲，生下纯洁的公主。种种迹象表明，现在来到公主面前的王子不是天帝释，而是前世修了福德之人，别说是大洋，就连须弥山也能到达。与公主般配的人，一定是位高贵威武，将成为转轮王之人。现在到此的这位王子，有龙王和大鹏王相助，是金刚杵的主人，大家就误认为是天帝释，我可不同意这种说法。”

听完德瓦底达之女瑶哈那玫达宫娥的话，摩诃达拉嬷嬷说：“凡人不可能到达那么遥远的地方，还能取来金黄色的檀香。另外，他还收服了龙王，拥有金刚杵，居住在象牙宫殿里。这些不得不让人以为他是天帝释。公主殿下可派雅迪摩达前去回赠礼物，看看他到底是凡人，还是天帝释。”

公主听闻瑶哈那玫达宫娥讲述的前世之事，心向神往。但因公主年幼，尚不懂儿女之情；住在红宝石宫殿之中，尊贵无比；又有些恐惧害臊，便用严肃的口吻掩饰自己又羞又怕的心情，说道：“我受热不适之时，接受了芳香四溢、清凉舒爽的金黄色檀香，神清气爽，不适顿消，理应感谢此人。”于是派雅迪摩达将两朵神花的花柄用细玉绳绑在一起，送给王子。

雅迪摩达在众侍从护卫下，浩浩荡荡地前往阿诺陀湖畔的象牙宫殿。象牙殿外、二层小楼拐角处，有一座凉亭。王子正在凉亭下的宝座上休息，侍从们吟颂雅杜诗[①]取悦王子。雅迪摩达走上前来，用石榴

---

① 雅杜诗，缅甸一种诗体。

石的托盘送上两枝神花，奏道："我们公主使用了您好心赠送的檀香后，立刻痊愈了。多次提及对您的感激之情，特派我前来回赠神花。"

王子非常高兴，看见神花花柄上扎着的细玉绳，心想：这是表达有情人终成眷属的意思。王子将神花放在手中，仔细地欣赏把玩，又向侍从宾尼亚哈达使了个眼色，便回象牙宫殿了。

七、互相讲述故事

宾尼亚哈达走近雅迪摩达身旁，说道："天帝释用一颗神果让王后受孕，诞下王子，成为整个南赡部洲众人臣服的金刚杵的主人，杜亚达底仙女为其建造了宾萨玛雷城。听说在甘德玛宫中有与王子相配的佳人，特率龙王大鹏王和吾等与王子同时降生的千名同龄伙伴前来。路途虽然遥远，王子施展神通，当天便抵达了。在阿诺陀湖畔建造了象牙宫殿居住。他们两位尚未谋面，我们做仆人的，应当尽量从中撮合。你们就如同红宝石宫殿之主公主的耳目一般，公主对你们信任有加。我们也是象牙宫殿之主王子的膀臂，不离王子左右，尽心伺候。要缝衣服，离不开针和线。你若从中相帮，固然公主会受益，自然也少不了你的好处。你将得到更大的恩宠，享不尽的富贵荣华。请你一定替我们王子多多美言，别忘了我们王子就住在阿诺陀湖畔的象牙宫中。"

雅迪摩达要答话，便将刚才献神花的宝石托盘递给身后的名叫迪利曼达的宫娥。宫娥迪利曼达正要接过托盘，雅迪摩达一松手，托盘掉在了象牙宫殿的地板上，摔碎了。宾尼亚哈达看见后，问道："托盘碎了吗？"

雅迪摩达说："我太心急了，别人还没伸手接着，我就急着递过去，一松手，托盘掉在地上摔碎了。"

宾尼亚哈达说："我是向您介绍我们王子的情况。我知道您是要让我明白凡事不该太心急。其实，只要在您松手之前就赶快伸手接着，托盘也不一定会掉在地上摔碎的。我们王子的爱慕之情，就像这只宝石托盘一样，在传递出去之前，请您一定说服公主伸出手来。"

雅迪摩达心想，我的计谋，反被他利用了。于是，和气地说道："我无法向您保证能将您的意思完全转达，会找机会向公主婉转地禀明，但不能直截了当地说，得用比喻的方法。我想到了一个好例子：

“来得容易去得快”的故事

从前，统治泽塔布亚国的劳嘎给杜王有两位王后，南宫娘娘名为玛拉瓦底，北宫娘娘名为迪利瓦底。玛拉瓦底娘娘生了甘达玛雅公主，迪利瓦底娘娘生了珊达玛雅公主。五美俱佳的两位公主长大后，为她们在御花园中修建了南殿和北殿两座公主殿，各派侍从五百伺候。

这时，统治着欧达玛伊散国的杜巴迪达王和赡部祷达王后之子阿德瓦那王子和德瓦那王子兄弟俩听到了消息，兄长阿德瓦那王子率千名侍从，火速赶往五十由旬之遥的泽塔布亚国，途中在一个名叫宫巴斯德亚的捕鸟人的家中停留。王子说自己听说了公主的情况，想向公主介绍自己。捕鸟人说：‘奴有一名叫德固那的鸟王，像人一样聪明，可派他作使者。’欧达玛伊散国的阿德瓦那王子说：‘太好了！’将自己慕名前来的情况，用充满感情的话语写在了金箔之上，让德固那鸟带上，交给南殿的甘达玛雅公主。公主很矜持，王子用了整整一年的时间，多次派遣鸟王为使者，替自己送信，才赢得了公主的芳心。

欧达玛伊散国的二王子德瓦那也前往王兄所在的泽塔布亚国。也不知怎么回事，五十由旬的路程，花了很长的时间才率领千名侍从走完。王子就住在北殿公主珊达玛雅在给瓦拉亚花园中的花房之中。王子向来采花的公主嬷嬷杜卡比亚仔细地打听了兄长的情况，认为兄长的计划尚未成功。王子送给嬷嬷一颗红宝石，叮嘱她一定要说服公主。嬷嬷杜卡比亚想方设法，拐弯抹角地说服公主，很快便得到了说话的机会。

德瓦那王子到处打听寻找王兄阿德瓦那王子，终于在捕鸟人宫巴斯德亚的家中与王兄相见。得知王兄用了整整一年的时间，一次次派鸟王作使者，向公主传达情意，现在正发愁怎样能和公主见面。二王子说：‘我尽管到这里只有十九天，但前天送给珊达玛雅公主的嬷嬷一颗红宝石，让她替我想办法，立刻便办妥了。王兄请随我来。’

捕鸟人派德固那去买一颗红宝石，一同前往二王子的住处。黎明时分，嬷嬷杜卡比亚前来采花，二王子又给了嬷嬷一颗红宝石，对她

说：‘我王兄用整整一年时间，派鸟王作使者，前往南殿公主甘达玛雅处。现在时机正好，请替我们兄弟俩想想办法，得到公主吧。’

杜卡比亚说：‘只有让您的王兄派鸟王作使者，让公主到花园里来才能相见。我会禀报两位公主一起到花园来的。到时候，两位王子把她们带回京城就行了。’说完便返回北殿。

大王子派德固那鸟前去送信，说王子在花园了，请公主前来。

杜卡比亚嬷嬷对珊达玛雅公主说：‘您的姐姐南殿公主今天要去花园游玩，众人正在为她清路，您若同姐姐一起去花园，也可以见到德瓦那王子。’

公主表示愿意与姐姐一同前往花园。杜卡比亚嬷嬷又赶到南殿，向甘达玛雅公主禀报说是北殿公主派她来邀请姐姐一同乘车前往花园中游玩的。甘达玛雅公主已从德固那那里得知王子将在花园中等候的消息，便同妹妹一道，分乘两辆车，各带五百侍从，前往花园。

杜卡比亚嬷嬷一路上拐弯抹角地讲了两位王子如何威风，还暗示说今天是日蚀日，凡事如果在今天不能成功，以后就难了。到达花园后，王子们率领从国都带来的两千名兵士，将两位公主用两辆马车带回欧达玛伊散国了。

走了三十由旬之后，在一棵大榕树下歇息。统治着泽塔布亚国的劳嘎给杜王听说两位王子将自己的两位公主带走了，派大臣集合四军[1]，在距国都三十由旬处截击。二王子德瓦那对王兄阿德瓦那王子说：‘他们是正规军，我们的武器比不过他们的，必败无疑，不如将两位公主送还给他们吧。’

大王子阿德瓦那说：‘这样一来，我一年来的努力岂不是白费了吗？即使战死，也绝不将公主送还。’

二王子说：‘王兄，别为了一个老婆把命都送掉了。王兄没有好计策，才用了一年的时间。我有好计策，只用了四五天的时间就搞定了。快把公主放回去吧。’

大王子表示：‘我绝不放弃，死也要和公主死在一起。’二王子把珊达玛雅公主叫来，对她说：‘你的父王像要对付敌人一样，派来了将领

---

① 缅甸古代的军队由象队、马队、车队和步兵四个兵种组成。

兵士，携各种武器，要置我们于死地。他不爱你，我又怎能爱你呢？只要花十九天的时间，就可以哄骗到一个女人，又有何稀罕的呢？'拉起公主的手，对着泽塔布亚国的士兵说：'想要你们的公主，就接她回去吧。'

大王子阿德瓦那派鸟王德固那火速前往欧达玛伊散国给父王送信。杜巴迪达王得知消息后，火速任命将帅，率四军前往支援。大王子正率领一千兵士奋勇抗敌之时，父王所派的援军及时赶到。泽塔布亚国的人已经要回了一位公主，便撤退了。

回到京城，劳嘎给杜王仔细盘问珊达玛雅公主，得知一切都是杜卡比亚嬷嬷之过。杜卡比亚嬷嬷被国王下令处死了。而阿德瓦那王子与甘达玛雅公主经过一年的努力终成眷属，不离不弃，一辈子幸福地生活在一起。

所以说，不应该奢望刚开始打井，就立刻能喝上清凉的水。得来容易，失去也容易。要记住这些老话。你我都是聪明人，等到合适的时机再行动吧。这样才能达成你们王子的愿望。我们公主年龄尚小，如果在她面前说些太过复杂的话，她一定会感到害羞，就会疏远于我，如果再做出什么幼稚的举动，我可就麻烦大了。"

雅迪摩达讲完故事后，宾尼亚哈达说道："你讲的故事非常动听，但夜长梦多。我们王子就是抱着要与你们公主天长地久的愿望，不远万里，不顾路途艰险，来到了阿诺陀湖畔，建造了镶嵌着红宝石和黄金的象牙宫殿。你刚才讲的故事，是说要多花时间，才能长久地结合在一起。难道你们不明白吗？抓住机会，快速完成使命，大家就都放心了。拖得太久，反而不利。有例为证，请听仔细。

"拖拖拉拉难成事"的故事

从前，敏格拉那嘎亚国的国王亚扎噶右尼亚和王后宾瑟那曼达非常恩爱，生下公主杜翁那意。公主长大后，居住在七座尖顶阁[①]中，有五百人伺候，容貌秀丽，五美俱佳，闻名整个南赡部洲。

① 缅甸的带尖顶的楼式建筑。

当时，统治着恩达巴特那国的国王德达丹玛意和王后克玛丹蒂之子阿威萨尼亚王子，率领五百侍从前往敏格拉那嘎亚国。王子在由挂单僧玛格利照料的花园中居住下来，每天诵念吠陀[①]。玛格利听见了诵经声，请求王子传授自己吠陀。王子询问挂单僧为何要学习吠陀，挂单僧说他每天要去公主杜翁那意居住的尖顶阁，给公主授课。公主要求我讲授吠陀。王子说：‘由我前去向公主传授吠陀，岂不比你更合适？’

挂单僧解释说国王不允许男子接近公主，看管很严，所以王子无法前去授课。王子道：‘如此说来，如果僧尼们不学会吠陀，又有谁能传授给公主呢？你去转告公主，如果想学，就派宫娥们来学吧。’

公主求学心切，一听此言，便派了玛拉获亚嬷嬷前来学习。待玛拉获亚嬷嬷熟练掌握吠陀后，阿威萨那王子向她介绍了自己的情况，问道：‘久闻公主大名，慕名前来，有成功的可能吗？’

嬷嬷说：‘王子殿下，请勿心急。一步一步，耐心劝导，假以时日，方能如愿。’玛拉获亚嬷嬷白天在王子处学习吠陀，晚上返回公主处。

每天，嬷嬷对王子赞不绝口：‘恩达巴特那国德达丹玛意王之子阿威萨那王子不仅会吠陀，十八般本领样样精通。相貌不俗，如神仙一般，举止优雅，不愧是高贵的王族子弟。王子与公主，黄金翡翠一样般配，真是天造一对，地设一双。’嬷嬷劝导之言渐渐让公主心动。

这时，巴亚雅那国的国王玛黑帝咖和王后泽达丹迪之子威达亚塔王子，与一千兵士，在玛汗达迪达湖中戏水之时，齐仰叶卡和甘达恭比罗刹夫妻二人，带着小儿子阿努咖前来洗澡。一失手，儿子落入深水之中。夫妻二人哭着跑到威达亚塔王子处求助：‘请救救我们的孩子吧，您的大恩大德我们一定报答。’

王子让千名兵士潜入水中，救回了阿努咖。齐仰叶卡和甘达恭比欣喜万分，说道：‘您有什么愿望，尽管说吧。’

王子说：‘听说敏格拉那嘎亚国的公主杜翁那意俏丽非凡，住在七座尖顶阁中。出于男人的本能，我很想一睹芳容。怎奈距离那里有一

---

① 吠陀，婆罗门教、印度教最古老的经典，用梵文写成，主要是对神的赞歌、祭词、咒词等。

千由旬之遥，无法到达。我想学会当天能够到达敏格拉那嘎亚国的本领。’

于是，罗刹夫妇赠送给王子一块名为欧巴达瓦的飞毯。

王子返回巴亚雅那国，得到父王和母后的允许后，坐在欧巴达瓦飞毯上飞往心中的目的地。午夜时分，王子抵达敏格拉那嘎亚国，从空中观察京城，发现了七座尖顶阁。心想：这就是杜翁那意公主居住的宫殿了。王子四下找寻，发现中间的一座尖顶阁中有一宽敞的房间，光亮如镜，象牙床柱上挂着细丝绸的蚊帐，金灯盏银灯盏通明，如月光般明亮，公主与众侍女均安然入睡。王子躲过守卫，悄悄潜入。

王子站在离杜翁那意公主不远处，正在考虑下一步该怎样行动之时，公主因晚间听玛拉荻亚嬷嬷滔滔不绝夸赞教授吠陀的老师阿威萨那王子，怦然心动，悄然萌生爱意，带着遐想和思念进入梦乡。在梦中，仿佛看见了玛拉荻亚嬷嬷所描绘的阿威萨那王子的模样。公主猛然从梦中惊醒，坐着飞毯而来的巴亚雅那国的威达亚塔王子，正站在不远处。公主误以为他是教授吠陀的老师阿威萨那王子，说：‘玛拉荻亚嬷嬷没说你要来啊，只是说了京城如何漂亮，我们就睡了。’

王子心想，一定是把我与其他国家的王子弄混了，便顺水推舟，顺着公主的话，察言观色，见机行事。公主也没有叫醒玛拉荻亚嬷嬷，就在卧榻上与冒牌的阿威萨那王子睡在了一起。天将亮时，王子将睡梦中的公主放在飞毯上，带回了巴亚雅那国。

办事拖拖拉拉的阿威萨那王子，还在等着学习吠陀的玛拉荻亚嬷嬷帮他从中撮合呢，公主已经失踪了。想到这件事情一定会传遍恩达巴特那国，他感到无地自容，只好两手空空地回家了。

这就是拖拖拉拉办不成事的例子。两个相识相恋之人，正要敞开心扉，表达情意之时，却被他人横刀夺爱，自己不是损失惨重吗？抢在他人之前，赶快下手，目的自然达到。正所谓花香微风送，好名众口传。尽管未曾谋面，也了解得一清二楚。如果夜长梦多，出现差错，岂不后悔莫及？且不提失败的事例了，就说说没有达成主人心愿，惹怒主人的故事吧。

“延误时间不成事”的故事

忉利天的神仙王子德瓦丹帝咖乃天帝释之子，每日都到天帝释跟前侍候，从不间断。一次，天帝释想要一朵海上刺桐花，便派神仙王子去采摘。王子保证七日之内完成任务。

第七天，神仙王子德瓦丹帝咖带着海上刺桐花，在空中穿过乌云烟霭，来到大洋之上时，因想拥有洁净的面容，便用海水洗脸。一条叫底本格那的大鱼闻到了浓郁的花香，一口将海上刺桐花吞了下去。神仙王子德瓦丹帝咖只好两手空空地来到天帝释的面前，禀报了事情的经过。天帝释笑道：‘你也太粗心大意了！’命人用神藤鞭鞭笞了他。神仙王子疼痛难忍，无法返回仙国。

遇到这种事，咱们当然害怕惹怒主子啦。一定要善于察言观色，就像看云知天气一样，咱们也要了解主人的想法。重要的事情，要全力以赴，达成主人的心愿。”

雅迪摩达听完宾尼亚哈达的话，说道：“你说的对。如同日月一般有福气的两位主人，我可不敢直言尽快让他俩结缘。尽管我有心听那些拐弯抹角、婉转迂回、引经据典的故事，怎奈有事在身，不得耽误，这就要返回甘德玛宫去了。”

宾尼亚哈达问道：“我们除了让主子高兴之外，就没有什么要紧的事情了。香山上红宝石宫殿的主人那里，还有什么要紧的事情要办吗？”

雅迪摩达说：“我没有什么私事要忙的。我要一直在公主身边侍候，用梳齿很密的石榴石发梳，沾上九宝碗中所盛的白接木香油，将三肘尺长、乌黑的秀发梳理通顺，再用珊瑚头绳扎起。将你们王子好心赠送的金黄色的檀香，盛在金碗之中，涂抹公主细腻润滑的肌肤后，我又替公主戴上闪烁的珍珠腕饰，穿上缀着钻石、绣着花的礼服。公主躺在紫色中透出红光和蓝光的宝石卧榻上休息时，宫娥晶萨那达伊说要向公主献礼服，走开了。

公主的肌肤如珍珠一般细腻光滑，涂抹的檀香，因公主体温使香水干燥成了薄薄的一层，是肌肤还是香水干后那轻薄透明的一层，让人难以区分。黑玛瓦底说：‘穿着衣服呢。’晶萨那达伊没有留意到她的话，说：'怎么找不到丁咖格拉尼敬献的礼服了呢？'说着，走近公主身旁，拿起上等黄金打造的宫扇，轻轻地摇了起来。伴着轻风，香气四散开来，两只胳膊下的袖口处，露出太阳光芒的颜色和淡淡的灰色。宫娥反应过来，原来礼服已经穿在身上了，才停止了摇扇。

公主通常一个钟点[1]要更衣十次，一个叫芭达萨尼的宫娥送上了用红宝石线织成的闪亮的衣服。在脱三件珍珠衣衫时，衣衫紧紧贴在肌肤上，金乌那达伊说是因为檀香汁未干之时扇扇子的缘故。给公主脱衣时，公主说：'好疼啊！'晶萨那达伊怕得要命，躲在屋外，不敢靠近。

我正准备向公主说明她是误以为公主还没穿衣服，才扇了扇子的时候，就被公主派来给王子送神花了。因为有事要向公主禀报，所以不能耽搁，得赶紧回宫了。"

雅迪摩达朝着王子居住的宫殿叩头，恩达贡玛王子正坐在用象牙建造的、有百叶窗的、宽敞的房间中雕花的卧榻之上，听着宾尼亚哈达与雅迪摩达两人的对话。王子就咳嗽了一声，提醒他。

宾尼亚哈达问："如果主人派我去办事，是否能跟你见面呢？"

雅迪摩达回答说："在香山上，与我们宫殿相邻的是达拉亚宫，那是我父亲恩迪德瓦的宫殿。你就到那里去找我吧。经常有人出入红宝石宫殿的。"说完，雅迪摩达向王子叩头告退，率五百侍从返回甘德玛宫。

雅迪摩达沿着雕刻着四季花卉和孔雀展翅图案的长廊拾阶而上。由三十座尖顶阁、五百间偏殿组成的金碧辉煌的宫殿中，玻璃门的边框上，嵌着如同黄瓜、胡瓜大小的镁铝榴石等闪光的宝石，栏杆上嵌着钻石。在天鹅绒的卧榻上，惠如妙苏瓦公主正娇弱地斜靠在绸缎靠垫上，赐宫娥一人一朵神花，正在把玩之时，雅迪摩达赶到了。公主说："你运气好，正好赶上了。稍微慢一点，就白来了。我就不想给你了。"说完，将用束发带扎着的神花抛给了雅迪摩达。

瑶哈那玫达宫娥提醒公主道："公主殿下，您忘了自己派遣雅迪摩达外出之事了。尽管雅迪摩达没能得到公主的垂爱，无法佩戴神花，

① 缅甸古时一天的六十分之一的时间。

她还是比我们这些人更荣耀的。”

公主问:“为何说雅迪摩达是荣耀的?”

宫娥回答:“她被派往居住在阿诺陀湖畔的象牙宫殿的王子那里送花,与王子交谈甚欢,亲密无间,一定非常荣耀,公主殿下。”

公主这才想起自己派人送花之事,开玩笑道:“我派雅迪摩达去男人住处,一定很想你赶快回来不是吗?你在那里一直不停地说些稀奇古怪的话,耽误了时间吧?”

雅迪摩达说:“不是狮子奶的油脂,是不会盛在上等黄金打造的碗中招待客人的。即使我想夸夸其谈、谈吐不俗,也绝无可能,更别说是天南海北地聊天了。在金刚杵之主王子的身旁,就围绕着龙王和大鹏王,以及无数的奴仆。宽敞的大殿、象牙尖顶,王子坐在宝座之上,身材魁梧,让人误认为天帝释。我战战兢兢,不敢上前,忐忑不安,踟蹰良久,心怦怦跳,才壮着胆子禀报了公主差遣之事。离得老远,将神花放在宝石托盘上,献给王子。王子的同龄伙伴和侍从们靠近王子身边时均垂下头。在我回答王子的问话之前,王子的一千名同龄的伙伴让看守阿诺陀湖畔的神前往北岛上的百宝树①那里去取他们所需的筒裙。他们看见为他们取来的一千条筒裙,非常不满:‘这种仅值上等黄金千两的筒裙怎能配我等穿用?你怎么不取那价值十万的筒裙呢?’于是,将那神用素馨花蔓绑在了乘凉的大树后,捆得那神疼痛难忍,高声喊叫。他们又用铁力木的花蕊塞满了那神的嘴巴。那神挣扎着一次次地高喊:‘救命!救命!’声音传到王子的耳中,王子说道:‘你们别这样。住在京城的时候,凭借本王的法力,汝等总是穿着价值连城的云朵筒裙,现在就穿不了那样的了。你们没看见主子我是诚心诚意的,在没有得到公主的芳心之前,一定得远离宾萨玛雷城,住在象牙宫殿之中了。’说完,将神放了。看到这些情形,我的心怦怦直跳,激动不已,对王子顿生敬畏之心,连路都看不清了。也没再说什么话,直接将神花交给了王子。我临回之前,有预言说仙女们已得知此事,不得耽误,否则必伤心痛苦。我也不明白是怎么回事,赶紧回到了公主的身边。”

---

① 百宝树为传说中能够满足人们愿望的树。

惠如妙苏瓦公主听她说完，在卧榻上睡着了。

天亮后，恩达贡玛王子召来宾尼亚哈达，派其前往甘德玛城，同时派遣仰玛尼亚、巴拉南达、得巴祷达、丹玛瓦达、底萨阿萨、丹巴瓦亚、杜卡玛那、得巴佐亚、布意德亚等人率一千侍从保护宾尼亚哈达前往。雅迪摩达和宾萨登季两位宫娥从甘德玛宫中出来，去往达拉亚宫洗头时，宾尼亚哈达已经提前做好准备，进入达拉亚宫等候她们了。

雅迪摩达在合适的地方接待了宾尼亚哈达等人。宾尼亚哈达说："我想知道那天我说的话，您是否已经想方设法转达给公主啦？我是受王子的派遣来此的。"

雅迪摩达请求再找一位宫娥女伴一起说话，宾尼亚哈达表示："为了能把事情谈得更妥帖就请她来吧！"于是，巴杜玛登季带领五百宫娥来到达拉亚宫中。

宾尼亚哈达说："香山之巅红宝石宫中之人果然不凡，不仅身段优美、相貌出众，而且举止端庄、谈吐文雅、气度不凡、聪慧伶俐，善于思虑，考量周到。我们的主人是福星高照的未来成佛者，统治着龙、大鹏和人类各界，威力无穷，权利巨大，受到天帝释的眷顾，获得了所向披靡的金刚杵和九宝项链，为了获得红宝石宫主人的芳心，才命我等从遥远的地方来到附近。请诸位尽力帮忙办妥此事。如果诸位坐视不管，那么你们是想看到王子飞到甘德玛宫中将公主带走呢，还是想看到穿过厚达二十四万由旬的大地如同穿过薄薄的皮纸一般的王子，从地下进入甘德玛宫中，将公主偷偷带走呢？王子是希望像真正的王子和公主一样，合乎宫廷礼仪地与公主相亲相爱的。可没有人能将王子的心意和由衷的话语很好地传达给公主，看来只有上天入地这一个办法了。"

巴杜玛登季答道："你们依仗主子的权势强人所难，这使我们无法接受。既然是有福气的王子，要办成事情，应等待时机，传情达意。真正动心了，才会产生感情，才会长久。如果急不可耐，志在必得，上天入地，带走公主，实在不妥。复杂的事情，应多想办法，抓住微小的机会，坚持到底，定能成功。这些道理，在诗中多有记载。自我吹嘘、依仗武力的人，树敌太多，因小失大。心地善良、待人诚恳的人，终得善报。我曾在古籍中看到这样的故事，宾尼亚哈达请你听好。

“硬干蛮干事败坏”的故事

从前，一位叫亚德娜玛意的紧那罗，被毗湿奴[①]大神驯服，育有六个女儿。这六个女儿是：珊达黑玛、登卡安萨、祷达格勒亚、波帕迪达、仰玛吉瓦和甘达杜亚。她们如同天上六颗闪亮的星星。毗湿奴神在瑶哈那玫达山上方圆一百由旬的范围内，用玻璃建造了一座有一千道弯的迷宫之城。城中建了六座宫殿，六位公主居住其中，分别有一千名奴仆伺候。迷宫之城闻名遐迩，每一道弯均由六十位罗刹把守。全城只有一个大门，城外有宽四分之三由旬的护城河环绕。这样安排妥当，毗湿奴神认为任何男子都无法接近自己的女儿们，便放心地一觉睡了整整一年。

这时，登卡尼亚国的固达拉王、毕萨亚帕利国的帝萨亚王、阿德塔亚国的德格萨王、杜戊蒂国的格塔那王、玛尼达国的达哈瓦王、丹亚茂国的思益亚王等六位国王，带领四军在山林中打猎时，走得太远，来到大雪山一带，见到了迷宫之城。由于完全是用玻璃建造的，从一百由旬之外，就可以清清楚楚地看见守城的六万罗刹、六座宫殿中的仪仗、奴仆，还有六位公主。

六国的君王顿生爱慕之心，迫不及待想进入城中，无奈罗刹众多，便决定向仙人求教。他们来到迪塔杜亚山脚下，见到了一对叫做咖萨雷卡和哈帝雷卡的大鸟在山脚下的窝，以及窝中的小鸟。他们用鹿肉喂饱了小鸟。天黑后，大鸟夫妇觅食归来，看见孩子们已经吃饱了，便问国王们为何来到此地。国王们回答说他们想去神藤[②]处。大鸟看到他们喂饱了自己的孩子，便答应第二天送他们前往神藤林那里。天亮后，国王们将随行的士卒们留在山脚下驻扎。咖萨雷卡和哈帝雷卡大鸟夫妇身上各驮了三位国王，飞往神藤林。当晚抵达神藤林后，国王们请求大鸟夫妇不要返回，等到第二天天亮时再走。他们各自手持短剑，攀上神藤的枝蔓时，看见仙人们正在给神藤果注入仙气，以便七日之内得以享用。国王们走近仙人，将他们紧紧抱住。仙人们大叫：‘放

① 与梵天、湿婆并称为婆罗门教和印度教三大神。
② 传说中的一种蔓藤，果实形似少女。

了我们吧！你们想学什么都教给你们。'

于是，固达拉王学会了飞跃一百由旬之术，达哈瓦王学会了易容之术，思益亚王学会了用声音诱惑他人之术，帝萨亚王学会了遁地之术，德格萨王学会了变形之术，格塔那王学会了射箭之术。各自掌握了本领之后，又骑着大鸟返回了迪塔杜亚山。

他们立刻集合六国的军队，让他们先行返回，在不远处安营扎寨。六位国王手持短剑，前往迷宫之城。到达玻璃城墙附近时，固达拉王从空中飞跃过城墙，来到珊达黑玛公主的宫殿，用蓝宝石花筒裙将公主裹起，一同飞出城外。大风将筒裙吹开，公主掉进了城外的河里。固达拉王伤心不已，下河搜寻，与公主一道双双罹难。

帝萨亚王从地下钻进登卡安萨公主殿中，将公主从地下带出时，与龙王布密巴拉相遇。国王被龙王吃掉，公主也被龙王掠走。

德格萨王运用变形之术将自己变成一条蛇，进入祷达格尼亚公主殿中。他想用蛇尾卷起公主，将其带走。公主拼命挣扎，大声喊叫。众奴仆用赶牛的藤鞭打蛇，将德格萨王打死了。

格塔那王掌握了箭术，便想用箭作使者，将公主带离宫中。载着波帕迪达公主的箭在空中遇见了仙人。箭被仙人折断，公主也被仙人带走了。箭无法回到德格萨王身边，德格萨王也无法再用箭作使者，无计可施，垂头丧气。

达哈瓦王将自己的躯体放在大雪山上，灵魂进入了迷宫之城。到达仰玛吉瓦公主殿后，正在考虑如何将公主带离之时，看见了宫殿台阶下的雄狮雕像。达哈瓦王将自己的灵魂注入狮子体内。狮子活了，一骨碌爬起，抱住公主，飞奔到很远的地方，将公主放在一棵叫做登杜咖尼的大树的树杈上，然后回到自己放置躯体的地方。没想到躯体已被老虎吃掉了，找寻不到。待在树杈上的公主被活活饿死了。

思益亚王学会了用声音让别人喜欢上自己的本领，在准备渡过迷宫之城外一由旬半宽的护城河时，鳄鱼听见了他的声音，同情于他，将他送到了对岸。进入只有一个城门的迷宫之城，见到一千道弯，每道弯处均有六十个罗刹把守。国王用甜美的声音讲述自己的身世，得到罗刹的同情和喜爱。众罗刹好好地款待了国王，然后放行。国王与把守一千道弯的六万名罗刹都混熟了，整整花了三个月又二十天的时间，才来到甘达杜亚公主的宫殿。五百奴仆听见国王甜美的声音，都非常喜欢，热情地招待他。国王用悦耳动听的声音表达了自己的心愿，在众人的帮助下见到了公主，两人情投意合，海誓山盟。当得知国王想将公主带离这里时，奴仆们也与公主一条心，护送着公主离开宫殿。把守着一千道弯的六万罗刹原本就与国王交情匪浅，又喜欢他，便一路放行。回到丹亚茂国后，他们过着幸福美满的生活，白头偕老。

这个故事就说明，要会想办法，将奴仆们变为自己的心腹之人，方能达成心愿。如果自以为是有福之人能心遂人愿，便会做出不当不宜、强人所难的事情。就像战争不是凭借蛮力，而是需要智取的。要拿捏好分寸，多一分不好，少一分也不行。好像樵夫砍树，无论是大树还是小树，都不能只从一面一个地方砍，应从四面转着圈地使劲砍才行。”

听完巴杜玛登季的劝说，宾尼亚哈达说道："但愿我们凡事考虑周详。与众侍从仔细商量，如果得等到与大家都熟悉后再想办法，就麻烦了。你没听过巴德咖王子的故事吗？长期等待期盼的人与监护的人混在一起，共同谋划之时，却让武力高强的王子抢得先机，把公主带走。巴德伽王子只剩下惆怅失落了。你们高贵的公主，不应该让我们尊贵的王子等待太久。举个例子，那些味道很足的水果，在长大之前，就应该摘下，到了人们的手中之后，好好处理，才能成熟。如果等着它们在树上自己成熟后掉下来，那些鸟类已经在旁边盯着了。从未听说过有人为了声誉而不摘食果实、恪守五戒的。我要给你们讲一个古老的故事，说的是该结婚时就应结婚，否则被别人抢走了结婚对象的故事。如果我说的有道理，就请各位遵从我的意见吧。

"拖拖沓沓白费力"的故事

从前，萨甘达咖萨象王每天都供养一位在大雪山一带居住的名叫那格丹达的仙人。一天，仙人在玛瑙南达湖中采摘莲花的时候，将一枝含苞的巨大的莲花小心翼翼地收藏了起来。过了一段时间，从莲花中诞生了一位美丽无比的年轻姑娘。仙人因为她是女性，便将象王和莲花梗、莲藕一起带到了玛瑙南达湖畔。仙人将莲梗和莲藕一起扔进湖中，发誓要建成一座宫殿给姑娘居住。由于仙人的法力，湖中出现了一座百余肘尺高的莲花宫殿。仙人对象王道：‘亲爱的孩子，萨甘达咖萨，这位姑娘需要受到很好的照顾。因为我要守戒，不便与女人靠得太近，你就帮我的忙照顾好这位姑娘吧。’

萨甘达咖萨象王欣然从命，在湖畔精心照料姑娘的饮食起居。姑娘漂亮文雅，身材苗条，名叫尼珑芭妮。长大后，像神仙般美丽。萨甘达咖萨象王比疼自己的亲生女儿还要疼爱她，一直在百余肘尺高的莲花宫殿中照料她。那格丹达仙人也不时将神仙的衣服饰物送到萨甘达咖萨象王处。

那时，统治着亚图布亚国的丹玛帝拓王和甘娜瓦底王后之子巴得咖王子到大雪山一带打猎。驻扎在一棵名叫迪巴拉扎亚的大榕树下。一对名叫达玛亚挞的鹦鹉也在这棵榕树的树洞中做窝，将小鹦鹉季达放在窝里。一只名叫尧亚的鸢将小鹦鹉季达从树洞中偷走了。达玛亚挞鹦鹉夫妇向巴得咖王子哭号求救。王子的箭射中了鸢尧亚的胸口，尧亚跌落在地。巴得咖王子将小鹦鹉季达交还给它的父母。鹦鹉夫妇欣喜地对王子说：‘因为王子您，我们的女儿才得救。大恩大德，无以为报。我们知道一位像仙女一样美丽的姑娘的住处，您有意前往吗？’

王子说：‘我愿意接受你们的好意。请问她在哪里？’

鹦鹉夫妇说：‘大雪山附近的玛瑙南达湖中百余肘尺高的莲花宫殿里的名叫尼珑芭妮的公主，貌若天仙，仙人派象王保护着她。如果您有意前往，应先与象王搞好关系。我们替您去询问公主。’

巴得咖王子很高兴，率一千名兵士携达玛亚挞鹦鹉夫妇向玛瑙南达湖进发。到达湖边，鹦鹉夫妇说：‘您只需要先同象王搞好关系，公主那边就由我们前去游说。时间长也别灰心气馁。’

王子道：‘为了得到公主的芳心，怎能灰心气馁呢。哪怕花一年的时间我也决不放弃。’

王子照着鹦鹉的话做，派兵士们去割最鲜嫩的草作为礼物送给萨甘达咖萨象王。象王问：‘你们为何到此？’

王子道：‘想与您交个朋友。’王子每天每天都找寻食物献给象王。

达玛亚挞鹦鹉夫妇飞到公主身边，每天每天向公主灌输王子的情

况。尼珑芭妮公主听多了，也对王子心生好感，便吩咐道：‘你们只管去与象王套近乎吧。’

巴得咖王子坚持每日供养象王，并向象王说明情况。象王心想：‘如果让你们如愿以偿的话，一定不会再供养我了。’于是象王说：‘王子，我亲爱的朋友，我受仙人的嘱托，从公主小时候起就照料她。如今公主已长大，像我照料公主那样，也请你好好照顾我吧。这样我才算没白费心。’

巴得咖王子竭尽全力细心照顾象王。有些士兵受不了苦，趁王子没注意，开了小差。他们到了玛瑙仰玛国。达穆蒂罗阇王、博帕底瓦王后以及固那达亚王子仔细询问了详情。巴得咖王子的士兵们一一禀报。

固那达亚王子率一千士兵，携所需用品，再叫上逃回国的那些人，一同向大雪山进发。到达玛瑙南达湖，见到萨甘达咖萨象王，固那达亚王子说：‘你如问我为何而来，我是来与象王你交朋友的，还带来了礼物。是非常特别的礼物，所以急于送给象王。’

象王问是怎样特别的礼物，王子道：‘又甜又酥，美味可口，沁入骨髓，赛过神食的食物。但得先用铁钩将你捆绑之后，你方能享用这等美味。这种食物，可以让人声音甜美，力大无穷，返老还童，共有十二种好处呢。吃过之后，身上的铁钩将自行脱落，不留疤痕。明白这些，你才能享用美味。’

象王说：‘我亲爱的朋友，既然如此，就请用铁钩将我绑上，我想赶快吃到能使我返老还童，有十二种妙处的东西。’

全身被八十条铁钩钩住的象王疼痛难忍，请求道：‘亲爱的王子，快给我神仙美味吃吧！’

于是将原先的干草给象王吃。象王狂怒不已，却已无法挣脱，只得听命于固那达亚王子。所以，从那时起，大象的身上就有了八十个敏感部位，赶象人常用赶象的尖钩棒刺打这些地方。

巴得咖王子还像往常一样继续给象王送食物，想成为凶恶的象王的朋友。但固那达亚王子派一百八十个士兵用手牢牢抓住绑在铁钩上的绳子，拉着象王走。又派士兵做了木筏，渡过玛瑙南达湖，进入百余肘尺高的莲花宫殿，向尼珑芭妮公主说明已得到了象王的允许。尼珑芭妮公主以为是达玛亚挞鹦鹉夫妇提及的巴得咖王子，便应允了。公主离开莲花宫殿，来到玛瑙南达湖畔，看见象王，才明白自己认错了王子。因为与固那达亚王子木已成舟，只好和象王一起随固那达亚王子前往玛瑙仰玛国。巴得咖王子不会审时度势，趁热打铁，只会一味地交朋友，不能快刀斩乱麻，结果失败了。

阿姐们所说故事中，无论是飞天、遁地，还是变幻、易容，或者是箭术，都是凭借武力的，只有那位用声音诱惑他人，使他人产生爱慕之情的王子获得了成功。如果要让两个人产生爱慕之心，就得让他们相见。这世上是有让人一见倾心的本领，用言语打动人心的本事，或者尚未谋面，只是身体的气味便使人动情，身体的接触让人感觉舒适萌生爱意等各种吸引人的方法。即使使用了这些方法，不快速出击的话，时间拖得越长，心里的想法就越多，会白费工夫的。无论是用智力，还是用武力，将人生大事慢慢吞吞地进行，都是无法完成的。这些都是前车之鉴。我又想起一个类似的例子，请听我说。

“耽搁时日容颜老”的故事

从前，统治着彬萨拉维国的扎达尤巴国王和金萨那黛维王后生了一位公主，名叫格目达吉瓦。公主长大后，花容月貌，住在金殿之中，由五百奴仆伺候。那时，山神毕亚妮、杜坎迪、格勒亚妮和维芭迪四姐妹与玛怒笛哈神王发生了关系，并有了身孕。十月期满，毕亚妮生下了黄金般的，比其他人都要可爱俊秀的儿子，名叫尤芭达雅；格勒亚妮生下了如妙声鸟、梵天，拥有天籁般声音的儿子，名叫德哒达亚；维芭迪生下了像天鹅绒、棉花般柔软细腻，心地坦荡的儿子，名叫袍塔巴达亚；杜坎迪生下了拥有天下所有人都喜欢的香味的儿子，名叫甘达达亚。四位山神的儿子长大成人后，他们的父亲，玛怒笛哈神王对他们说：‘亲爱的儿子们，你们去人间寻找自己的爱侣吧。’

王子们手持短剑，来到人间的彬萨拉维国。他们名满天下，人人都知道这四位相貌英俊、身怀奇香、声音悦耳、身体柔软的王子。

扎达尤巴国王询问了四位王子的情况，得知他们是玛怒笛哈神王之子。国王心想：‘原来是那位神王的后代啊！’便让他们待在自己的身边。国王认为四位王子都虔诚善良,配得上自己的女儿。但他们每个人都是那么让人喜爱,实在无法从中挑选出一位。于是将四位王子叫来,对他们说:'我把你们当儿子一样疼爱,有心将女儿许配给你们中的一位。如果那样,其余的三个人就会感到伤心了。我是很公平的,公主选中的那一位便是幸运儿了。你们前往公主殿追求公主吧。'

四位王子来到了公主的金殿。德哒达亚王子滔滔不绝地赞颂宫殿的富丽堂皇,公主听了他动听深情的声音,顿生眷恋之情,爱恋之意。公主推开狮子座上方的门,看见了尤芭达雅王子的容貌,感到难以言表的喜悦、怜爱,浑身战栗了。这时吹来一阵风,甘达达亚王子身体的香味让人心情舒畅,公主产生强烈的迷恋、爱慕、倾心之情,浑身又战栗了。袍塔巴达亚王子心想:'公主对他们三个人都动了情,我也要让公主喜欢上我。'他赶紧用双手扶住身体摇晃的公主,这温柔体贴的感觉让公主整个人都酥到骨髓里了,又产生了强烈的爱情,不禁又战栗起来。四位王子都喜欢公主,都想用自己的专长使公主爱上自己。

公主也不知道该选哪位王子了,每个人她都喜欢。是一听便愉悦的,一见便倾心的,一闻便陶醉的,还是一触便难忘的呢?对他们的爱是同等的,不忍心抛弃任何一人。公主无法抉择,一个人整天思前想后的,在宫中孤独寂寞地老去。四位王子也白白浪费了时间,虚度了大好年华。随着与公主相见次数的增加,对她的爱意也逐渐减弱了。他们一商量,觉得四个人好像是在争夺公主,便决定离开,周游列国,寻觅佳人。格目达吉瓦公主好像吃了胜利果的孩子,只爱这四人,一直到死。

像这样的情况,三四位抱着同样想法、能力水平相当的王子聚在一起,同时追求一位公主,他们的感情一下子让被追求者像彬萨拉维国的格目达吉瓦公主一样无所适从,不知该选择哪一位王子,最终在公主殿中年华逝去。这种有损尊严的事情,作为王子的代表,我们也感到着急。别说是各国各邦、整个南赡部洲、四大部洲,就连整个宇宙,也根本找不出可以与我们王子并驾齐驱、相提并论之人。即使有同样优秀的王子,也不要瞻前顾后,拖拖拉拉,耽搁时日。请把这些失败的王子们的事例讲给公主听。”

听了宾尼亚哈达的话，雅迪摩达说：“巴杜玛登季啊，我愿意想办法让王子和公主结缘，找准机会，或是直截了当，或是拐弯抹角，或是半开玩笑地，在谈笑时好好地向公主禀报。从前的国王们，很会表达，他们用来举例说明的故事，如果我们说得不好，违背了故事的愿意，就事与愿违了。我们在红宝石宫殿中，曾读过一些经典故事。就按照书上的原意，说给公主听。

纷乱的人世间，作为领袖的国王们，口若悬河。他们所说的法律，引起了争辩，他们随口说的话，被学者们引为经典，成为范例。还没开口，只要国王背过脸去，他们便开始批评攻击。前天瑶哈那玫达和甘德玛拉所说的话里，是对王子有一点儿喜欢的意思，但还是显得羞涩。目前只宜提及公主昏迷的事情，这样才不显得唐突，请切记。”

听了雅迪摩达说给巴杜玛登季听的话，宾尼亚哈达接过来说道：“对那些尊贵的国王们，要引经据典，举例说明，耗费口舌，好言相劝。古话说折磨空心的软木木偶，血流成河。如果不向国王们说明类似的情况，而是像你们所说的故事，我们担心会耽误了时间。应尽可能地举例说明。如果尽管我们苦口婆心，仍不能明白我们的意思，就只好遵照你们公主的意旨了。”

巴杜玛登季说：“宾尼亚哈达，在那绞丝翡翠、嵌以排排钻石、九种珍宝花团锦簇镶边、玻璃板材建造的琥珀宫殿中，公主所用的闪光宝石榻是一块长十二拃[①]、宽四肘尺的红宝石，四条腿为四只蹲坐的雄狮，斑红宝石做成带獠牙的神兽扶手，床头挡板饰妙声鸟图案，卧榻上挂轻薄如莲的帐幔，狮子皮毛上用柔软的凤凰毛织出花纹图案，如小鸟窝般的毛毯靠枕里放进了如金箔般薄的一百层咖咙国木棉，卧榻上铺着轻薄的白纱，公主正在安睡。镶边玻璃板墙和天鹅绒的顶棚上，不经意间，不知从何处飞来一只美丽的、翅膀如上等黄金般的蝴蝶。蝴蝶扇动翅膀，啪啪作响，四周盘旋，如呼吸般微弱的气息带来轻风，极其柔软的卧榻的帐幔被吹动，躺在卧榻之上的公主感到了寒冷，比蜘蛛丝还要细四五倍的血管受了风寒，呈现出灰色。公主说：‘好冷

① 拃，长度单位，张开手，拇指和中指之间的长度，约 20 公分。

啊！一定是为了通风，忘了关窗了。'

众宫娥慌了手脚，根本没有察觉到有风，抬头望见描金镶钻的顶棚，才发现了蝴蝶。宫娥赡部东达意禀报说：'大小五百红宝石宫殿中的窗户，全部关严，无一例外。在这座连肉眼都看不见的细小的灰尘都进不来的宫殿里，怎么会有一只蝴蝶在顶棚上盘旋呢？是这只蝴蝶扇动翅膀发出的声音。'

公主很想看看蝴蝶，命令大家将这只色彩斑斓、新颖奇特的家伙抓住。萨佑亚德娜和底咖给达用手抓着金线织的披巾捕捉蝴蝶。蝴蝶从天花板的围饰上飞下，绕着公主飞了四五圈。蝴蝶翅膀扇动的风，吹起了公主紧袖的上衣。蝴蝶停在了公主的衣服上休息。嬷嬷格娜迪利叫道：'太美了！主子！'说着，用手轻轻地碰了碰蝴蝶。蝴蝶受惊，立刻飞走了。整个宫殿中都不见她的踪影。

公主叫道：'格娜迪利，还我的蝴蝶！'公主声音沙哑，充满稚气，赌气撒娇。

格娜迪利嬷嬷说：'我不该碰她。'说完，不敢待在公主身边，赶紧四下找寻。

公主不断吵闹着要蝴蝶时，宫娥瑶哈那玫达说：'德瓦迪达做了一个梦，暗示着你们在前世曾经有缘，今世情意不变。正在象牙宫殿中遥望公主的王子，虽然身体与公主分开了，但情意不变，盼望与公主再续前缘。所以派蝴蝶前来逗公主开心，现在蝴蝶又回到王子的身边去了。我可以去王子那里，让蝴蝶再飞回来。'

雅迪摩达说：'现在蝴蝶去了王子那里。嬷嬷想让王子同意蝴蝶留在公主身边，这样王子就会来了。我比你们这些年青人更想把事情办妥。你们就别为了公主宽心多言啦！'

甘德玛拉也说：'恩达贡玛王子他很爱慕公主，非常想见公主。他日思夜想，希望美梦成真。如能前来，一定会喜极而泣的。不如让我亲自去说，将格娜迪利碰飞的那只蝴蝶放回您身边吧。别说是蝴蝶了，王子他也一定会来的。你们就赶紧准备招待，看我的吧。'

宫娥们七嘴八舌，拐弯抹角，乘机进言。公主兴致勃勃，稚气未脱。大家随心所欲说的一番话，无论是夸张还是谦虚，都语重心长。公主摇摇头，用纤弱柔媚的声音撒娇地说道：'我都要哭了。'

刚刚说话的甘德玛拉等人，吐出舌头，向后倒退，不停摇手，惊恐万分。公主的脸上，淌下了如同珍珠般的香泪。泪水如玫瑰香水般芬芳，涟涟不断。因为公主面色很难看，我们吓得大气不敢出。

为了长远的目标，得到圆满的结果，大家开开心心，不再提及此事。聚在宝榻前，嘻嘻哈哈，演奏笛子鳄鱼琴、弯琴篌琴、小鼓和钹，唱歌跳舞，直至深夜。我们天南海北，说东道西，抢白争执，互开玩笑，无人气恼。竞相逗笑、抵赖、附和，笑声不断，欢畅淋漓。正在喧闹之时，在公主得到可爱芳香奇异的檀香后，派去回赠神花的雅迪摩达回来了。说起各种各样的事情，新颖奇特，五花八门，由远及近，委婉动听。看此情形，不免担心提到令人害羞之事，公主定会生气。众人已玩闹多时，如又找准时机提及此事，公主再次发怒，我们全都无法承受。公主是孩子脾气，过后就忘。找到合适机会，我们想办法一起禀报。你们王子的预言，我们放在首位，现在就说给公主听。如果条件允许，你们王子应亲自到甘德玛宫来，我们都非常希望看到他们两位幸福快乐。即使时机不好，拖延许久，只要真心实意，就能长久坚持，获得终生的幸福。”

听完巴杜玛登季和雅迪摩达所说的话，宾尼亚哈达说：“我们王子现在关心的是，无论如何，不得损及你们主人的名誉。要长远考虑，运用智慧，好好说服。你们应竭尽全力，促成此事，正所谓既利他人，又利自己。只要坦率正直，意志坚定，决不退缩，将无可阻挡。一个不达目的决不罢休的人，一个将朋友的事情当做自己的事情的人，无论在人前，还是在背后，都是好言好语，无私忘我。你们全心全意，满怀激情，坚持不懈，努力促成此事，就好像从前赛达苏拉龟王一样。请听这个故事。

“努力工作必有益”的故事

从前，统治着玛纳绷密国的杜意亚珊达国王和萨幼南达王后，相亲相爱，甜蜜幸福。一天，他们在金殿中待腻了，在众多后宫嫔妃、宫娥侍从的簇拥下，携卫队士兵，乘船来到茂永山脚下、岛屿东端的猫眼石渡口，游乐嬉戏，心满意足，住了下来。

一次，他们乘船驶向大洋，遇到了强烈的风暴，乌云密布，阴霾弥漫，狂风大作，巨浪滔天。杜意亚珊达国王和王后、后宫嫔妃、宫娥侍从、士卒官兵乘坐的船，遭到破坏，处于大洋之中孤立无援。人们仰天呼号，乱作一团。国王王后伉俪二人也相互多次呼叫。国王认为在劫难逃，祝祷道：‘但愿今后世世代代将不再遭到大洋之侵扰，与可爱的王后相亲相爱，永不分离。’大洋之水淹没了国王，他的话语含糊不清。可怜的国王死去了。

死去的杜意亚珊达国王转世投胎到了底意亚德那国的德萨格萨那国王的王后格勒亚那萨意的腹中。出生后取名为德丹玛王子。众多的士卒仆从也同时转世投胎到了这个国家，再次成为王子的侍从。

萨幼南达王后和五百侍从一起，在河中的白色珍珠黏液上坐胎。玛尼枚克拉仙女每日照看，时间一到，在水中的泡沫里诞生了如九种珠宝般珍贵的仙女和她的五百侍从。玛尼枚克拉仙女在玛尼枚克拉河中建造了三十座尖顶阁，下面铺满闪光的宝石。仙女用自己飞天的法力将尖顶阁放在水面之上。在仙女日夜精心照料下，公主长大成人，五美俱佳，六瑕全无，柔媚娇俏，风华绝代，名叫底达拉芭芭。

玛尼枚克拉仙女在杜意亚珊达国王溺水身亡的时候，正在七日祭神会上玩乐，没有来得及救起国王。现在国王转世到哪个国家了呢？用神眼察看，发现了底意亚德那国的德丹玛王子，心想：‘他一定会到这里来啊！’她知道他们原本就有缘分，便将德丹玛王子的身世详详细细告诉了底达拉芭芭公主，并说王子一定会来的。仙女还将丹杜玛亚鳄鱼王叫来，对他说：‘你率众部下在河边码头驻守，见到王子，一定要护送他前往宝殿。我得回去静享清福了。’说完，玛尼枚克拉仙女飞回自己的住处。

这时，底意亚德那国的德萨格萨那国王和格勒亚那萨意王后之爱子德丹玛王子，凭天赋知道了自己前世的情况，也知道了自己的萨幼南达王后目前住在大洋中会飞的尖顶阁中。征得父王和母后同意后，率众士兵前往闪光宝石宫殿。到达大洋岸边时，遇见了杜玛亚鳄鱼王，便请求鳄鱼王送自己去尖顶宫殿。鳄鱼王说：‘玛尼枚克拉仙女已经吩咐过我，如果遇见你，一定要护送你过去。我们一直在河边等候你的到来。但我今天什么东西也没吃，浑身没力气。如果想让我送你，就把你的十个士兵让我一个一个地吃掉吧。’

德丹玛王子说：'我的朋友，不能因为我而让士兵送死。请你只送我一个人去吧。回到京城，我每天请你吃牛肉和鸡鸭鱼肉，想吃多少就吃多少。与其现在只吃一顿，不如你加把劲送我过去，今后一辈子吃喝不愁。'

鳄鱼王仍坚持：'只有吃了以后，才能送你去！'王子说：'波浪岂能对我构成威胁，我要为自己冒险走一趟。'

他将士兵聚在一起，吩咐他们留在原地，自己手持短剑，迎着巨浪滔天宽阔的大洋，奋力前行。此时，底达拉芭芭公主心里正想着玛尼枚克拉仙女曾向自己提起的王子，怎么还没到这里来呢？于是，公主在会飞的红宝石尖顶阁中，用可以清楚地看到一百由旬远处的望远镜，看见了正在水中拼命游着的王子。公主担心地用手捂住胸口，把赛达苏拉龟王叫来，命他前去将王子接来。赛达苏拉将王子带来后，和公主一起住在会飞的红宝石尖顶阁中，快乐无比。七日之后，玛尼枚克拉仙女从她享乐的神仙宫殿中回到了大洋，让王子和公主结婚了。

仙女得知自己派去守卫的鳄鱼王的所作所为后，对丹杜玛亚鳄鱼王和其他所有的鳄鱼说：'你们怎么能违背自己答应要护送王子的誓约呢！'于是，将他们品尝食物味道的舌头从舌根处割断扔掉。仙女还用法力将众士兵和王子公主一道，连同尖顶阁，一起送回底意亚德那国。

德丹玛王子感念赛达苏拉龟王将自己驮在背上的恩德，将一个方圆一百由旬，开满荷花的杜西给曼湖送给了他，使他成为统治所有水栖动物的赛达苏拉王。王子又在宫殿的前厅，为玛尼枚克拉仙女建造了一座神殿，永久虔诚地供奉膜拜。

我讲这个故事，是想说明赛达苏拉乌龟王都能得到如此的好处，那么替整个南赡部洲之主，我们的王子办事，好处就不用多说了。你们曾经拐弯抹角半开玩笑地暗示公主的事情，如果再有机会，一定要开动脑筋，仔细斟酌，以打动公主芳心。我们回到主人身边，一定会告诉他，现在就是好时机，就该去见公主。王子一定会高兴的。我们不会特别强调，而是自然而然地说出来。主人一定会圆满解决问题的。

我们大家已经熟悉，尽管放心。下一次我们再来时，我们的主人也一定会一同前来的，请你们做好准备。”

巴杜玛登季说道：“夏季之初，季节变化，在缅历十二月才会盛开的那种黄蕊白花，如能在缅历八月间作为礼物送给我们宫中的人戴，你就尽管让你们尊贵的主人来吧，我们一定找机会向公主禀报。”

宾尼亚哈达道：“我们就约定好，将这些花作为礼物送给你们，这是个好机会，真高兴啊！在京城的时候，王子曾命令一棵从生榕树立即开花。我亲眼所见，满树鲜花盛开。若你们想要，不必担心，无论何时，都肯定能得到那种黄蕊白花。一次，花园里的一棵大紫檀树很久没有结果了。王子将神矛挥了一下，命令蒲桃树和其他所有的树立刻结果。顷刻间，一枝枝、一串串，结出了各种果实。所以，请你们放宽心。我们心想事成的王子，这次在你们公主的事情上遇到了一些麻烦，耽误了一点儿时间，我们都有些失望。”

宫娥说：“你向王子禀报，如果威力无穷的王子对我们不太满意的话，我们可就要遭殃了。如果要让洪福齐天的日神和月神结合在一起，怎么可能轻而易举就办成呢？只得慢慢地想办法。好像用长长的绳子拴着放养的动物，让它根本察觉不到，只能稍稍拉着一点儿。要让公主听进去我们的话，得找合适的时机婉转地劝说。你们先向主人禀报吧，我们一定会劝导公主，让她听进去的。”

宫娥和侍从们你一言我一语，说了许多故事，表达各自的意见。到了下午，宾尼亚哈达在众侍从的陪伴下，返回了阿诺陀湖畔王子的身边。

恩达贡玛王子正与奴仆们在大雪山林中捕捉了豹子、老虎和狮子，然后打赌比赛，看谁捕到的动物更厉害，让他们之间相互撕咬争斗。玩得正开心之际，宾尼亚哈达回来了。也没有机会向他询问，午后返回了象牙宫殿。宾尼亚哈达向王子详细禀报了公主殿中的情形：妩媚动人的公主躺在卧榻之上时，一只蝴蝶扇动翅膀，吹动了公主的衣裙，公主童心大发等等情况，无一遗漏，细细道来。金刚杵之主恩达贡玛王子非常开心，拍手大笑，槟榔汁都流了出来。王子还让宾尼亚哈达将此事说给摩诃思亚等人听。王子不断地提问，宾尼亚哈达恭恭敬敬地一一作答。

八、惠如妙苏瓦公主休闲娱乐

巴杜玛登季和雅迪摩达天黑后返回红宝石宫殿。沿着纯金的台阶,走过装饰着盘龙和紧那罗图案的长廊。惠如妙苏瓦公主宫殿之中,九宝通风窗上,九种宝石,像半个南瓜,整整齐齐地镶在上方;尖顶阁四周,镶嵌着翡翠和钻石;公主坐在有小莲花图案白色的毛毯一样柔软的地方,身着绣金线、彩虹般颜色的筒裙,显出纤纤细腰,戴翡翠项链,穿仙女衣服,像个娃娃,在众人环绕下,在宫中享乐。黑玛玛拉、温那藻达、黑玛维拉、内萨等人不间断地演奏乐器,跳阿迎舞。乐器有提琴、鳄鱼琴、弯琴、竹篾琴,琴声悠扬婉转。她们像莲花花蕊旁的花粉一样,围绕在温柔娴静、文雅妩媚的公主殿下的身边。她们用甜美悦耳的歌喉,赋诗吟唱:"此时此刻,哪城哪邦尊贵的王子,在钻石殿阁红宝石卧榻之上,相拥而眠,风流快活?真想在他们脚下打扇伺候!"

这时,巴杜玛登季和雅迪摩达回来了。公主发现了她们,用甜美的声音问道:"一大清早就出去了,怎么到晚上才回来?"

雅迪摩达回答道:"公主殿下,我们忧心忡忡,忘记了时间,说不清在哪里发呆,耽搁了时间。"

公主说:"年纪轻轻的,在宫中,可以喂养黑颈长尾雉、弹弹子、打牌,好玩的玩意儿多着呢。你却一大早离开宫廷,到现在才回来,又说不出在哪里干了什么,要我怎么相信你?摩诃达拉,你好好审审她们,要让她们说出实情。"

公主向嬷嬷摩诃达拉使了个眼色。摩诃达拉原本就是个能言善辩之人,会开玩笑。她打趣地说:"我们大家都是姐妹,没必要隐瞒。发生了什么事情吗?眼窝都陷下去了。小小年纪,与大人交往了吗?给我看看!快说!哟,她的下巴以下一拳左右的地方被什么啄了一下呢!"

她一遍遍地盘问,引起大家哄笑。雅迪摩达说:"我可要生气了!你们大家都跟着她瞎起劲,别拿要紧事开玩笑了。"

嬷嬷摩诃达拉突然反应过来,说:"好像你要禀告金刚杵之主王子所说的话，是吗？”

公主下令仔细盘问巴杜玛登季和雅迪摩达。摩诃达拉说：“再三仔细盘问了，没问出来。不应该是因为私事担忧。应该是为了其他人的事情在忧愁烦恼。”

“为什么为了其他人的事情，她们会如此沮丧呢？快说！快说！”

在公主再三地追问下，雅迪摩达说：“我们尊敬爱戴的人只有公主您，不会为任何其他人担心忧虑。目前与您最密切相关的重要事情，非常明显，不能得到圆满解决，这是我们的失职。我们坐卧不宁，寝食难安，忧心忡忡，疲惫不堪。”

公主说：“这样暗示说话，只说这么一点儿，让人无法明白。你要清清楚楚地说明什么事情，什么原因，情形如何，我们才能明白。”

雅迪摩达说：“只有主人满意，奴仆才有好日子过。这件事情，我们觉得是件好事，想办法禀报您，如果合您的心意，当然没问题。如果您觉得不顺耳，发起脾气，我们可就遭殃了。稳妥起见，暂缓禀报，早有先例，请听我说。

“主人发怒进言难”的故事

从前，在暴卡亚尼湖中有一只名叫尹萨尼的雌鸳鸯，有五百名奴仆，生活得很快乐。一只名叫尼亚瓦达的仙鹤也拥有无数的奴仆，在达巴格拉湖中快乐地生活。一次，暴卡亚尼湖中的鸳鸯戊亚尼，遇到了强烈的风暴，惊慌失措地飞走了。小鸳鸯找不到暴卡亚尼湖，来到了达巴格拉湖，看见湖中开着五色的莲花，非常美丽，让她流连忘返。仙鹤尼亚瓦达为了讨好小鸳鸯戊亚尼，向她求爱。小鸳鸯戊亚尼说：‘仙鹤大王，鸳鸯尹萨尼和五百奴仆一道住在暴卡亚尼湖中。她才是与您般配之人。’

说完，小鸳鸯戊亚尼飞回到自己的家暴卡亚尼湖。尼亚瓦达仙鹤听闻此言，从此染上了相思。一天，仙鹤同五百奴仆一道飞往暴卡亚尼湖，并在那里觅食。鸳鸯尹萨尼说：‘仙鹤请勿在此觅食。’

仙鹤王说道：‘鸳鸯朋友，达巴格拉湖可比你们的暴卡亚尼湖清澈多了，湖中还开了五色的莲花，请你和我一同去那里享福吧。’

鸳鸯尹萨尼回答道：‘仙鹤与鸳鸯不同种，我不想跟你去。’

小鸳鸯戊亚尼对她的主人说：‘上一次遇到风暴，我被吹到了达巴格拉湖。那里湖水清澈，莲花盛开，犹如仙境。鹤王尼亚瓦达奴仆无数，幸福快乐。他与您正如黄金和翡翠，乃是绝配。您想去达巴格拉湖享受就去，想住在暴卡亚尼湖也行，就与他交个朋友嘛。’

众鸳鸯叫喊着：‘仙鹤与鸳鸯根本不同种啊！’用翅膀拍打小鸳鸯戊亚尼，致使她扭断了脖子。鹤王尼亚瓦达多次劝说无效，返回了自己居住的达巴格拉湖。

一天，波罗奈城的一位名叫巴拉北达的猎人，来到了暴卡亚尼湖边，撒网捕捉鸳鸯。每天他都将捕来的鸳鸯杀了吃。鸳鸯尹萨尼和奴仆们看在眼里，不敢再住在暴卡亚尼湖中，都飞走了。她们找不到水面，无法生存，只得来到达巴格拉湖觅食。看见鹤王尼亚瓦达在开满五色莲花的水面上与众奴仆在一起后，鸳鸯尹萨尼产生了爱慕之情。她和众奴仆一起投奔到鹤王尼亚瓦达那里，并与鹤王情意相投，结为伴侣。从此在仙鹤中间，享受礼遇，幸福快乐。对自己的幸福感到心满意足的鸳鸯尹萨尼，想起了小鸳鸯戊亚尼的遭遇，一辈子都感到非常后悔。

小鸳鸯戊亚尼是为了她的主人的利益才进言的。主人生气，便迁怒于她。所以，尽管我想要进言，也不得不考虑再三。用帘子遮挡阳光，也难免有漏掉的地方。主人的怒气，很难避免，非常可怕。不如将事情藏在心里，不轻易吐露。我不敢毫无隐瞒地向公主禀报整件事情。”

公主稚气未泯，和颜悦色地先恕雅迪摩达无罪：“我们从小一起长大，友好相处，无论你想说什么，我怎么忍心治罪呢！那些稍有不妥，却大有益处的话，你就尽管说吧。”

雅迪摩达说道：“遵守时间，诚实守信，公主对我有此认识，我即使不敢什么都说，也敢暗示几分。我要说的是清晨我与巴杜玛登季向您请示，要外出一会儿。我们在思杜达坎宫和达拉亚宫洗完了头发，却没想到在那里耽搁了。住在阿诺陀湖畔象牙宫殿的金刚杵的主人，派车丹敏底拉山的山神兄妹去仙界采摘愿望之花，想作为礼物送给公主您。天帝释说：‘既然是我儿子想要，就拿去吧。’看见山神拿着花，思杜摩诃伊仙女问:'你们这是要把花送到哪个国家啊?'得知是受神武的金刚杵之主的派遣,将花送给住在香山上的红宝石宫殿里的公主后,仙女说:'哦,我明白了。仰玛尼亚国的恩达贡玛王子是不是爱上了红宝石宫殿的主人?'山神回答王子已对公主动了真情。

思杜摩诃伊仙女在金箔上修书一封,吩咐山神送给王子。信中写道:'我把你送给红宝石宫主的愿望之花收下了,你若认为这是对你的冒犯,生起气来,再派一帮人,到我的思杜摩诃伊宫中来讨要花,等于是太岁头上动土①,我决不会饶了他们!'

仙女将写在金箔上的信交给了山神。山神回到主人那里,递上信,然后说明没能带回花。王子说:'你们怎么能见到个女人就把我想要当礼物的花送给她了呢!'说完,将写在金箔上的信撕得粉碎,扔掉,并重罚山神。打得山神的身上和背部惨不忍睹,疼痛万分。

山神兄妹逃了出来,来到达拉亚宫殿。后面有一大队人马在追他们。其中有那天我去送神花时见过的宾尼亚哈达。我向他询问事情的原委。他说有命令要追打坏神,不能让他们逃脱惩罚,所以追到了这里。背上伤痕累累的山神兄妹泣不成声,高喊救命,不停地向我们磕头。我们于心不忍,便向宾尼亚哈达求情。宾尼亚哈达说:'要让我饶了他们,就得让我有机会面见公主,当面向公主表示谦卑恭敬、真诚善意。'

看着鲜血淋漓的山神兄妹,实在很可怜,忍不住答应了他的要求,让他放了山神兄妹。我既不敢向公主禀报自己做出的承诺,但如果不说,又等于是说了大话空话。我实在是进退两难,心乱如麻。"

雅迪摩达完整地说明了情况后,公主斜靠在卧榻上,和颜悦色,面带微笑,用手轻轻地撑在松软的靠枕上,说道:"为了我,惹来了这么多的烦恼。嬷嬷说话都是捉弄人的。一有机会,就又提这件事。那天我用叉竿采摘神花时,受了暑热。因为接受了檀香,所以才回赠神花。大家都对王子议论纷纷的,对我说话时也都是话中有话。巴杜玛登季和雅迪摩达,你们为了阿诺陀湖畔象牙宫殿的王子,真是瞎操闲心。你们根本不是为我而着急。为了报答他,这样岂不是自找麻烦吗?"

---

① 原文是"用发梢蹭天帝释的脚"。

巴杜玛登季说:“公主,如果你依靠王子,今后便能统治南赡部洲和全部四大部洲上所有的国家。我们全都希望你们结为夫妻,幸福快乐。托您的福,我们也能沾光。尽管我们这一愿望很强烈,但花了很长时间,也没能让你们二人产生感情,我们感到非常不安。也不能想说什么就说什么,所以感到难过。我找到了一个类似的故事,故事中的小蛙曼杜咖就和我一样。请您仔细听我说。

“夹在中间干着急”的故事

从前,在一条叫丹达咖的小河中,住着一对名叫那利咖亚和登咖内克的黑鱼夫妻,奴仆无数,幸福快乐。一次,天降暴雨,河水暴涨,上下游各处低洼地都淹了水。那利咖亚黑鱼妻子兴奋不已,不小心游进了一条小溪,又游到了吉萨亚池塘中。她正在池塘里开心地玩耍时,雨停了。因为是夏季,池塘淤浅了,黑鱼妻子没有办法再游回丹达咖河中,只得留在那里。登咖内克黑鱼丈夫四处寻找,游遍江河湖泊,仍不见妻子踪影,焦急万分,筋疲力尽。

黑鱼妻子累得气喘吁吁时,将下巴托在岸边,着急担忧,思绪不宁。一只名叫曼杜咖的小青蛙游进了吉萨亚池塘,看见那利咖亚,便问道:‘你怎么不怕鹭鸶和鸬鹚这些天敌,还把下巴托在池塘边上呢?究竟发生了什么事?’

黑鱼妻子将自己的遭遇告诉了青蛙,说道:‘曼杜咖,我的朋友,请你到丹达咖河把我的情况告诉登咖内克黑鱼王吧。’

曼杜咖青蛙同情她的遭遇,就去了丹达咖河,按照黑鱼妻子的吩咐,详细地转告了黑鱼王。黑鱼王说:‘曼杜咖,我的朋友,你们青蛙用悦耳动听的声音唱歌,雨神就认为是在祈雨。他就会兴高采烈,手舞足蹈,哗哗地降下雨来。我的朋友,请你可怜可怜我们两个,唱起歌来,祈求下雨吧!’

曼杜咖也很喜欢黑鱼夫妇,想看到两个有情人重逢,便用悦耳的声音唱了起来。天上布满乌云,像要下雨的样子。曼杜咖心想,一定要让相爱的人重逢,便使尽全力,一刻不停地唱着。终因疲劳过度,活活累死了。

就像曼杜咖青蛙一样，为了公主和那位王子相见相知，情意相投，共享欢乐，我们殚精竭虑，用心良苦，所作所为，无人知晓。”

公主说：“关于象牙宫殿主人之事，巴杜玛登季和雅迪摩达你们已经对我说了不下百遍了。我只想开开心心地生活，在现在这样的年纪，对那件事根本提不起一点儿兴趣，只是感到恐惧和害羞。有时你们开各种玩笑，我虽默不作声，其实心中不悦。因为知道你们是为了我好，是疼爱我的人，所以面带微笑，心中不快，隐忍不发。提及此事，你们就一唱一和，转弯抹角，夸赞不已。你们将我围住，不停劝说，实在大错特错。我年纪尚小，不太懂事，每每谈及此事，假装在听姐姐们的。那位王子，对我真心真意，连手指都不会碰我。只是你们从中牵线搭桥，穿针引线。你们是好心好意，若不宽恕，反而责罚，便是我的不对。现在我可提醒你们了。”

公主说完，雅迪摩达低下了头。于是，瑶哈那玫达对公主说：“殿下，我们所做之事，全都是为了您。即使犯了错，也请您原谅。”

公主说：“如果我生气，你们就要受罚，不是吗？可父王要是发怒了，可得小心了！要想免于责罚，就要远离他们！”

瑶哈那玫达说：“王子情真意切，又锲而不舍，我们同情支持他，这样国王也会怪罪吗？”

公主又说：“我是女儿，父王当然有权管我们。怎么可能瞒着他呢？”

瑶哈那玫达说：“如果公主下令将王子的事情隐瞒不说，就不会出问题了。我们会帮助您的。”

公主道：“天啊！你们也别藏着掖着，有什么想法，就尽管说吧。”

瑶哈那玫达说：“所谓帮助之事，不便直言。我想到了前人的故事，请您听仔细：

“巧妙施计苦父母”的故事

从前，统治着仰玛卜亚国的巴护杜达王和瑟咖甘迪王后非常恩爱，膝下有一女。长大以后，聪明伶俐，知书达礼，名叫楠达玛雅。因为公主实在太漂亮了，她的父王认为没有人能配得上自己的女儿。为了不让别的男人看见她，国王将公主严密保护起来，为她修建了一座高高的宫殿,并且只留下一个楼梯,仅开一扇门。国王非常疼爱公主,每晚都要去看望她。

这时,统治着泽雅卜密国的那亚德巴国王和给德尼王后的爱子萨那亚王子听说了公主的情况,征得父王和母后的同意后,率领五百奴仆,携金银财宝,前往仰玛卜亚国。到了那里,四处打听消息,遇见了公主的嬷嬷巴娜玛。详细地说明了情况后,又送给嬷嬷漂亮的礼物,说:'请您一定说服公主,事成之后,必有重谢。'

巴娜玛答应了。回到公主殿后,每天都想方设法劝说公主,并用各种例子来打动公主。楠达玛雅公主对萨那亚王子动了心,点头同意了。嬷嬷巴娜玛找到王子,详细汇报事情进展顺利。统一了意见后,嬷嬷告诉了王子进宫的路线,然后回宫了。

到了夜里,萨那亚王子手持短剑,按照嬷嬷的提示进入宫中。到了公主殿,王子用绳子将自己绑住,打开了宫殿的地板,公主身边的宫娥们将王子拉了上来。进入公主殿中,众人都三缄其口。王子和公主两情相悦,意恰情浓,如胶似漆,共度春宵。到了父王前来探望的时间,又将地板打开,将王子用绳子放下去。此时,楠达玛雅公主把嬷嬷巴娜玛叫来,说道:'嬷嬷啊,那位王子毛手毛脚的,又软语温存,哄得人心痒痒,遂随他愿。可他百般欢爱,纠缠不休,若是花,一定被摧残了,所幸是人,才未被折腾死,活了下来。'

公主在宫娥之中开怀大笑,口无遮拦。这时,国王巴护杜达前来看望女儿,在离楼梯不远处,清楚地听见了公主所说的话。国王大惊失色,走上宫殿,突然问道:'哪来的王子?是谁带来的?'

楠达玛雅公主面不改色,镇定自若,很快地回答道:'刚刚在睡梦中见到的王子,我在卧榻上摸索,没有找到,就醒来了。'

父王巴护杜达说:'原来是做梦啊!'便放下心来,不再追究,回宫去了。

萨那亚王子胆大包天,凭借武功,每天深夜,手持短剑,偷偷摸摸,进入公主殿。两人交欢缠绵多日,公主身怀有孕了。便与宫娥们商量,让萨那亚王子先回泽雅卜密国,楠达玛雅公主向父王禀明情况。

国王巴护杜达盘问众奴仆:'是哪个国家的王子?受谁的指使到这里来的呢?'

众口一词地答道：‘不知道。’

国王又去哄公主道出实情。公主说：‘父王，没有谁到我这里来。刚开始的时候，是一只会说人话的黑蜂，每晚必来，停在被褥上。让我与统治着泽雅卜密国的那亚德巴国王和正宫娘娘给德米王后的爱子萨那亚王子两个人，相爱结合，一起统治整个南赡部洲。每天晚上，在我旁边，唠叨不停，反复劝说。于是我问黑蜂：“如果我对王子有兴趣，你会怎么做呢？”黑蜂说：“就去让萨那亚王子也同意这件事。”我以为它只是个动物，被它缠得烦了，便直截了当地说：“我会爱他的。”话音刚落，黑蜂便消失了。日落天黑，在卧榻上熟睡之时，梦见了萨那亚王子前来求欢。醒来后，四处寻找，不见王子踪影。我晚上坐着不睡，要等王子。等到困极了，打起盹来，一个人睡着了。连这位萨那亚王子的模样，我都不清楚呢，只是每天做梦，便成了现在这个样子，羞死人了！’

听完楠达玛雅公主的话，父王巴护杜达认为能够进入这么森严壁垒的宫殿的，一定是位会变形之术的王子。派人四处打听，果然如此。便派遣使臣，前去求亲。从此，仰玛卜亚和泽雅卜密两国如两片黄金合成一片，结为友邦，和睦相处，共同繁荣。

父王巴护杜达心胸狭隘，不肯把楠达玛雅公主许配给任何人。王子凭着毅力，利用公主身边之人说服诱导，一旦出现机会，便抓住不放。楠达玛雅公主则机智过人，应对自如，面对危机，镇定自若，巧妙应对，避免灾祸。他们两情相悦，终成眷属，心想事成，美梦成真，结成友邦，互利互惠。公主您若像这位楠达玛雅公主一样，为了大家，巧妙应对，加以掩饰，再有穿针引线之人，便可平安无事。”

惠如妙苏瓦公主道：“你们认为我会这些阴谋诡计吗？我可不能说谎骗人！什么爱上王子，那会下四恶道的！”

瑶哈那玫达说：“亲爱的小公主，怎么跟你说呢？人们通常在遇到麻烦时，会悄悄地在言语上稍加修饰。一根发丝，怎么可能夸大成三百呢！父王即使知道了王子的事情，也不会生气的。从前王后做梦时，德瓦迪达婆罗门就曾经释梦说他就是公主前世的有缘人。父王会很高兴，很欢喜的。”

公主对于这件已然临近而又切实的事情仍感到羞惭，雅迪摩达委婉的话不知不觉中让她动了心，突然哑口无言。又得知了前世的渊源，非常开心，却不知如何应对。于是，公主微笑不语，在卧榻上睡着了。

天亮后，宫娥们端上洗漱用的清水，公主坐在镶嵌着钻石的金玉宝榻上，懒洋洋的，喜笑颜开。在准备用蓝宝石的发梳梳头之前，将五种芬芳扑鼻的香精倒在碗里，用菊花轻轻沾一下，准备用小手指弄湿发梢时，公主却说："我现在不想梳头，昏昏沉沉的，不舒服。别用那蓝宝石发梳为我梳头了。"

尤芭达雅说："小公主，不想梳洗打扮，被别人看见了，多丢脸啊！人们会说你懒的。平时每晚三次，白天三回，沐浴更衣，梳妆打扮，日日如此。为何今日不想梳洗了呢？真是奇怪！"

公主说："没什么好奇怪的。又有谁会来说我懒呢？"

嬷嬷道："前一天晚上，瑶哈那玫达已禀明了恩达贡玛王子的事情，并且已经告诉那位王子可以来了。我隐约听说今天王子会来我们红宝石宫殿拜访呢。如果公主这样任性，不梳洗打扮，王子怎么会知道公主的尊贵端庄呢？一定会产生误解的。真让人着急啊！"

公主说："王子好与不好，随他去吧。王子真来到红宝石宫，有什么问题，也是她们负责，与我无关。"

雅迪摩达在尤芭达雅身后，用手捅她。尤芭达雅又说："小公主，如果王子真的造访，你难道躲起来不见吗？如果一句话也不同他说，恩达贡玛王子多没面子啊。对将统治宇宙，威力无穷，法力无边的帝释之子，不理不睬，有意怠慢的话，我们大家都过意不去呢。"

公主问："若我不同恩达贡玛王子讲话，你们大家会怎么办呢？"

尤芭达雅说："在杜得达那、思得亚、咖拉、甘德玛和给拉得达巴五座高山中，您是最尊贵的。人间最尊贵者，非皇帝莫属，但也得在天帝释面前卑躬屈膝。人间最高贵的两位，尽管已身居高位，仍需要寻找伴侣。王子诚心诚意，历尽艰辛，来到这里。花费许多时日，仍未得到机会，无法达成心愿，无颜回国。若他怪罪起来，后果不堪设想。以前就有这样的先例。"

公主说："我未邀请，他自前来，没有机会，浪费时日。他若怪罪，便如何是好？"

尤芭达雅说:“小公主,您与象牙宫主,都是皇族后裔,不应对他太过冷淡,让人不满。应该想个新奇的好法子,化解尴尬。你若还不明白,请听我说个故事。

“过分娇嗲反害己”的故事

从前,统治着岱咖意瞻国的班帝达国王和班布巴拉王后难舍难分,缠缠绵绵,生下一女。长大以后,才貌出众,取名吉利妙德公主。父王非常疼爱公主,对她百依百顺,并在皇宫中修建了五座尖顶阁,让公主居住于此,派一千名奴仆伺候。

这时,统治着布仰达玛尼国的给杜玛拉国王和威南德达玛王后之爱子卡帝亚王子正在寻觅佳偶。因为要前往许多国家和城邦寻找,随行带了大量的价值连城的布匹、金银和财宝。装上大船后,同五百名水手一道,将船驶向大洋。在各国打听到了消息后,来到岱咖意瞻国,将船停泊在了美丽的岸边。

这时,岱咖意瞻国的班帝达国王正和许多士兵一起,正在洋内水晶宫中欢度泼水节。大船小舟,鼓乐喧天。看见布仰达玛尼国的王子乘船而来,便询问原因。王子将自己的情况从头至尾,细细道来。

班帝达国王继续欢度泼水节,卡帝亚王子则将大量奇珍异宝和金银分送给了国王的大将。为了让他们对自己有所帮助,便刻意讨好结交,渐渐熟悉起来。统帅等大臣多次收受卡帝亚王子的礼物,在国王面前时常提起王子的事情。国王说:‘我的女儿,不嫁给人,难道要嫁给神吗?女人无论好坏,时间长了,都会受到诱惑。如果对象是皇族血统,是否应该对大臣们的话置之不理呢?要嫁人的可是公主,只有她喜欢愿意,我才会听你们的话。’

大臣们说:‘要想知道公主是否喜欢愿意,就要让卡帝亚王子前去试探。’

国王同意了。大臣们来到王子的住所,接受了大量的礼物,告诉王子已得到机会,然后将王子带入宫中,向公主介绍王子,说国王将要重用他。公主从小到大从未与男子说过话,既惊慌又害羞,既没说同意,也没表示不喜欢,就跑进里面去了。卡帝亚王子每天都盼着能与公主见面,整整一年,也未能如愿。吉利妙德公主既害羞又害怕,不知道怎么开口说话，只要一靠近她，就像一个不听话的孩子一样，赶紧跑开了。卡帝亚王子心有不甘，仍不放弃。时间久了，那些接受王子礼物的大臣们对王子说：'公主年纪尚小，稚气未脱，听不进别人的话，不肯见面。你去找一个她会喜欢的特别的东西吧。她既不喜欢金子，也不稀罕昂贵的珠宝，但一直喜欢那些好玩的，有意思的东西。你赶快去找一个人间从未有过的，新颖奇特的东西吧。'

卡帝亚王子太喜欢公主了，马上答应去找。他又乘船出行，来到了大雪山附近。在海岸边，找到了一种名叫娜娜尤巴的神奇的花，花枝上开出了红白黑金等十种颜色的花朵。闻到此花的香气，让人奇痒难忍。再稍等片刻，鼻子就变成一肘尺长，非常难看。卡帝亚王子对侍从们说：'我鼻子没变长时，公主都不肯与我见面说话，现在这么长的鼻子，更别想靠近了！'

侍从们说：'王子您就赶快去拿这花吧，非常奇特不是吗？'于是，将那神奇的花连根挖出，种在船头上。

他们继续前行，又找到了一种叫萨达尤巴的花。花的形状很奇特，像尖顶阁一样一层层的，只有叶子，没有叶柄。一阵风吹过，花香飘溢。闻到花香，原本长长的鼻子又都恢复了原样。这时，王子说：'有办法了！'

将这种花也连根挖出，种在船头。卡帝亚王子乘船返回岱咖意瞻国。途中，将娜娜尤巴花用金罩子罩住，外面再盖上印章。嘱咐那些同公主亲近的人将这个鲜花礼物送给公主，半途不得打开看。

宫中的人听说卡帝亚王子给公主送来了神奇的花作礼物，许多奴仆都跑了过来，想要看这个金罩子里面的花。吉利妙德公主拔下金罩子下方的钥匙，打开了金罩子。一阵异香袭人，大家看到一个花枝上开出了十种颜色的花朵，纷纷称赞：'好香啊！'

吉利妙德公主和奴仆们闻了花香后，觉得鼻子发痒。不一会儿，包括吉利妙德公主在内，整个宫殿里的上千名奴仆，所有人的鼻子都变成了一肘尺长。'哎呀，这下麻烦了！'大家你看我，我看你，每个人的鼻子都像大象的鼻子。这一奇闻传遍了国内外。听到消息后，卡帝亚王子便乘船起程返回布仰达玛尼国了。

在岱咖意瞻国，班帝达国王看到女儿的遭遇，仔细查问事情的始末，大臣们就禀报详情。国王说：‘作为王子，对公主一片痴心，受到过分冷落，心怀不满，存心报复。现如今，只好让你们督促着长鼻子公主和她的属下，一个不落，全部上船，前往王子故乡布仰达玛尼国，赔礼道歉，请求原谅，让他喜欢我的女儿。’

娇嗲的吉利妙德公主，因为自己的羞怯之心，现在只得随众奴仆一道，前往布仰达玛尼国，磕头谢罪，讨好王子了。

这位吉利妙德公主，之前大臣们劝说她的时候，因为害羞，一再拒绝，不肯见面。一旦卡帝亚王子想出了奇特的主意，公主颜面大失，只得认错。同样的例子还有：称他为施主的时候，他不答应；气呼呼地叫他的小名昂觉，他才答应。公主您可别这样。当王子毕恭毕敬地接近公主，表达尊敬爱慕之意时，您应该相应地用愉快的心情接待他，这样才能显示出您的亲切率直、高雅尊贵。如果因为害羞恐惧，拒而不见，只会落得吉利妙德公主那样的下场，到别人的国家别人的宫殿去，受人奚落。王子来的时候，若不恭恭敬敬、好言好语地亲切招待，而是转过脸去，不理不睬，这些都会冒犯王子，不知不觉中大祸将要临头。真是太可怕了！我们的话，公主听不进去，真让我们一筹莫展。”

尤芭达雅说完，公主道：“哎呀，只有从前的王子才坐大船到大雪山一带，现在怎么可能还会有这么神奇的花呢！”

尤芭达雅说：“哎呀，小公主，您以为这位王子会命令下人随随便便地去找吗？上次他送给公主您从玛拉幼岛上取来金色檀香，那可不是凡人可以到达的地方啊！又曾有哪一位王子来到过阿诺陀湖畔呢？他能够上天入海，还能去到仙界，而且还从至高无上的天帝释那里得到了金刚杵。他可是比卡帝亚王子更加才智出众的人物啊！公主与这位王子，就像黄金和美玉、太阳与月亮一样般配。我们是认为主人发达，奴仆也能沾光，才斗胆进言的。”

公主仔细想了想这个故事，心中隐隐有些不安。于是说：“烦死了！嬷嬷们尽会说些令人厌烦的事。”

公主缓步走到红宝石和珊瑚镶嵌的镜子前，心神不宁地一直照着镜子。一想到什么，镜子中就依稀可见。公主不停地照着镜子时，嬷嬷很识趣地说道：“公主，以前您用嵌满宝石的杯子喝水时，一下子便喝了下去。从外面看起来，喉咙那里是墨绿色的。现在很奇怪，吞咽水的时候，喉咙那里发红发暗，看起来好像味道很特别。这要问了王子才知道是怎么回事。明天王子来到红宝石宫后，公主就主动问他吧。"

公主问："谁说王子明天一定会来的啊？"

嬷嬷回答道："刚才在前殿，一个叫格牟达咖的仙女，没看清她的相貌，说是王子派来的，向我们吹口哨，用文雅的神仙语言说王子明天要来甘德玛宫。"

公主说："有威望的人不应该如此，好像使唤别人一样，利用自己的权利，连神仙都敢欺负。这种人非常骁勇，但对他人没有怜悯同情之心。好胜心强，无所畏惧的王子，来到红宝石宫殿，如果真的戏弄于我，不计后果，出乎大家意料之外，突然拉住我的手不放，我真要惊恐羞愧死了。"

嬷嬷说："无论王子到哪里，我们都在您的身边，定会见机行事。王子若说些甜言蜜语，我们也会替您应答的。"

惠如妙苏瓦公主用甜美的声音说道："费尽千辛万苦找到这里的王子，一定会来到红宝石宫殿的。尤芭达雅，你可千万不能离开我的身边啊！王子如果不停寒暄，说些客套话，我可一点儿也不知道该如何回答是好呢！还要请你替我回答所有的问题。这样才稳重端庄，不失体面。"

嬷嬷说："别担心，王子会带一千五百奴仆前来，我会站在前面，将王子说的话，转述成您听得懂的话，也会根据情况，想出好的应对。"公主不再担心多虑，接受了她们的请求，高高兴兴地一同聊天，时间就过去了。

巴杜玛登季和雅迪摩达比其他人更向着王子，嚷嚷着："这次可烦死了！"好像打了一个大胜仗一样，欣喜若狂，几乎手舞足蹈起来。

九、前往甘德玛城打探消息

恩达贡玛王子召宾尼亚哈达来到面前，反复询问甘德玛公主的情况。宾尼亚哈达将从巴杜玛登季那里听来的有关公主如何娇柔妩媚、典雅秀丽的情形，又添枝加叶夸张渲染了一番。

王子听说后，意犹未尽，浮想联翩，进入梦乡。天快亮时，在白色丝绒卧榻上，王子做了个梦。梦见自己乘着天帝的御车，前往忉利天天帝所住的宫殿。途中，来到了善法亭。想进去，可亭门关着。杜楠达仙女将门打开，王子浑然不知，仍站在门外。杜楠达仙女问："王子殿下，您不知道门是开着的吗？"王子答道："不知道。"仙女又说："从前天晚上开始，我就已经将门打开了。你想进去的话，就进去吧。"这时，王子从梦中惊醒。

天亮后，王子将宾尼亚哈达召进宫来，告诉了他自己的梦。宾尼亚哈达说："前天我去甘德玛城的时候，托付雅迪摩达她们要办的事情。善法亭代表公主，开着的门就表示公主已经同意了。现在杜楠达仙女是来报信的。"

王子非常高兴，摘下自己手腕上戴着的闪闪发光的九宝手镯，赏给了宾尼亚哈达，又吩咐他前往甘德玛城打探消息。宾尼亚哈达与一百名王子的同龄伙伴一道去了。

巴杜玛登季和雅迪摩达自从劝说公主同意见面时起，整晚没有合眼，一直盼着天亮。锣敲了二十六下，三更天已过，五点钟的时候，晨曦初现。巴杜玛登季和雅迪摩达准备前往达拉亚宫。嬷嬷摩诃达拉说："如要出宫，就在公主醒来之前去吧。若公主问起，也好替你们搪塞。正好今天国王要去大雪山祭神，你们就想办法让王子今晚来吧。"

巴杜玛登季和雅迪摩达出了红宝石宫，来到达拉亚宫。王子的奴仆们早已等在那里了。雅迪摩达下意识地说道："今天可是我们主人和你们主人的好日子啊！"

宾尼亚哈达说："我的梦怎么这么准呢！"宫娥们便询问做了什么梦。

宾尼亚哈达说："我梦见国王们用叉竿摘星星，一颗流星从空中陨落。我用手接，正好落在我的手中。我将流星献给主人，正交到他的手中时，从梦中惊醒了。我想来想去，觉得一定是事成了。进了甘德玛城，见到你们如约前来，真是太高兴了！二位主人真是洪福齐天。南赡部洲之主恩达贡玛王子说得委婉，担心日子久了，错过了缘分。好像神仙来催促我们一样，现在正是大好时机。"

巴杜玛登季说："宾尼亚哈达啊，从昨晚开始，直到今天，我们绞尽脑汁，想尽办法，说服公主。公主多次呵斥我们，快要发怒了，但她一直控制住了自己的情绪。我们不敢再多言了，看到公主怒气未消，脸色阴沉的样子，我们都吓得不敢靠近。想透透气，我们来到达拉亚宫，偏又遇上了你们。听说你们的主人今晚一定会驾临红宝石宫，我们可能会因此平白受到惩罚了。四大部洲之主、威力无比的王子，今晚真的会来吗？"

宾尼亚哈达说："昨天与你们谈过之后，相信你们一定能说服公主，所以就禀报王子一切顺利。也没有其他任何指示，王子今天才说要去四大部洲巡游。一位名叫吉利敏格拉的侍从建议王子：'宾尼亚哈达已经禀报说昨晚红宝石宫之主已同意见面了，您就别去四大部洲巡游了，还是去红宝石宫殿吧。'所以，王子下令今晚就前往红宝石宫。如果王子听说事情不顺利，公主不断地斥责你们，那我们可就命悬一线了。王子今晚亲自前往红宝石宫，表达爱意，若得以与公主相见，我也就敢回到王子身边。若公主对王子心生厌恶，不肯相见，那就好像高山倒塌，小草全难存活一样。谁会倒大霉呢？整个六层仙界，整个宇宙，须弥山顶都会折断，世界将毁灭。我可不敢遭受这样的灭顶之灾。在王子得知此事之前，我今天就躲在你们这里好了。明天再看情况，如果王子愉快地离开你们主人回家，我再回到主人身边。"

红宝石宫的人问："今晚一定会驾临甘德玛宫吗？"宾尼亚哈达说确实如此。

于是，巴杜玛登季对雅迪摩达说道："雅迪摩达啊，王子驾临我们甘德玛宫，若我们缩在后面，岂不是太没有礼貌了吗？因为相信我们，现在决定要来，我们可不能辜负信任啊！我们不害怕公主的怒火，也不畏惧公主的斥责，现在就去向公主禀报王子将驾临甘德玛宫之事吧。如果我们现在隐瞒不报，到了晚上，王子真的来了，我们就要倒霉了。现在就回红宝石宫吧。"

巴杜玛登季又说："宾尼亚哈达啊，关于王子驾临之事，我们现在就鼓足勇气，前去禀报。我们的国王在今天这样的吉日去大雪山与那些神通广大的神仙一起欢度节日。一大早就去了，明天才回来。王子这时前来，真是太合适了。但我们的公主，年纪尚幼，如果既羞又怕，不肯相见，王子定会不高兴。白天的时候，我们会同一千宫娥一起劝说公主。到了晚上，我们也会从旁帮忙的。就请这样向王子禀报吧。我们要去准备了。”说完，两位宫娥分别带领五百奴仆，返回红宝石宫。

宾尼亚哈达从宫娥们的话中听出，事情已经办妥，只是不想轻易答应，好显出她们所做的努力，一切都是她们的计谋。她们好像对今晚王子将驾临红宝石宫殿之事，未做准备，只说现在才去劝说公主。实际上仔细琢磨她们的话，就知道实际上是希望王子前去的。真是一切为公主着想的好宫娥啊！宾尼亚哈达便不再多说什么，静静地待着。

巴杜玛登季和雅迪摩达沿着色彩斑斓、雕着神兽和狮子像的台阶而上，走过琉璃、钻石和玉石长廊，登上宫殿。公主正在殿中享乐，她们进去伺候。

公主问雅迪摩达她们：“我一起床就没看见你们，好长时间了，去哪里了？”

巴杜玛登季答道：“一年十二个月，热季、雨季、凉季，在五百座宫殿之中，玉石殿、钻石殿、蓝宝殿和琉璃殿，挨个去住。可公主整个季节都没有住在红宝殿里了。宫殿里的五百宫娥们，不知道如何打发时间。担心太过无聊，我们去了以后，在宫里打了三四次牌，很开心。九宝之门红宝石栏杆拐角处，一只乌鸦站在天帝像的底座上，面朝着公主的琉璃卧榻，嘎嘎地叫个不停。大家都吓了一跳，觉得太过奇怪了。大家观察了一会儿，乌鸦也叫了好一阵子。停下不叫后，乌鸦飞到了我的脚下。真是好奇怪啊！”

公主把摩诃达拉叫来问道：“乌鸦为什么叫呢？”

嬷嬷回答：“尊贵的客人到来之前，乌鸦都会先叫的。乌鸦其实是飞不进宫殿中的。福德无双、威力无比、无人能敌的金刚杵之主，王子将于晚间驾临红宝石宫殿。为了传达这个消息，没有生命的乌鸦像都按捺不住，摇头晃脑，唱了起来。太阳落山，夜幕降临，恩达贡玛王子将驾临红宝石宫殿。公主也应该前往乌鸦报信的宫殿去了。”

听完摩诃达拉嬷嬷的话，公主说道：“王子晚间果真来了的话，你们一定要陪在我身边，帮我说话。我可是什么也不懂，很高兴听你们替我应答。天快黑了，我们现在就前往红宝石宫殿吧。我的心怦怦直跳，尤芭达雅你可不能离开我半步，要一直待在我身边啊。”

公主慢慢起身，轻摆柳腰，一只手搭在格那吉利的肩上，在宫娥姗布冬德意、晶萨那达伊、巴德金萨尼和丁卡格亚尼的搀扶下，来到红宝石宫。公主略感疲惫，在玉石卧榻上休息。

十、恩达贡玛王子来到甘德玛宫

此时，王子的侍从宾尼亚哈达等人离开了甘德玛宫殿，来到王子面前。王子正坐在屋前平台上紫薇花形状的座位上，四周有象牙栏杆，正在斗孔雀和雉鸡。王子看见宾尼亚哈达，急忙起身，在大殿圆柱旁问道：“宾尼亚哈达，昨晚做的梦，他们给我解释得对吗？”

宾尼亚哈达答道：“陛下，您吉星高照，仙人托梦，正如所愿。今晚您若驾临红宝石宫，公主身边帮我们劝导她的人已盼望着夜幕早点儿降临，一切准备就绪了。今晚，正如仙人所示，是您们两位的大好机会，一定会事事顺利，达成心愿的。公主的父王，因今日是吉日，已前往大雪山祭神了。您若前往，很容易说动公主的。”

王子道：“宾尼亚哈达，你们说今日适合前往，我也动心了。宾尼亚哈达啊，准备一下，我们就今晚一起去吧。”

王子转身回到宽敞的象牙宫殿中。没过多久，天色已晚。王子喝水用膳，更衣佩饰。用红宝石的发梳，梳理天帝释遗传给他的一头乌发，戴上神花，将芬芳扑鼻的香水洒在发上。王子坐在一位名叫巴虎巴拉的奴仆的肩上，让宾尼亚哈达走在前面带路，与一千名王子的同龄伙伴一道出发，前往甘德玛宫。三十盏圆形马灯，围绕在王子周围，将四周照得通亮。王子一行悄悄来到甘德玛宫，七层铁城墙的七座城门，在王子抵达之前，早已敞开。谁也没看见，王子就径直走向红宝石宫殿。巴杜玛登季和雅迪摩达等一班宫娥已在凉亭里等候。一看见走在最前面的宾尼亚哈达，就赶紧派一名小宫娥去向嬷嬷通报。见到王子，下跪磕头，恭恭敬敬地禀报：“绕过这座大殿，进入尖顶阁的大门，穿过镶着钻石的过厅，东面栏杆相连的那座宫殿，就是红宝石宫殿。尊贵的公主周围有十万宫娥环绕。”

王子的侍从请宫娥们带路。雅迪摩达在前面带路，一双双手打开一扇扇大门。来到玻璃门前,瑶哈那玫达端来了亮晶晶的钵,里面盛着洒了玉兰、海棠香精的水,替王子洗脚。

嬷嬷格那吉利拿来了丝绒的坐垫,上面绣着翩翩起舞的紧那梨。在用红宝石滚边的帷幕后面,靠着镶嵌有九种珍宝的护板,放了一个坐垫。公主坐其上,四周宫娥环绕。此时,巴杜玛登季和雅迪摩达在王子和千名奴仆面前端庄得体,没有丝毫失礼之处。

巴杜玛登季微笑着说:"尊敬的王子,我们红宝石宫之人,好像上古之人,在王子面前诚惶诚恐。"

王子说:"我是带着良好的愿望前来红宝石宫的。为什么你要自比为上古之人呢?"

巴杜玛登季说:"创世之初,一片黑暗。人们惊恐万状,盼望光明,精疲力竭之时,缅历十二月,日月和星辰同辉,人们欣喜若狂,烦恼全消。现在,王子您驾临我们红宝石宫殿,正应了昨天的征兆。昨天我们宫中九宝之门红宝石栏杆雕花拐角处,一只乌鸦站在天帝像的底座上,面朝着公主的琉璃卧榻,嘎嘎地叫个不停。我们正在猜测王子您是否会驾临时,听宾尼亚哈达说您已经到了。您和公主二人,真是天生一对,地造一双。你们的姻缘,是上天注定,神仙预言,显而易见的。我们真高兴,最初担忧,却有好的结局。所以我说就如同上古之人。"

宾尼亚哈达说:"姑娘话说得十分动听,又别出心裁。王子正准备骑着大鹏,巡游整个四大部洲时,河流、森林、山峦和所有的神仙,都争先恐后地恭请王子前往。王子本想找寻欢乐,今天终于找到了。王子不理会其他,满怀诚意,来到甘德玛宫。至今尚未见到明月般的公主之面,满怀眷念,无缘相见,满腹话语,无人诉说。现在已经是深夜一点了,还没有见到公主,只能打道回宫,王子只好认命了。"

正说着,迪拉布密仙王之女南赡东达意带领一千奴仆,来到王子面前,奉上威达温那仙王夫人敬献的纯金的槟榔盒、钻石钵和玉石钵。

巴杜玛仙王之女金萨那达伊说:"我们公主今天整晚都捧着玉手,呼唤北面天空中的星星。嬷嬷格那吉利说:'东面也有闪亮的南十字座星星,如果只喜欢北面的星星,那么居住在阿诺陀湖畔象牙宫殿里的就是北极星。即使你喊得口干舌燥,他也不会有丝毫的移动。您的头要昏了,还是小睡一会儿吧。'公主道:'哎呀,我没有想到住在象牙宫的是北极星，我没呼唤他。天刚黑的时候，我吃了杜玛亚扎仙王夫人送来的鲜嫩的拌咸茶[①]，现在还不困呢。'整个晚上，公主都没睡觉，刚刚才睡着。公主坐在卧榻上，手扶饰有红宝石牙神兽的床头挡板，像妙声鸟一样垂着头。所有的宫娥谁也不敢叫醒公主，大家都忙着找一只从神花的花蕊中生出的，名叫赡部甘达的鸟儿，让它在公主的身边大声啼鸣。”

王子在仔细地打听赡部甘达鸟儿的情况的时候，嬷嬷摩诃达拉对公主说：“公主殿下，听说在红宝石宫殿门外，站着一位相貌举止高贵，像梵天或帝释的一位人物。我派金萨那达伊和巴杜玛登季等人前去查看。原来是天帝释之子，金刚杵的主人恩达贡玛王子，在无数的奴仆的簇拥下驾临了。他温文尔雅，长得与天帝释一模一样，威力更是名满天下。他诚心诚意前来，渴望一睹公主芳容。公主乃仙王之女，理应前去打声招呼。”

公主道：“嬷嬷摩诃达拉，你怎么尽说些让我烦心的话。那些所谓王子公孙，声名显赫，奴仆甚多，闲来无事，四处游荡，不巧迷路，无须理会。我与他素不相识，如此匆忙前去招呼，似有不妥，就像俗话所说，想快却变得很慢。我讲个故事，你等须听仔细。

很久以前，威武神勇的波罗奈国王之子，将自己的爱妃放在远离人群一棵大树弯垂的树枝上。迪利亚德那国的王储开心地外出打猎，走过了头，来到了大雪山上的这棵藤蔓缠绕的大树旁。

现在恩达贡玛王子也是因为迷路，到了我们这里。你们去给他指路，送他走吧。”

嬷嬷道：“看情形不是这样的。恩达贡玛王子乃天帝释之子，尤亚达底仙女受天帝释之托，为其建造了五重城墙环绕的宾萨玛雷城。他是为了找寻能够成为城中王后的人选而来的。龙王诶雅波拓向其禀报在香山上的红宝石宫殿中有合适人选。前生一世世积的福德，注定要产生感情。王子住在清澈的阿诺陀湖畔的象牙宫中，现在前来，如

---

① 缅甸的一种食品，将茶叶腌制后与香油、花生、虾仁、芝麻、炸蒜瓣等一起拌着吃。

果我们怠慢贵客，招待不周，不仅是公主，连我们一班奴仆也都显得无礼了。即使您不出面，也应该吩咐我们去打声招呼啊。”

公主说：“达拉嬷嬷，你是不是年纪太大了，在这里胡说八道的，真是羞死人了，好可怕啊！无论在哪里，我都不可能像熟人一样招待他。你若觉得不好意思，就出去招待他吧。”

摩诃达拉说：“哎呀，公主，俗话说池塘不清，荷花不生。南赡之主，尊贵王子，驾临香山之巅公主与众奴仆居住之地，就应与之相见，和颜悦色，友好交谈。王子气质品格，一望便知。我现在就出去，代表公主与王子打声招呼。我会见机行事的。”

摩诃达拉带着一千宫娥出去，还拿了两朵并蒂含苞待放的神花作礼物。到了王子面前，将盛着神花的钻石托盘送上，说：“王子殿下，我们的主人，公主殿下上次外出时，因为伞没有遮严，阳光照到玉体，感觉不适。您像御医一样，快速地送来了可以医治百病的金色檀香，公主很快就康复了。您的大恩大德，我们念念不忘。一次，公主在珊瑚卧榻上，用多种香水擦拭身体，在香水未干之时，换上了珍珠衣服。一只仅有苍蝇般大小的蝴蝶在公主的身后飞舞。屋内香气缭绕，蝴蝶扇动翅膀，缀满珍珠的衣服与公主肌肤分开了，公主大呼肌肤疼痛。为公主摇金扇的宫娥迪利玫达惊恐不已，至今仍未平复。现在正是夏季之末，凉风初起之时，公主不宜外出。红宝石宫殿的地板上铺着的丝绒毯子之间接缝的地方，整齐地嵌着玉石、钻石和红宝石，公主不敢移动莲步。您可以随我一同前往宫中平坦柔软的珊瑚卧榻，在那里相见交谈，你们两人就像太阳和月亮一样般配。您请随我来吧。”

宾尼亚哈达说：“我们王子因与公主的前世缘分，离开宾萨玛雷城，来到阿诺陀湖畔的象牙宫殿。王子此次拜访，想表达爱慕之情，应该进入宫中。”

看到能进入宫殿了，王子哈哈大笑，说：“宾尼亚哈达啊，这里的山很奇特，宫殿也很雄伟，嬷嬷和宫娥个个都是好样的。我和公主就像玉石和黄金一样般配，注定相爱。嬷嬷照看着公主，就像父母一样。应当怎样报答她们呢？她们也不需要城镇村庄，只好派人去伺候她们了。宾萨玛雷城前往阿诺陀湖的路途艰险，无人能达，我却能轻而易举地前往。仰玛尼亚国的母后得知此事，定会怪罪天帝释。”

宾尼亚哈达说："王子殿下，您比整个南赡部洲上所有的国王都声名显赫，外祖父母是仰玛尼亚国的国王王后，父亲是至高无上的天帝释，御妹是杜亚达底仙女。住在宾萨玛雷城中，是金刚杵的主人。想要去任何地方，都十分容易。但是，自投胎的那一刻起，在神花上，日神一走，月神便思念不已，也投胎去了。请向公主转达，她思念之人已经回来了。请一定帮助有情人终成眷属。"

嬷嬷摩诃达拉说："宫娥雅迪摩达、金萨那达意、巴杜玛登季，你们不要一直笑个不停了。右手提着蓝色玻璃马灯，左手提着水晶马灯，为王子带路吧。宾尼亚哈达和其他的侍从，就请在此殿休息吧。"恩达贡玛王子在嬷嬷和宫娥的簇拥下，进入红宝石殿中。

宾尼亚哈达等人从侍从宾尼亚德卡带来的玉石宝盒中放出一只从沙姜变成的名叫威萨玛亚登季的金鸟，让它将王子和公主前世今生的故事，详细讲给南赡甘德玛鸟听，并嘱咐它事成之后，速速返回。威萨玛亚登季鸟与南赡甘德玛鸟用鸟语交谈，无人察觉。威萨玛亚登季鸟提醒南赡甘德玛鸟，如果王子问及此事，一定要照实回答。之后，又钻回宝盒中。

十一、王子公主相见

宫娥们排成两列，提着马灯，穿行于五座尖顶阁之间。看守隔墙门的楠达玛亚听见鹤鸣声，将门打开。来到玻璃门前，里面的宫娥正请两只紧那罗在那里弹奏凤首箜篌，低吟浅唱呢。守门的登卡多亚正欣赏表演，没听见叫门声。众人在门外等候之时，南赡甘德玛鸟叫道："来啦，来啦。"

公主又羞又怕，慌忙从珊瑚卧榻上下来，躲到琥珀宫中去了。大家看到由嬷嬷尤芭达雅搀扶，众多宫娥簇拥，公主起驾琥珀宫，知道一定有大事发生，赶紧各就各位。守门的登卡多亚这时也听到了叫门声。雅迪摩达叫他开门，他回答说："何许人等所为何事夜半三更，不敢开门。"

雅迪摩达说："登卡多亚，嬷嬷摩诃达拉和格那吉利她们就在后面。不会要你负任何责任的。时间不早了，公鸡快打鸣了。快快开门吧！”

玻璃门响了七下，打开了。但见红宝石宫，翠丝交织，钻石碧玉，镶嵌间行，九宝华丽，浮雕刻花，排列整齐，玻璃边框，板材建成。王子坐在丝绒帐幔下、妙声鸟曲项形状、细软的珊瑚榻上，所有的嬷嬷和宫娥均寸步不离，小心伺候。

这时，威萨牟仙王之女登咖格拉尼在王子坐的卧榻边放了一个钻石滚边的坐垫。

琥珀宫中的公主身边，也有嬷嬷宫娥万余人伺候。尤芭达雅说：“公主殿下，金刚杵之主象牙宫的王子现在正坐在红宝石宫中榻上。只有公主您得到幸福，我们这些人才会有好的归宿。王子血统高贵，为天帝释之子，名扬南赡部洲，连龙王和大鹏王也归顺于他。公主殿下您也是统治着给拉达巴、思德亚、咖拉仰咖和香山各处的，拥有红宝石宫的有福之人。您是金枝玉叶，与王子门当户对。因为前世因缘，王子不辞辛劳，从宾萨玛雷城来到这人迹罕至的地方。您不该无视王子的诚意。若伤了王子的心，他发起怒来，整个南赡部洲便好像被烈焰吞噬，无处可逃。您不该怠慢他，就请移驾红宝石宫，与王子见个面吧。”

公主道：“尤芭达雅啊，男人都是能言善辩的。我呢，绞尽脑汁也说不出一句话来。这次我可是遇到麻烦了。又害羞，又害怕，不敢面对他。这样显得我很无礼，不知道该怎样与他共续前缘。我真是又羞又怕，现在进去，你们一定不能离开我，他问的话，要帮我回答啊！”

点亮蓝、绿、黄各色玻璃水晶做的宫灯百盏，在红宝石宫的卧榻上铺上厚厚的丝绒。左手拿着带珍珠穗子的手帕，右手搭在尤芭达雅的肩上，公主如中秋之月，群星围绕，熠熠生辉。在万名宫娥中间，莲步轻摇，来到王子面前，在白丝绒毯上，躬身施礼。王子一见，心慌意乱，心潮澎湃，四肢瘫软，精疲力竭。嬷嬷宫娥见状，赶紧递上用多种鲜花调制而成的香精，让王子嗅闻，才没有失态。宫娥们打扇，送上清风。嬷嬷搀扶着公主在珊瑚榻旁放置的坐垫上轻轻落座。

宫娥们继续打扇送风，待汗干了之后，王子说：“公主啊！你们的红宝石宫真是奇特啊。奴仆众多，眼花缭乱，恍若仙境。请听我的来历：我的母亲大人，虔敬佛法。天帝释下到凡间，来到仰玛尼亚国。母亲向天帝释祈祷，得赐仙果，服后受孕。我降生于金殿之上。一十二岁时，天帝释再次下凡，赐我金刚杵和项圈，使我在南赡部洲，无人能敌。天帝释安排杜亚达底仙女传授我武艺后，返回了他居住的忉利天。杜亚达底仙女教给我飞天遁地的本领，象马骑射的工夫，还动员了龙国和大鹏国的能工巧匠，建造了堪与天国媲美的五重城墙环绕的宾萨玛雷城，殿阁百余座。外祖父邀来了众多公主，欲为我挑选王后。无奈命中无缘，未能如愿。龙王诶雅波拓有缘见过公主，将公主情况详细禀告。久远前世，我们相依相偎，许下不离不弃的诺言，一一涌上心头。我至今未曾改变，情比金坚。为了再续前缘，不顾路途遥远，来到这无人能及的山巅。唯恐公主不能体恤，薄情寡义。请打消我的顾虑吧！”

公主转身向嬷嬷示意。嬷嬷道：“宫娥们通报王子殿下将驾临红宝石宫殿之时，公主殿下正准备外出。慌乱之间，甘德玛鸟又吵吵着：‘殿下驾临了！’赶紧掉头返回琥珀宫，怎奈宫中道路蜿蜒曲折，耽误了时间。”

王子道：“我父帝释，赐予项链，闪闪发光，金刚宝杵，威力难挡，南赡部洲，无人能敌。大鹏护卫，龙王协助，排除万难，来到这里。对红宝石宫之主人的仰慕之情，难以言表，无法继续住在象牙宫中，虔诚地前来拜见。正所谓香莲生清水，美玉配黄金。你我二人，郎才女貌，若能情意相投，忠贞不渝，万般烦恼忧愁，便会烟消云散。”

嬷嬷摩诃达拉道：“王子殿下，我们主人，少不更事，每日只是采摘神花自娱。前天夜里，睡梦之中，公主殿下，突然惊醒。与众人商议，并向丹密咖山上的近善男①问询。公主心跳加快，血脉贲张，嚷着要见父王。请来威达温那仙后，准备了许多布施品，为公主招魂。仙后在北俱卢洲②的三棵布施树③上挂满布施品，为公主压惊。之后我们向其慢慢询问详情，得知公主殿下春心萌动，情窦初开了。而那位男子的形象，好像洒在纸上的香水，模模糊糊的。雅迪摩达等人开起了玩

① 笃信三宝的男士。

② 北俱卢洲(Uttarkuru)，佛教名词。四大部洲之一。

③ 布施时制作的一种树状物，上面挂满布施品。

笑,公主吓得哇哇叫。

公主喝了三口阿诺陀湖之水后,才慢慢地平静下来。为了不让此事被国王知晓,一切都是悄悄地进行的。我们这些嬷嬷,也是事后才知道的。现在您亲自驾临,进入殿阁之中,实际上是您自己设的圈套。我们可没有那么大的勇气。只有您自己勇往直前,表达情意,才有可能达成心愿。要用温言软语,打动公主芳心,就像微风吹乱云朵,也要像熔炼银子锻造花朵一样,一切都要掌握好分寸和时机。"

王子道:"公主啊,为了寻找与神奇而威严的宾萨玛雷宫相称的王后人选,环绕须弥山的四大部洲上所有的公主,都被我否定了。自从听闻公主的消息,我寝食难安,心急如焚,即刻赶到阿诺陀湖畔。又满怀深情,低声下气地来到红宝石宫。若两人情投意合,将立公主为宾萨玛雷宫的正宫娘娘,举行盛大的皇家婚礼,相亲相爱,白头偕老。"

惠如妙苏瓦公主说:"王子啊,我不敢拒绝您的好意。但是,我对人情世故,一窍不通。正如金花不会长在土中,荷花不会开在山上,甘德玛与宾萨玛雷,好比金和银,不能焊接在一起。人世间,最高莫过于须弥神山。若未征得杜达德那山仙王,我恩重如山的父王的同意,便与你私定终身,甘德玛、给拉和思德亚等处我的亲朋好友、乃至奴仆,都将指责我的父王。除此之外,我与南赡部洲众王之女,列位公主一同出席庆典,安排入场顺序之时,我总被排在最后,因我对人间的宫廷礼仪不甚了解。请先向我的父王,杜达德那山之神禀告吧。"

王子道:"公主啊,我虽年轻,洞达人情。出身不凡,血统高贵。成年之后,无人能敌。母后大人,纯洁高贵,无与伦比。帝释降临,赐予爱儿。我父帝释,南赡部洲,闻名遐迩,杜亚达底,传授武艺。你我二人,天生一对,结为连理,理所应当。公主居所,路途艰险,人烟稀少,无人能至。百王之女,无人堪当,宾萨玛雷,王后之位。龙王提及,公主美名,我即记起,前世祝愿,满怀情意,乘骑大鹏,历尽艰辛,终到此地。

日久天长,恐多生变。父王母后,谆谆教诲,自当遵循。我父帝释,一声令下,南赡部洲,河流山川,大小国王,龙王大鹏,俯首帖耳,不敢违逆。我乃帝释之子,拥有金刚宝杵和宝石项圈,住在宾萨玛雷城。宾萨玛雷宫与红宝石宫相比,声名更加显赫。你若成为我的王后,一定享尽荣华,幸福快乐。请接受我的美意吧!"

南赡甘德玛鸟在宝石金鸟笼里叫道："缅历一月，天空之上，角宿略偏，快过正午。"公主向嬷嬷们示意，让她们靠近些。嬷嬷摩诃达拉、格那吉利、巴杜玛登季和雅迪摩达等人都靠近公主身边。

恩达贡玛王子说："请让我看看南赡甘德玛鸟。"瑶哈那玫达提来了用钻石、玉石、红宝石镶嵌的宝石金鸟笼。王子仔细查看：羽毛是金色的，眼睛和耳朵好像真的红宝石，两条腿呈珊瑚色，翅膀根部红艳艳的，中间部分呈绿色、兰色和紫色。统治着思德亚山的仙王德瓦底达之女瑶哈那玫达说："我们甘德玛山红宝石宫殿最珍贵的神花上，开了一朵奇特的花，用叉竿摘下一看，好像一只苍蝇大小的鸟儿。我就养了它，竟会说人话。"

王子命令道："南赡甘德玛鸟，请你向公主说明我们的前生吧。"

南赡甘德玛鸟说："王子和公主殿下，我将如实禀报您二位的前生，请仔细听好。从前，山巴那格亚国的摩诃底炎德意国王和摩诃底拉固那王后，生了王子和公主。等他们长大后，想让他们与其他国家的王子和公主结婚。但他们两人非常相爱，一刻也不愿分离。国王很不高兴，派恩达亚萨王子前往瓦拉迈格仙人处学习，派杜思达公主到高底拉仙人处学习，两地相距十由旬。

王子学会了变形术。王子非常想念妹妹，于是许愿：'如能见到妹妹杜思达，我的头将断掉。'王子的头真的掉了。他将掉下的头献给仙人，然后进入紧那罗的身体，飞到了大雪山。妹妹杜思达恭恭敬敬地侍奉仙人，持斋守戒，许愿说希望去仙界。因为过度思念哥哥，杜思达死去了，变成了紧那梨，也飞到了大雪山。

在格牟达底巴湖畔，紧那梨和紧那罗在摩诃德咖底拉所栽的树上休息，兄妹二人重逢了。两人回忆起往事。哥哥谈到自己非常想念妹妹，饱受折磨，许下诺言，并将头颅献给仙人。妹妹也说起自己过度悲伤，死去后到了仙界，有奴仆千人。将妹妹的身体牢牢地绑在树上后，悲痛万分的哥哥也在树枝上吊死了。死后也到了仙界，奴仆千人。他们的身体，现在就是神藤果。那时，仰玛尼亚国的公主蒂拉珊达向天帝释许愿，恰逢兄妹二人死后，各带千名奴仆，来到香山山顶休息。哥哥进入蒂拉珊达公主腹中，出生后取名恩达贡玛。妹妹则进入杜达德那山底炎德意国王之王后格尼亚那瓦底的腹中，出生后名叫惠如妙苏瓦。那时，我是香山上的树神，对此事记得一清二楚。”

王子非常兴奋，将南赡甘德玛鸟托在手上，并将龙女恩达雅迪敬献的白色手帕盖在它身上，称赞不已。宫娥瑶哈那玫达说：“我们的主人，公主殿下的父王，玛拉德瓦王，用一千颗红宝石作礼物，向王后求婚。婚后杜温那雅迪王后梦见日神和月神从仙界下凡，各率领千名奴仆，在香山顶上红宝石宫殿的神花上休息。日神前往南赡部洲的仰玛尼亚国了。月神见此，钻进了杜温那雅迪王后的腹中。王后将所做之梦告诉了国王。国王召我父德瓦底达前来析梦。我父解释说离开的日神，将成为南赡部洲最神武的王子，而月神，将是王后所生的举世无双的公主。这些事情，我从小便听说过，也没在意。听到南赡甘德玛鸟刚才所说的话，不由得全部想了起来，正好可以相互印证。在前世，舍命相爱的兄妹二人，现在有缘相见，真是命中注定啊！”

公主听了宫娥瑶哈那玫达和南赡甘德玛鸟所说的话，感动不已，泪流满面。纯洁的心，好像被浸泡过百次的棉花，浸在油中，变得十分柔软。公主的泪水流到了枕上，流到了高冬巴国丹玛赛达山山神之后杜南达丹玛敬献的被单之上。巴杜玛登季、雅迪摩达和摩诃达拉等所有的嬷嬷宫娥，打着手势，察言观色，全部待在有妙声鸟门、梳妆镜台、玻璃花瓶的蓝宝石殿阁之中。

尽管王子英勇神武，威名远扬，但对于香山之巅红宝石宫之主人，却是犯了难，此等烦恼，前所未有。他好像也不是故作矜持，又好像陌生人，没有主动靠近我，更没有准备哄劝我，也没有用小时候的名字暗示我。公主的心中思绪万千，难以平静。坏王子，混王子，真要载入史册了。俗话说：有好的开头，才有好的结果。公主准备挨着王子坐下，身边的仙女伸出手去搀扶。好像一百次浸在水中的棉花，如同润白的珍珠一样，肌肤莹润。伸出五指，仿佛嵌着红彤彤的珊瑚。

惠如妙苏瓦公主叫道：“雅迪摩达、巴杜玛登季嬷嬷，你们一直站在外面，只我一人，心中烦闷，不停出汗，快快进来，为我打扇。”

雅迪摩达说：“公主殿下心中不宁。”赶紧进入宫殿。启奏道：“像太阳和月亮一样的两兄妹，怎么还没有说完话呢？天都快亮了！公主也已经笑了，今后定能结善果。不应再说些无谓的话了，别再犹豫，早些安寝吧。”

恩达贡玛王子赞道:“南赡部洲,所有王子,倾心渴望,集于一身,命中注定,难舍难分。面颊细嫩,双耳发亮,玉颈颀长,酥胸高耸,杨柳细腰,纤纤玉手,珠翠衣衫,钻石镶边。香气萦绕,柔情缱绻,恍然若梦,不能自已。”

王子和公主全身遍搽檀香,在细软的珊瑚卧榻上,相拥而眠。

评缅甸第一部小说——《天堂之路》

李　谋

【内容提要】 13世纪末缅甸蒲甘王朝衰亡后，进入各族争霸的战国时期，思想空前活跃，文学繁荣。小说《天堂之路》以佛教的道与法作为主题线索，把十个不同人物的故事串在一起，宣传佛教思想，引导人们积德行善。借用了印度文学的叙事手法和形式，开缅甸小说写作先河。虽然其本身还有不少缺憾与不足，但在缅甸文学史上的贡献与地位不容抹煞。

【关键词】 缅甸　第一部　小说　《天堂之路》

本文拟以缅甸第一部小说《天堂之路》为例，分析缅甸小说的发展以及《天堂之路》在缅甸文学史上的地位。

作品产生的年代

13世纪末叶缅甸的蒲甘王朝没落衰亡后，缅甸各主要民族均为建立各自独立的政权而奋斗，缅、孟、若开、掸族等都参加到这场角逐之中，即使在同一民族中，各个地方势力也在分庭抗礼。故缅甸史称之为"战国时期"。由于各政权自立的需要，很注意对外联系和各自管辖地区的经济发展。阿瓦王朝的创立者德多明帕耶、明基苏瓦绍盖王就在建立行政体系的同时注意税收的征募工作，注意"在无田的山林中开垦"。后因连年战事，致使1375年粮荒，大批难民逃往东吁。1386年以后的与孟族争霸的四十年战争，又使经济遭到一定的破坏。此后孟养德多王时经济又有所恢复，主张大力种植农田不让有所荒废。据那腊勃底王在位时公元1458年刻的一方碑文得知，当时设有棕榈税和制盐税等；1481年刻的另一方碑文中还写有车税、渡口税、度量衡税、建筑税等[①]。阿瓦王朝明康第二（公元1482—1501年）在位末年，当时阿瓦王朝的势力已不如14世纪下半叶以后建立起的阿瓦王朝极盛之时。“实际上在明康第二尚未当政前的摩诃底哈都拉王在位时就曾镇压过东吁、卑谬的叛乱。到了明康第二在位年间更是割据、暴乱不断。色林、央米丁、卑谬等地的封建势力分庭抗礼。在北方镇压了美都鄂耶乃的来犯。此后，也不得不承认东吁的明基纽称王。”[②]在缅甸“战国时期”，随着生产与商业贸易活动的发展，以及各个地方势力割据长期固守的需要，出现了许多小城镇，这种城镇除了市井之外还包括了周围一带的村落与农田。以这种城镇作为行政基层单位成了这一时期缅甸行政制度的一大发展。所以缅甸史书中常常可以看到“得楞三十二谬”[③]等说法。我国明代朱孟震所著《西南夷风土记》[④]中也有相应的记述可寻，说：“江头城外有大明街，闽、广、江、蜀居货游艺者数万。……交易，或五日一市，十日一市，惟孟密一日一小市，五日一大市。盖其地多宝藏，商贾辐辏，故物价常平。……城郭，有雉堞而无楼橹。孟密、淮古、缅甸、普干、普坎、得亚、洞吾、等温、白古、马高、江头皆古城也。惟摆古乃莽酋新筑，然高者不过十余尺，大不过三数里。惟缅甸、摆古、江头差宏阔耳。普坎城中有武侯南征碑，缅人称为汉人地方。江头为门十二，东入者东出，西入者西出，南北如之，或出入不由故道者罚之。夹道有走廊三十里。至摆古、等温城，每日中为市，市之周围，亦有走廊三千余间，以避天雨。器用陶瓦、铜铁。尤善采漆画金，其工匠皆广人，与中国侔。……自（白）古江船不可数，高者四五丈，长至二十丈，大桅巨缆，周围走廊。常载铜铁瓷器往来，亦闽广海船也欤。”尽管13世纪末马可波罗、15世纪中叶尼可罗·迪·康蒂、1496年希罗诺摩·迪·桑托·斯特范诺等著名的西方人士都到过

---

① [缅]缅甸纲领党组织部编：《基础缅甸政治史》第一卷，1970年，第334－336页。

② 同上书，第318页。

③ 谬（Myo），缅文“城镇”。孟族地区三十二镇。

④ 《西南夷风土记》系1585年朱孟震任四川按察司时所撰，全文仅4500字左右。但所述翔实若不亲临其境恐难写成。故后人有疑为系明代征缅刘綎属下某人所写，后被朱氏收入文集。此处文字转引自余定邦、黄重言编《中国古籍中有关缅甸资料汇编》上册，中华书局，2002年，第352－354页。

缅甸,但是直到16世纪初西方与缅甸的贸易尚少。此时缅甸对外交往中另一个主要对象则是南印度人,尤其是锡兰人。但这些交往主要是佛教方面的。当时缅甸境内思想活跃,包括佛教内部的派系之争也很厉害。随之而来的是形成了缅甸第一个文学大繁荣时期,文学体裁更加多样,描写手法也更加丰富。

作者

《天堂之路》是缅甸著名的僧侣作家信摩诃蒂拉温达在公元1501年写成的一部缅甸古典小说。

信摩诃蒂拉温达(1453—1518)在缅甸人民心目中是一位诗圣,在古代众多的文学家中他是位首屈一指的人物,幼名貌纽,15岁时作为沙弥拜师于那米林法师门下,20岁时晋升为大和尚,法号蒂拉温达[①]。他精通佛典,学识渊博,才思敏捷,所以曾被尊崇为国师。阿瓦王朝的明康第二王在京都修寺庙一座,名之为"亚德那贝曼"[②],供他挂单。

蒂拉温达一生中创作颇丰,其中有些作品还是缅甸文学史上的"第一",比如:他1491年写成的比釉诗《修行》,就是缅甸的第一首比釉诗,开创了这种以描述佛经故事为主的四言长篇叙事诗体裁;1501年明康第二驾崩,其子瑞南觉欣即位,当年蒂拉温达写成了《天堂之路》这部人们称之为缅甸第一部的古典小说;1502年又编写成了缅甸第一部编年史——《名史》。

作品内容概要

《天堂之路》这部小说讲了佛教徒们用以教育子女的八个榜样性人物:两位长老、两位居士、两位长老尼和两位女贤人的故事。在讲述中又插入了阿拉瓦伽神魔和巴瓦伊婆罗门及其弟子两个长篇故事和许多小故事,故事叙述过程中也多有交叉或重叠。而将这些故事联系在一起的主要人物则是乔答摩佛和以前出现过的几尊佛。为了叙述方便,我们把该书讲述的十个主要故事分别简述如下:

---

① 蒂拉温达(Thilawintha),巴利文意为"高尚的戒承"。

② 亚德那贝曼(Yatanarbheitman),缅甸文意:宝宫。

舍利弗长老在十万无央数劫前阿诺玛陀悉佛时代曾是个婆罗门，名沙罗陀。后出家为僧法号素罗西。与目犍连长老的前世是好友，都到阿诺玛陀悉佛前祝祷过，愿成为来世乔答摩佛的左右大弟子。他曾有一世是统治南岛的素拉尼梵授王，当时佛祖的前世名叫大隧道的智者是素拉尼梵授王的敌人毗提诃王的大臣。毗提诃王死后，智者大隧道来到彬萨拉利国。素拉尼梵授王却把国家全部交给了智者管理。可见他对学者是多么的尊重。到了乔答摩佛成佛时，他投胎到王舍城附近的乌巴岱沙村名叫尤巴舍利的女婆罗门的腹中。出生后就取名为乌巴岱沙，出家后法号舍利弗，成为乔答摩佛的右侧首席大弟子智慧第一。他尊重师长，如对他的启蒙老师阿说示长老；他敬重同门，如对同为佛祖大弟子说法第一的富楼那长老；他谦虚谨慎，如对他提出意见的小沙弥；他宽恕待人，如对待对他很不礼貌的愚僧；他关心帮助他人；他善于讲法等等，都是他的长处。

目犍连长老在十万无央数劫前阿诺玛陀悉佛时代曾是个富翁，名叫悉利沃陀纳。得到阿诺玛陀纳佛对他的授记：在乔答摩成佛时将成为左侧大弟子。到了乔答摩佛成佛时，投胎到王舍城附近拘礼达村目犍梨女婆罗门腹中。与舍利弗长老两人同时出生。因是拘利达村的首位男子就被命名为拘利达。在他出家时，因母名人称其为目犍连。聆听过佛讲的排除困倦之法之后不懈修炼，成为乔答摩佛的左侧首席大弟子神通第一。他曾到地狱、神国讲法；他教训龙王；他训喻沙弥众僧；他也去天庭提醒天帝释忘却的佛法等等，都使他名声大振。

质多富翁居士在巴杜牟达耶佛时生长在汉沙瓦底一个高贵的家族之中。曾敬佛许愿：将来成为乔答摩佛时的能讲法的大弟子。迦叶佛时转世成为一猎人，狩猎时见一位长老，命人回家取来斋饭，又收集了林中花朵献给长老。释迦牟尼佛祖时代他转世到摩揭陀国密实伽丹达城一富翁家中。出生时全城降下了五彩缤纷的花雨，父母遂为他取名为质多。见到第一批悟道的五比丘之一的摩诃男拘利长老。质多在该城安巴达卡罗玛花园中建一寺院，供奉四物，请长老在此挂单，聆听教诲。密实伽丹达城距佛祖所在的王舍城甚远。质多用500辆牛车满装布施物品，招呼两千余人一起去王舍城。在佛陀身边停留了一个半月，进行了布施，听佛讲法，修行成了居士尊者。他能和佛陀大弟子们就深奥的佛法真谛相互问答，得到了广泛的赞誉。

诃塔拉瓦伽居士在十万劫波前巴杜牟达耶佛时曾是汉达瓦底国一施主，听佛讲遵从交友四法的人将成为佛的大弟子，遂大量施舍祝祷来世成为佛的大弟子。乔答摩佛成佛时转世为阿拉维国的阿拉瓦伽国的小王子，沦为阿拉瓦伽神魔的食物。在即将被神魔吞噬之时，神魔聆听佛法悟道，把他献给佛祖。人们遂称王子为诃塔拉瓦伽。后佛陀又对他讲法使之悟道，成了佛的俗家大弟子之一。

凯摩长老尼在十万劫波前巴杜牟达耶佛时曾是汉达瓦底国富翁之女，聆听佛法，守戒修禅，佛将她置于最有学识女罗汉的首位。拘那含佛在世时曾是一位富有的高贵妇女，与其他二女为僧众建造精舍并捐赠价值上千的僧用法器。迦叶佛在世时她是波罗奈城吉基国王七位公主中的大公主达马尼。乔答摩佛在世时她成了达格拉国玛陀意公主，成年后，成了王舍城频婆娑罗王的王后。人称凯摩王后，她的肤色金黄，非常漂亮、喜人。虽然频婆娑罗王是佛的施主，但是凯摩听说“佛祖不赞扬漂亮的人，嘲讽迷恋色尘是现世轮回的罪恶”，所以不敢去谒见佛祖。频婆娑罗王设法引导她去见佛祖。佛祖变化出一个由年轻逐渐变老的美丽侍女形象使她悟道。皈依佛门后，因见多识广能讲深奥奇特诸法，成了乔答摩佛的智慧第一的女弟子。

乌巴拉温长老尼早在十万劫波之前巴杜牟达耶佛在世时也是汉沙瓦底国一位名门之女。曾祝祷愿成为乔答摩佛女大弟子中的神通第一。迦叶佛在世时，是佛祖施主吉基国王七公主中名为达马纳拘答之女。后来各世命运低迷，从高贵名门穷苦没落变成不甚富裕的门第。有一世竟连买条花裙子的钱也付不起，她在别人家干了三年活，好不容易才得到了花裙子。看到一位僧伽被歹徒洗劫一空身披树叶，就把自己的花裙撕了一半施舍给僧人，随后又把另一半也奉献了。后来到了神国。从神国又转世成了底维梨国阿里塔补罗城的有八亿钱财的迪梨蒂威萨富翁之女翁马丹蒂。美貌出众，凡见到该女的人没有一个不失态动心的，成为底维梨国王的王妃。以后再转世到了一贫困人家，在田间见到一位辟支迦佛，用自己戴的一朵莲花盛着五百粒米花放到佛的钵中，祝祷能得子五百。果然后来她转世成胎于莲朵之中，被一位出家人收养，出家人把手指放入她口中，乳汁就流了出来，就这样把她喂养大。女儿美貌出众像仙女一般。出家人为她取名为巴杜马瓦蒂，波罗奈城的国王封她为王后，为大王生下五百王子，王子们长大皆顿悟成辟支迦佛飞天而去。巴杜马瓦蒂王后饱受与五百孩儿辟支迦佛分离之苦而死。再次转世到了王舍城伊迪吉利山脚一小村人家。她在为丈夫去送饭时，途中遇到来化缘的八位辟支迦佛，造成她向前世所生的五百辟支迦佛施斋的一次机缘。乔答摩佛时她转世成为舍卫国富翁之女乌巴拉温。她皈依佛门后成为佛的神通第一女弟子。

女施主欧德拉在十万劫波之前巴杜牟达耶佛在世时曾是汉沙瓦底国名门之女。做了许多善事，祝祷能成为今后乔答摩佛祖身边的多闻第一的大弟子。在迦叶佛成佛后乔答摩佛尚未成佛期间曾转世成为波罗奈国王的家人。看到一位驼背的辟支迦佛，在女伴中模仿驼背的样子取笑。在这以后各世就成了驼背的人。乔答摩佛在世时她成了乌德那王达玛瓦蒂王后的侍女。因此得名欧德拉，又因为她是个残疾人也叫做库祖德拉。一次，为达玛瓦蒂王后去买花，正值卖花男子家施斋，佛祖在讲法。她用心记下了佛所讲的法悟道。回到达玛瓦蒂王后处，又对王后等人转述了佛讲过的几次法的内容。后来被佛置于善讲法的女大弟子之列。

女贤人难陀摩多在乔答摩佛时代是位于王舍城南韦路甘陀伽城的一位富婆。她能背诵佛在王舍城巴达纳泽蒂亚寺中回答十六位出家人问题时念诵的名之为“天堂之路”的二百五十颂偈陀。一日她正背诵天堂之路偈陀，被路过的多闻天王听见。天王对她大加赞扬，并送给难陀摩多取之不尽用之不竭的装满红谷的一千二百五十座粮仓。因此也成了乔答摩佛时代著名的一位俗家女弟子。

阿拉瓦伽神魔的故事　一日阿拉瓦伽王去林中狩猎，中午返回时误入阿拉瓦伽神魔的地界榕树之下。四大天王曾答应阿拉瓦伽神魔“凡中午时分进入榕树树荫的人都由他来处置”，因此凡这种时刻进入榕树树荫的人都被阿拉瓦伽神魔吃掉了。国王看到神魔可怖的样子，全身都僵直了。国王对神魔说：“你要是放了我，我保证每天都给你送来一个人和一锅饭。”“我不送来的那天，我待的地方就由你来统治。”就这样国王不间断地派人为神魔送食送了十二年。开始时送犯人，后来又送老人，再送小孩儿供神魔食用。佛祖为了神魔悟道来到神魔地界。神魔用尽各种伎俩威吓、攻击佛祖，又问些难于解答的深奥问题，想难倒佛祖。但这些攻击都被佛祖一一化解了，对所问问题也一一作了解答，趁机讲述了佛法，最终使神魔悟道。神魔悟道之时，正巧阿拉瓦伽王子作为神魔的食物被送到神魔眼前，神魔遂把王子献给了佛祖。

巴瓦伊婆罗门及其弟子的故事 迦叶佛在世时，波罗奈城有位能干的木工师傅和他的徒弟们用轻巧的木板安上机关造了能飞的大鸟，将妻子家人们装进大鸟腹中，一起飞向大雪山，在山脚下建立了格塔瓦哈那国。木工师傅称王，徒弟们当了大臣，国家兴旺发达。后来，波罗奈城与格塔瓦哈那两国建立起亲密友好的关系。一次，格塔瓦哈那国王向波罗奈国王送了价值连城的八块红布料。波罗奈国王回赠写着颂扬三宝和修行诸法内容的贝叶。听到佛正在波罗奈城的好消息，格塔瓦哈那国王手下大臣们争着去谒见佛陀，但当他们到达波罗奈城时，佛陀刚刚涅槃，就都在当地出家修行不再返回。只有大王的一个甥儿得到了佛祖曾经用过的水杯，又请了一位会三藏的长老和他一起回国。大王建塔供奉佛陀水杯，终生行善。乔答摩即将成佛时木工师徒们又转世到了舍卫国婆罗门种姓家中。木工师傅成了巴德纳底拘萨拉王的国师巴瓦伊婆罗门。前世的徒弟都成了现世的弟子。一个狡猾的婆罗门想向巴瓦伊索要财物，叫嚣若他不给就砍下他的头。巴瓦伊不知如何应对。此时正巧乔答摩成佛，巴瓦伊忙叫弟子们代他去佛祖处请教。他的甥儿回来向他转述了佛祖所讲的法。弟子们和他自己皆成正果。

全书讲述的八个主线人物的故事长短不一，最长的是舍利弗长老和目犍连长老的故事，大约各用了五六千字的篇幅(这里所说皆按译文计，下同)，诃塔拉瓦伽居士的故事最短不足 1000 字。在讲上述八个主线人物故事时又插入了不少故事，有不少只是一句话带过，也有的是用一定篇幅讲的。其中有两个故事着墨最多，甚至大大超过了对主线人物的描述。阿拉瓦伽神魔的故事，竟有大约 15000 字的篇幅。巴瓦伊婆罗门及其弟子的故事也约有 7600 字之多。

作品的成就及其意义

中外文学家们对小说下的定义很多。现仅举两个有代表性的说法为例：

一个是中国大百科全书上所说的："小说起源于古代的神话传说。""以散体文的形式表现叙事性的内容，通过一定的故事情节对人物的关系、命运、性格、行为、思想、情感、心理状态以及人物活动的环境进行具体的艺术描写，是小说的基本特征。""故事情节是小说的第一要素。""人物性格的刻画是小说的另一要素。""对人物的生活环境，特别是社会环境的具体描写，也是小说不可缺少的要素。"小说要具备以上三要素，但在文体上与诗歌，在内容上不受舞台时空的限制方面与剧作，在艺术虚构上与纪实文学、传记等皆有不同[①]。

另一个是《简明不列颠百科全书》对小说（Novel）的解释："小说的定义可以说是一种艺术或技巧，它通过文字对人类生活作有教育作用或娱乐作用的表现，或者作两者兼而有之的表现。"小说的构成因素有1. 情节，2. 人物，3. 场景或背景，4. 叙述方法和观点，5. 篇幅[②]。

两者所述基本一致。概言之，小说是通过人物的塑造和情节、环境的描述来概括地表现社会生活的一种叙事性文学体裁。而神话、传说、民间故事与小说的萌芽与发展是有着密切关系的。无论是东方还是西方，各个民族都是如此。当然小说的种类很多，这和它产生的地域和时间背景都有着密切关系。

《天堂之路》取材于佛经故事和传说，经过再创作而成。从作品本身分析，大体上是与小说的定义符合的，基本具备了小说的几个因素，而且这样的写法在缅甸过去的文坛上从来没有过，所以人称其为第一部缅甸小说。缅甸小说的产生与发展的确也与世界上这种文体产生发展的过程相一致，也是由神话、传说、民间故事逐步发展而来的，也是从讲故事开始发展的。只不过缅甸在其自身文化形成初期就受到与他相邻的两大文化体系的影响，尤其是印度的宗教文化的影响。所以看今天尚存的缅甸神话、传说也好，民间故事也好，绝大多数都明显

① 《中国大百科全书·中国文学》Ⅱ，中国大百科全书出版社，1986 年，第 1085 页。

② 《简明不列颠百科全书》2，中国大百科全书出版社，1985 年，第 297 页。

地打上了印度文化的印记。而缅甸大神摩诃吉利兄妹二神和他的家族七位神明几乎已经被人们全都忘记了，《三个龙蛋》的传说也早已被专门批判过了，《拇指哥儿》这样的民间故事知道的人也越来越少了。实际上这些才是地道的缅甸本土的神话、传说和民间故事，但目前已经很难找到，且数量有限。今日还能看到的神话、传说和民间故事大多都是从印度传入的或者是用佛教价值观改造过的了。缅甸书面文学就是在这样一个环境下开始萌发的。最早的是碑文和壁画文，缅甸有句俗语说“缅甸文学始自碑文”，碑文大都是佛事记录或祈祷、诅咒的内容。壁画文则全是对佛本生故事画的简要说明。到了 14 世纪阿瓦王朝建立以后，缅甸诗歌才开始蓬勃发展起来。由于佛教思想深入人心，统治阶层也需要用佛教价值观来维系整个社会的发展，佛教的高层人士一些名僧长老也想在统治者的协助下进一步宣扬佛教，所以到 15 世纪末这种真正贴近群众宣讲佛法和佛教价值观的本生故事小说一出现，就受到了缅甸各界人士的欢迎。这对维系社会使之巩固与发展有着深远的意义。

《天堂之路》整部小说除在最前有一短短的楔子外，分成四章 87 节，实际上正文只有 85 节，最后两节是作者对读者读此书后的祝愿和写明写作时间与作者的名讳而已。全书按译文计虽仅有 6 万字左右，但比起在这以前出现的缅甸文学作品来说有了长足的进步。此前的壁画文只是短短几句说明文字，碑文虽然相对长了一些，但是修饰性的语言也不多。《天堂之路》采用了拿来主义的办法，内容是佛教的传说故事，表现手法也用的是印度古典小说与故事的习惯手法，即：故事套叠式的结构。佛教传入缅甸后，最初僧侣讲经就是用先把巴利文或梵文的偈陀背诵一遍之后，再逐句逐字地用缅甸文解释一番的办法。《天堂之路》一类佛本生小说也沿袭了这种办法，诗歌与散文相间来写：(1)诗歌部分直接引用了巴利文的偈陀（每句八个音节，大多四句一颂，个别也有六句一颂的）。(2)在每颂偈陀之后，再分段或按字写出巴利文原文和缅甸文对应的释义。原书的这部分在译文中只好略去了，因为照译会显得过于重复和繁琐。(3)接着再用缅甸文完整地讲述议论一番。有些内容作者认为没有必要抄录相关的巴利文偈陀时，就不再用上述三段式的写法，直接用缅甸文叙述或议论了。从《天堂之路》整部小说来看，主要是用十个不同主人公的故事串联起来写成的，将它们串联在一起的主题线索当然比较清晰，那就是佛教的道与法，还有佛教的世界观和价值观。而将这些本来没有太多关联的故事串联在一起的人物线索是佛陀。这部小说的整体结构看来并不太协调。其一，它开宗明义说出有八个主要人物，但在叙述故事时反而突出了次要线索中的两个主人公，对这两个人物故事的描写甚至大大地超过了那八个主要人物。我们注意到今日缅甸常见的一些《缅甸历代文学作品选》中往往选用《天堂之路》的片段，也是阿拉瓦伽神魔故事部分。其二，叙述这些人物时相互很不匹配，它们所用笔墨篇幅之间相差十余倍，有的用了万字有余，有的则竟不足千字，像诃塔拉瓦伽居士的故事就过于简单了，似乎根本就没有什么动人的情节可言。但是我们从它是缅甸第一部小说这点出发，就不能更多地求全责备了，因为它这个第一带来的意义是无论如何也抹煞不掉的。从今天能通过这部小说来了解缅甸古典文学发展历程来说，这也是一项非常现实的意义。

从《宝镜》看缅甸古典小说的传统

林　琼

【内容提要】《宝镜》是缅甸古典小说的代表作，成书于 18 世纪中叶贡榜王朝初期。小说讲述了恩达贡玛王子和惠如妙苏瓦公主的爱情故事，是一部具有神幻色彩的浪漫爱情小说。本文以《宝镜》为例，从题材内容、叙事模式、语言特色等方面探讨缅甸古典小说的传统。

【关键词】《宝镜》　缅甸　古典小说　传统

一

纵览缅甸古代文学史，可以发现，诗歌的成就最高，戏剧和小说则完全无法相提并论。缅甸古典小说存世不多，相信与其所取得的成就和产生的影响有关。

缅甸最早的一部古典小说是 16 世纪初由阿瓦王朝著名僧侣诗人信摩诃蒂拉温达创作的《天堂之路》。作者从佛教经典中选取了 8 位僧俗圣人的故事，描绘出渡苦海到达彼岸的天堂之路。同类型的小说也都是为了宣传佛教思想，取材佛经故事，采用小说的形式以吸引读者而创作的。

1904 年出版的《貌迎貌玛梅玛》[①]是摆脱了缅甸古典小说的模式创作的第一部缅甸现代小说，剧情结构与传统宫廷剧完全不同，而是与现代小说一致。在写作方面，采用平实的白话，而非韵白相间。为了吸引读者，作者请人扮作小说中的人物，拍了照片，制成插图，共计

① 作者詹姆斯拉觉(1866—1920)。

12幅[1]。《貌迎貌玛梅玛》标志着缅甸现代小说的开端。

《宝镜》成书于贡榜王朝初期，即18世纪中叶，全书共11节，前9节由宫廷作家瑞当底哈杜创作，后2节由吴达续写完成。关于作者的生平，我们一无所知，只是根据其在前言中所述，确定其成书年代以及其为应制之作[2]。缅甸古代的作家没有记述自己或其他作家的生平的习惯，这是非常令人遗憾的事情。

《宝镜》一书的封面上印有“宫廷剧”的字样，作者在前言中又使用了“小说”的字眼。实际上，缅甸古典小说与宫廷剧的联系非常紧密，题材相同，只是表现手法略有差异。小说仅是为阅读而创作的，而宫廷剧，既是为了舞台表演，也同时是为了阅读而创作的。剧本中出现关于角色出场、退场以及演唱、演奏等提示，尤其重视音乐演奏的部分。后来才出现的“戏剧剧本”就纯粹是为了舞台表演而创作的了。

《宝镜》讲述了恩达贡玛王子和惠如妙苏瓦公主的爱情故事，这在缅甸古典小说的题材方面是一个突破。创作的主要目的是供宫廷娱乐消遣，同时也作为皇室子弟的行为指南[3]。有些缅甸学者认为作者创作的时代，正是缅甸战乱纷纭的时代，大批男子应征出战，作者为了向缅甸妇女，特别是宫中的妇女灌输忠贞的观念，而创作了这部富有浪漫色彩的畅想小说。书中歌颂了王子和公主对爱情的专一。

当时缅甸正处于封建王朝鼎盛时期，缅甸宫廷之中君王及王孙贵族的爱情婚姻现实与书中所描绘的大相径庭。贡榜王朝的历代君王，都是骄奢淫逸、嫔妃众多的。我们从那个时期出现的著名宫廷女诗人，如信敏王后、玛妙格礼和兰太康丁的诗歌作品中均能强烈地感受到她们的寂寞相思、哀怨孤独。

缅甸古典文学作品中的男主人公常常被描绘成嫔妃众多的薄情

---

① 甘通帝等著：《20世纪最优秀缅甸书籍》，缅甸图书出版社，2002年，第3页。

② 作者在《宝镜》一书的前言中写道：“在万物之主阿朗帕耶王之下臣、大元帅、学者、宫廷参事摩诃奈谬底哈杜的敦促与鼓励之下，余瑞当底哈杜欣然接受其意，援笔引例，以优美典雅之文字、传统之语言撰写此书。”转引自姚秉彦、李谋、蔡祝生编著：《缅甸文学史》，北京大学出版社，1993年，第143页。

③ 玛利卡：《缅甸小说指南》，缅甸文学界出版社，1974年，第21页。

君王或风流成性的浪荡子，如宫廷剧《伊瑙》[①]和《恩达温达》[②]，以传统手法创作的现代小说《酸菜小贩貌迈》[③]和《钦敏基》[④]中的主人公也是如此。《宝镜》突破了这一传统，成功塑造了对爱情忠贞不渝的恩达贡玛王子的形象，也从另一个侧面抨击了王室骄奢淫逸的生活现实。

《宝镜》被缅甸学者称为神话小说，国内的学者也沿用了这一定义。“神话”作为一种文学研究的批评概念，实际上是指使人联想起原始人类原始典型情境的任何现实描写[⑤]。尽管书中出现许多古代神话的母题，例如守戒求子，兄妹之恋等等，反映了古代缅甸人的道德观念，在缅甸历史巨著《琉璃宫史》[⑥]中也可以看到许多相关的描写，但《宝镜》的主题还是王子和公主的爱情，不过是用充满浪漫幻想的笔法讲述罢了，称为具有神幻色彩的浪漫爱情小说更为恰当。

《宝镜》突破了缅甸古典小说完全取材于佛经故事这一传统的藩篱，借助想象的翅膀，自由地描绘世俗的爱情。当然，作品中仍然反映出浓烈的佛教因果轮回思想，一些情节也同样借鉴了佛教故事。例如书中提到恩达贡玛王子实际上是天帝释之子，其母守戒求子，在服下天帝释赐予的仙果后受孕，生下王子。《遮罗国王经》中提到遮罗王因王后多年不育，将其赶出皇宫。王后羞愧难当，跳崖自尽。天帝释知道王后前世是他的姐姐，便降临到王后面前，用天上的神器装着一枚仙果请王后吃下。王后吃下仙果，很快便觉得身体有了变化，竟然怀孕了。缅甸文学史上第一部剧作，缅甸良渊王朝时创作的《红宝石眼神马》中也有守戒求子的情节。国王和王后没有子嗣，王后守戒求子。天帝释化身白鸢，叼来一颗枣。王后吃下枣后受孕，生下英俊的王子。

---

① 贡榜王朝作家妙瓦底敏基吴萨(1766—1853)从泰文译成缅文的宫廷剧。主人公伊瑙是一位风流成性的王子。

② 贡榜王朝女诗人兰太康丁(1833—1875)所作讥讽加囊亲王嫔妃众多的宫廷剧作。主人公恩达温达是一位风流成性的王子。

③ 英殖民时期吴基(1898—1926)创作的小说《酸菜小贩貌迈》中的主人公貌迈是一个小商人，招摇撞骗，放荡不羁，寻花问柳，妻妾成群。

④ 英殖民时期吴貌基(1886—1939)创作的小说《钦敏基》以5卷700页之巨幅再现了主人公貌丹纽的风流韵事。

⑤ 夏志清：《中国古典小说》，江苏文艺出版社，2008年，第133页。

⑥ 缅甸贡榜王朝时期编著的历史著作，已译成中文由商务印书馆2007年出版。

这些现成的材料被作者信手拈来，充分发挥想象力，创作出曲折神奇的故事情节，对塑造高贵神武的王子形象大有帮助，为小说增色不少。

二

《宝镜》的故事梗概：仰玛尼亚国王摩诃雅圣达因为没有王位继承人，便与王后阿杜拉黛维商议让公主蒂拉珊达早日成婚，公主却一心礼佛，不思婚嫁。她坚定的信仰感动了天帝释，在服下天帝释赐予的仙果之后受孕，诞下恩达贡玛王子。恩达贡玛意为天帝释之子。

恩达贡玛王子的前世是恩达王子，与杜思达是兄妹。他们兄妹二人非常相爱，难舍难分。到了婚嫁的年龄，国王和王后将他们分送至不同的地方学习。他们发了誓，来生要变成紧那梨和紧那罗[①]，永不分离。

在恩达王子再生成为恩达贡玛王子之时，其妹杜思达也投胎到杜温娜雅迪王后腹中，成为惠如妙苏瓦公主。

恩达贡玛王子成年后，天帝释派仙女杜亚达底亲自教导他，使其精通十八般技艺。一次外出游玩时，王子解救了被大鹏[②]戏耍的龙王，并将他们双双收服。杜亚达底在大鹏和龙王的帮助下，为恩达贡玛王子建造了宾萨玛雷城。

恩达贡玛王子从龙王处得知惠如妙苏瓦公主的美貌，便在惠如妙苏瓦公主居住的甘德玛宫附近建造了一座象牙宫殿并居住于此。

一日，惠如妙苏瓦公主外出时，宫娥们所撑金伞间出现缝隙，阳光照到了公主，她便受热晕倒。宫女和侍从们取湖水医治公主时，遇见了恩达贡玛王子。王子询问详情后，在龙王的帮助下取来了金色檀香交与宫娥。金色檀香使公主恢复了健康。作为回报，公主送给王子两朵神花。

前来送花的侍女雅迪摩达见到了王子的侍从宾尼亚哈达。宾尼亚哈达表达了王子对公主的爱慕之情，雅迪摩达却说此事不得着急。

---

① 紧那梨和紧那罗为印度神话中的乐神，人头鸟身，紧那梨为阴性，紧那罗为阳性。

② 传说中的神鸟，又译作妙翅鸟、金翅鸟、迦楼罗或咖喽，是龙的死敌。

两人辩论起来，各自用许多故事说明自己的观点。

第二天，宾尼亚哈达又来到甘德玛宫，见到了雅迪摩达。这一次，雅迪摩达还叫来了侍女巴杜玛登季。三个人谈得投机。宾尼亚哈达称事不宜迟，雅迪摩达则表示心急吃不了热豆腐。最后，雅迪摩达还是决定向公主禀明一切。

宾尼亚哈达也向王子坦陈一切。第二天，王子派宾尼亚哈达前往甘德玛宫，通报王子将于晚间来访的消息。王子晚上与公主相会，表达了爱意，回顾了前世因缘，两人相爱了。

如果将全书的结构看成一棵树，那么《宝镜》就是一棵没有得到很好修剪的树，虽然看得出主干，但过多的旁枝使得主干没有得到充分的养料，影响了其生长。

小说中王子和公主的出身故事、龙王的故事以及王子和公主前世的故事，每一部分都可以作为独立的故事存在。如果说这几个故事相互之间存在着必然联系，对小说的情节发展起到了推动作用的话，那么通过王子和公主的侍从和侍女之口说出的 12 个小故事起到的作用则并不尽如人意。这些故事是书中人物为了说明自己的观点而插入的，讲述的方式则是传统的故事叙述方式，而非小说的描写方式。这些故事往往会分散读者的注意力，削弱小说结构的完整流畅性。

故事之中穿插小故事的传统源自印度。产生于印度的各种宗教都非常善于利用浅显易懂的故事形式来宣传阐释深奥的宗教教义。印度的故事文学异常发达，不仅产生了婆罗门——印度教经典《往事书》以及佛教故事等宗教故事，也产生了《五卷书》这样的寓言故事集。《往事书》中既讲述了三大神创造世界、斩妖降魔的英雄业绩，同时也以寓言形式讲述了印度的各帝王世系和各朝代的历史故事，事实与幻想往往难以分辨①。这一传统在缅甸历史巨著《琉璃宫史》中也有着充分的体现。而《五卷书》所采取的大故事套小故事的结构，不仅对缅甸民间故事集的结构形式产生了影响，而且也深刻影响了缅甸古典小说的结构。

缅甸古典小说的作者非常看中作品的教化功能。这一传统对缅

① 方汉文主编：《东西方比较文学史》(上)，北京大学出版社，2005 年，第 254 页。

甸现代小说的创作也产生深远的影响。即使不插入故事，也会安排固定的人物担当说教的角色。在接受了西方现代小说的影响后产生的第一部缅甸现代小说《貌迎貌玛梅玛》中，作者詹姆斯拉觉将法国作家大仲马的《基督山伯爵》前半部分，即主人公受奸人陷害的情节移植到了缅甸的环境之中，后半部分则根据缅甸人的价值观和喜好将复仇情节改成了宽恕仇人和皆大欢喜的结尾。作者设置了男主人公貌迎貌身边的男仆这一角色，一有机会就教诲训诫一番。1914 年出版、被誉为缅甸现代小说走向成熟的标志的《瑞卑梭》的作者吴腊，已经能够熟练地运用西方小说的创作手法，采用主副线交错叙述的形式，表现广阔的社会生活场景。遗憾的是，作者仍设置了男主人公身边的男仆这一亦师亦友、博闻强识的人物，并借助其口在小说中插入了大量的训诫、箴言、韵文和诗词。如果这些内容与正文没有直接联系，则非但对小说情节的发展、人物性格的刻画起不到丝毫作用，还会经常损害作品叙述的结构。因此从文体和结构的角度来看，这种传统无疑削弱了小说的成就。

作者的公然说教，使得故事结构几乎成为无关紧要的东西。如果把附带叙述的许多次要的小故事删除，而把篇幅用于充分地展开主要情节上，无疑有助于提高小说的水平。当然，如果能够改造这些故事，使之为表现人物性格服务，也能为小说增色。

三

《宝镜》中采用了夸张虚饰渲染的手法，对生活的场景和人物进行描绘。例如公主坐在铺了 100 层丝绒的地上，王子和公主均有千名乳母，公主一个钟点更换十套衣服等等。小说对宫廷殿阁、典礼仪式、衣饰发式、珠宝饰品的描写更是不厌其烦。但除了惠如妙苏瓦公主，对其他人物的外貌着墨甚少，并且往往使用现成的套话。例如提到王后，单用“五美俱佳”便一笔带过了。所谓“五美”是指缅甸人达到美女的五条标准：头发黑长、体态丰腴、肌肤光洁、身材匀称、青春年少，也就是我们所说的绝代佳人。小说中有大大小小几十个人物，有些没有名字，只是王子和公主，有些有名有姓，却也只给人留下的是脸谱化的印象。王子的侍从“宾尼亚哈达”和公主的侍女“雅迪摩达”是小说中至关重要的人物，全书近一半的篇幅都是通过他们展开的。读完全书，我们会对他们在王子和公主之间起到的穿针引线的作用和他们讲述的故事留下印象，但脑海中完全无法清晰地摩想出他们的形象，高矮胖瘦，黑白俊丑，因为书中根本没有提及。

这一传统，让我们联想到佛本生故事。这是在缅甸流传最为广泛的佛教经典，也是缅甸作家取之不尽的创作源泉。根据佛本生故事改编而成的诗歌、戏剧、散文不计其数。但让我们仔细回想一下阅读过的547个本生故事，包括篇幅较长的十大本生故事，我们能够记起的只有那些故事情节，还有国王、富商、穷人、乞丐、僧侣等等标签式的人物，没有一个人物的外形是特定的，是可以摩想出的。

《宝镜》中用夸张的笔法描写惠如妙苏瓦公主的美丽娇柔。公主被一束阳光照到，受了热，便像花儿蔫了一样，晕倒在地，用清凉的湖水泼洒之后才苏醒过来。公主的宫殿里飞进了一只蝴蝶，蝴蝶翅膀扇动引起的风便让公主感到肌肤不适。读到这里，我们不得不佩服作者的想象力。虽说对这样的描写任何一位读者都不会信以为真，但无疑给读者留下了深刻的印象，脑海中能够浮现出公主娇弱的身影，让人联想起豌豆公主。

龙王第一次见到公主时：

> 就在众龙心中疑惑是哪位国王的宫殿，正在举目张望之时，惠如妙苏瓦公主甚觉无聊，决定亲自采摘神花解闷。宫殿中满铺百层白色丝绒地毯，在一万一千名仙女的簇拥搀扶之下出宫。这情形正被龙王与八万龙兵遥望见：红宝石宫，五百殿阁，嵌珠描漆，金光闪耀，光芒万丈。看那簇拥左右的众多仙女：个个文雅人人端庄，五美俱佳六瑕[①]难寻。层层叠叠排列整齐，俏美佳丽楚楚可人。
>
> 再看惠如妙苏瓦公主：倾国倾城仙人难及，面如满月皓然当空，肌肤晶黄光泽柔美，体态轻盈，纤若蜡像，柔如纯金，貌似宝玉。龙王龙众个个看得目不转睛，屏住呼吸，如醉如痴，东倒西歪。[②]

---

① 缅甸人谓女子长相有六种遗憾。即：太高太矮，太胖太瘦，太黑太白。

② 瑞当底哈杜，吴达：《宝镜》，缅甸研究会出版，1934年，第31—32页。

惠如妙苏瓦公主受热晕倒的情形：

宫殿中满铺厚厚的白色丝绒地毯，在众侍女的簇拥搀扶下，公主步出红宝石宫殿，前往凉亭。途经宫墙时，上百柄金伞撑起遮阳。凉亭上有一块十庹长的玻璃没有装好，露进了阳光，反射到门廊上，再反射到殿前平台。这时，金伞之间出现缝隙，一束枣叶般大小的阳光停在了惠如妙苏瓦公主的发上，公主受热，感到不适，满脸大汗，全身血流加速，青筋暴露，好似刚摘下的莲花在烈日下蔫了一般，千金玉体，甚觉不适，肌肤干燥，瘫软在地。公主被抱进红宝石宫殿中，安放于蓝宝石卧榻之上，金柄金叶宫扇十把，轻摇送爽。①

恩达贡玛王子十二岁时，天帝释让杜亚达底仙女好好教导他：

天帝释对杜亚达底仙女说道："恩达贡玛王子乃本王之子，你就替我好好照看扶持他，将十八般技艺，悉数传授于他吧。"将儿子托付给杜亚达底仙女之后，天帝释还希望他拥有与其帝王身份相符的物件，便将自己项上所戴价值连城的项链取下。该项链为九种珠宝，三面三棱，奇特异常。一面望去，南海蒲桃、百宝树、山合欢和蟠檀四种大树以及两千座小岛上的苦楝树，闪闪发亮，一览无余。转换一面，但见铁围山四周，大洋环绕，源自神湖的五百条小河，与五条大河一道，缠绕峻山密林，大洲和周围小岛，被山川河流湖泊环绕，其上数以亿计的生命，尽收眼底。再换一面，大雪山上生长的各种奇葩怪草以及珍禽异兽，如在近前。从上往下看，龙众、大鹏、鸠槃荼②、夜叉③、摩睺罗迦④，七层宝石山、六重天⑤、二十层梵天以及天神仙女们居住的琼阁金殿清晰可见。从下向上看，地狱、畜界、饿鬼以及阿修罗界四恶趣中的种种历历在

① 瑞当底哈杜，吴达：《宝镜》，缅甸研究会出版，1934年，第44页。

② 佛教谓天界四大天王之一南方增长天王手下居首位的神魔，又译作瓮形鬼。

③ 佛教谓天界四大天王之一北方多闻天王手下居首位的神魔，又译作捷疾鬼。

④ 佛教谓天"天龙八部"或"龙神八部"八种天神之一，一译作大蟒神。天龙八部包括：天众、龙众、夜叉、乾闼婆（香神或乐神）、阿修罗、迦楼罗（金翅鸟）、紧那罗（歌神）、摩睺罗迦（大蟒神）。

⑤ 又称六欲天，即四天王天、忉利天、夜摩天、兜率天、乐变化天和他化自在天。

> 目。此九种宝石用翠色绳串起，有五种奇妙和五种功效，散发出白、蓝、黄、黑、棕、花、金等七种耀眼光芒。天帝释道："佩戴此九宝项链，愿你同我一样，至高无上，战无不胜。"天帝释亲自为恩达贡玛王子戴上九宝项链后，返回了天国。
>
> 恩达贡玛王子戴上有五种奇妙的九宝项链，像天帝释一样英俊潇洒，威仪堂堂。他还获得了威力无比、闻名遐迩、克敌制胜的金刚杵[1]，并举办了整整七日庆祝盛典。
>
> 杜亚达底仙女因王子乃天帝释之子，每日亲自传授十八般技艺。飞天、遁地、变形、还魂，诸般技艺，样样精通，南赡部洲众王皆投奔其麾下。[2]

作为一部充满神幻色彩的小说，这些虚饰夸张的描写，对人物形象的塑造起到了很好的作用。读者也觉得十分有趣。

以上所引之内容，均出自瑞当底哈杜之笔，表现出作者出众的想像力。《宝镜》一书的最后两节是由吴达续写的，读者可以明显地察觉出他的创作功力逊于前者，反复运用同一比喻，重复相同内容，结尾的处理也显得仓促。

四

《宝镜》是通过一个无所不知的叙述者从第三人称的角度来写的，在叙述的过程中出现了一些小的混乱，似乎并无深究的必要。但除了人物形象、生活场景、语言表达，对人物心理活动的描写也是塑造人物的重要方面。遗憾的是，《宝镜》显然没有在这一方面进行尝试。王子为什么会爱上公主？仅仅因为美貌？还是前世因缘？没有心理活动描写，没有曲折的过程，感染力大打折扣。

其实早在缅甸文学发展之初，在这些方面已取得了一些成绩。缅甸人一向认为"缅甸文学始自碑铭"，蒲甘碑铭是缅甸文学的源头。严

---

① 金刚杵：原为古印度的一种兵器。佛教密宗采用作为摧毁魔敌的法器。它用金、银、铜、铁等制成，长八到十二指，中间为把手，两端有独股、三股、五股等刃头。

② 瑞当底哈杜，吴达：《宝镜》，缅甸研究会出版，1934年，第29页。

格意义上，蒲甘碑铭只是记录善行的文字，不算文学作品。但碑铭是缅甸存世至今的最早的记叙文，文风朴实简明，部分碑铭可以看成是缅甸短篇小说的雏形。

在刻于缅历 633 年(公元 1271 年)的《敏湾寺碑》中，以曾经贵为王后和太后、一生中经历了六代国王、至高无上的婆苏瓦王后的口吻写道：

> 我愿在世为人时比所有人富贵荣华，升天为神时比所有神尊贵神圣；我尤其渴望万寿无疆、玉体安康、容颜秀丽、音色甜美、体态轻盈，受到一切人神钦羡爱慕；我愿拥有大量金、银、红宝、珍珠、珊瑚等无生命之宝物，拥有无数大象、马匹等有生命之财物；我愿威震天下，声名远扬。①

撰写碑铭之人通过王后所许之愿，成功地塑造了其高高在上、不可一世的形象。

20 世纪 30 年代，以吴佩貌丁、德班貌瓦、佐基和敏杜温为代表的实验文学运动的倡导者们，充分认识到蒲甘碑铭的文学价值，主张改变缅甸文学追求华丽繁缛的风格，恢复蒲甘碑铭那种清新自然的文风。

《宝镜》的文风虽称不上华丽，却有繁缛堆砌之嫌。《宝镜》的语言与现代白话差别较大，是复杂的长句式，白话中夹杂着韵文。

五

自 1885 年缅甸沦为英国的殖民地后，英国文学在缅甸渐渐传播流行起来，而缅甸本土文学日渐式微。缅甸民众更注重对英国文学的学习和研究，纷纷购买英文作品阅读。在高中和大学里，对缅甸文学的讲授也只是敷衍了事，着重讲授的是英国文学。那时出版的缅甸文学作品，由于读者人数减少，无利可图，图书的质量便下降了，纸张很薄，打字排版的错误也非常之多。在这种状况之下，一些有识之士看

① 吴佩貌丁：《缅甸文学史》，茉莉花文学出版社，2003 年，第 55 页。

到了缅甸文学衰退的危险性，成立了缅甸研究协会。这一协会组织重新校对出版了三十多部优秀的古典文学作品。在吴佩貌丁先生的影响下，这些作品在全国范围内流传，缅甸文学逐渐恢复起来，我们今天也才有机会了解缅甸古典小说的水平。

通过《宝镜》一书，可以大致看出缅甸古典小说的传统。题材内容多与佛教经典相关，有些小说则直接取材佛教故事。尽管《宝镜》在这一方面有所突破，但故事情节仍大量借鉴了佛教故事。叙事模式也深受印度故事文学传统影响，采用大故事之中穿插小故事的结构，注重故事情节和教化的功能，忽视对人物形象和心理活动的描写，语言方面则是白话和韵文相杂，采用夸张渲染的手法。

缅甸古典小说所取得的成就尽管与古典诗歌无法相提并论，但丰富了缅甸文学的形式。《宝镜》则开拓了缅甸古典小说的题材领域，并且赋予了这一艺术形式神幻浪漫的色彩。在形式上作出了新的尝试，与现代小说有相似之处，为 20 世纪在西方文学影响下逐渐发展繁荣起来的缅甸现代小说的创作播下了种子。

封建时代的缅甸小说

德格多温蒙

缅甸历史上，在度过了史前时代和古代以后，封建时代曾长期存在。封建时代从蒲甘直到彬牙、阿瓦、东吁、良渊、贡榜王朝，时间非常长久。

在封建时代的蒲甘王朝时期，缅甸文学开始发展起来。在那个时代，蒲甘国主阿奴律陀（1044—1077 年在位）和贤人阿罗汉高僧，使佛教普遍地发展起来。同时，称之为经、律、论的三藏佛教文学也得到普及。缅甸文学就依附着佛教文学发展起来。

接受佛教文学文化的缅甸学者们从蒲甘王朝直到贡榜王朝创作出大量的文学作品，这些作品大都是摆脱不了佛教文学影响的作品。不论是比釉（四言叙事长诗）、茂贡（志事诗）、雅都（赞诗）、雅甘（谐趣诗），还是白话文的典籍等，都或明或暗有着佛教文学影响的影子。

阿瓦王朝瑞南觉欣王在位的 1501 年，著名文学家信摩诃蒂拉温达写了一部名为《天堂之路》的小说。小说描述了佛佗在世时值得人们作为榜样的八位贤人的故事。八位贤人为：舍利弗长老和目犍连长老、质多居士和诃塔拉瓦加居士、凯摩长老尼和乌巴拉温长老尼、库祖德拉女居士和难陀摩多女居士。正如书名为《天堂之路》那样，这是一部着重描述像通往轮回彼岸之路一样的品德修养的书。

著名文学家信摩诃蒂拉温达不仅精通巴利文三藏，而且在比釉诗发展史上是一位里程碑式的人物。他所写的《祈祷》和《修行》两首诗最为有名。信摩诃蒂拉温达写这部《天堂之路》，是希望让阿瓦王朝时的僧俗民众能获得教益，使他们的心境更加平和，使佛陀的教诲与主张发扬光大。

《天堂之路》中八位贤人的故事并非信摩诃蒂拉温达个人的创造。

只是把巴利文三藏文学中描述过的故事用缅甸文翻译过来而已。但是作者为了达到写作意图,在浩繁的巴利文三藏文学中选取了与自己写作目的相符的八个故事。信摩诃蒂拉温达这种执着与努力是令人称道的。把八位贤人的故事串联在一起的这部小说是缅甸散文文学史上最早的一部著作,是令人敬重喜爱的本生故事小说,许多文学家对它都有明确的评价。但是,还不能说它是缅甸现代小说的滥觞,只能称其为散文体的本生故事小说。

在《天堂之路》问世后大约一百年,良渊王朝阿瑙白龙王在位时公元 1605 年刚过,阿瓦的瓦耶毗顶伽那他大法师写了小说《翠耳坠》。该小说主要是依照五百五十本生故事中八十颂卷的(537 号故事)大名阎罗本生故事,并在适当的地方插入了许多其他本生故事的一部小说,在缅甸散文文学史上也是一部著名的上乘作品。大法师写作的目的非常崇高,是着眼于为了社会和众生利益的。但它仍不属于当今流行的现代小说之列。

《天堂之路》、《翠耳坠》这类小说过去曾有过不少。这些书仅仅是把巴利文三藏文学中著名的片断译成缅甸白话文的散文类著作,是些佛本生故事小说。

到了封建时代后期贡榜王朝时,出现了基于想象创作而成的神话小说和着重表现宫廷王孙公主们爱情与冒险的宫廷小说。

基于想象的神话小说有《宝镜》。这部小说共分 11 章。作家瑞当底哈杜写了前九章,剩下的两章是东敦基镇法官吴达续写的。虽然传统说法是在阿朗帕耶(1752—1760 年在位)年间写成的,但也有的说是在辛固王(1776—1781 年在位)年间写的,是 18 世纪时出现的一部小说。

该小说之所以说是基于想象的神话小说,是因为瑞当底哈杜并没有以现实生活中发生的事件和现实世界中的角色为基础,而是从幻想世界神话世界中才能见到听到的情景和那些神仙、仙女、龙、咖咙和具有神威者等角色出发,奇思妙想梦幻虚构而成的。小说的两个主人翁中一位是得到智慧女神真传的身具神力的恩达贡玛王子,另一位是一丁点儿的阳光照射就会令她萎靡不振,蝴蝶翅膀扇起的微风也会使她头晕昏倒的孱弱娇嫩的惠如妙苏瓦公主。把这两位主人翁相知相遇堕入情网的爱情故事，用巨龙、咖咙、神魔等众多角色作陪衬进行了出神入化般地描绘而成的小说。

到了封建时代后期，贡榜王朝时出现的宫廷小说(剧作)有妙瓦底敏纪吴萨翻译的《恩达乌达》(1826 年)和莱太康丁创作的《恩达温达》(1853 年)。

《恩达乌达》(伊瑙)是妙瓦底敏纪吴萨(1766—1853)一部著名的作品。但那不是妙瓦底敏纪凭借自己的智慧创作出来的作品，而是在阿瑜陀耶王子们帮助之下译成缅甸文的小说。此外，为了能在宫中演出而根据情节发展和场景的需要，加写了田园自然诗、两折诗、四折诗、叙事故事诗、鼓曲、歌曲等，成了宫廷剧小说。所以虽然名为小说，但它在剧作范畴内比在缅甸小说范畴内更为有名。

《恩达温达》是莱太康丁(1833—1875)的一部名著。莱太康丁王妃对照着自身经历，发挥了想象力创作成这部小说，绘声绘色地描写了亚奏德玛国主的王子恩达温达的恋爱、艳遇、冒险经历。恩达温达王子和勃尤达意公主是两位主角。温那勃东、勃德米亚达尤、盛格亚底、妙南格勒亚、班甲亚萨意等俊俏的公主是配角。该书描绘了恩达温达王子和这些公主之间的恋情与冒险经历，反映了恩达温达王子的恋情是不稳定的。他浪漫多情，是个“离开就忘，见了面就痴迷缠绵要死要活”的人。也按情节场面的需要，写了田园自然诗、两折诗、四折诗、歌曲等，是为了作为宫中朗读用的剧本或者能逐场演出的剧本而写的，所以它也是应更多地划入剧作范围之内。

总言之，在封建时代缅甸文学在写作技巧和写作形式方面都有较大发展，但还没有形成缅甸现代小说的写作形式，只形成了本生故事小说、神话小说和宫廷小说。

——1979 年 12 月 26 日至 28 日，缅甸联邦宣传部、印刷出版公司和文学宫举办了“长篇小说研讨报告会”。申请参加的有 1135 人，其中有 437 人获准参加。另，特别邀请了 120 位人士参加。本篇是研讨会上的一个主题发言中的片段。载《长篇小说论文集》(缅甸文)下册，文学宫出版社 1981 年，第 241—245 页。

《天堂之路》等古代小说评述

吴佩貌丁

《天堂之路》这部小说是(阿瓦王朝)瑞南觉欣在位年间缅历 863 年(公元 1501 年)时写成的。天堂之路这几个字原文是巴利文,意思是:通往彼岸或天堂之路。该书用一些实例对像一条通往轮回彼岸天堂道路似的品德修养进行描述,所以称之为天堂之路。《天堂之路》小说是从佛祖所讲诸法之中选择某些恰当的片断,用缅甸白话文写成的一部书。该书尽量少用巴利文词语,选用的词语中充满了易使众生感悟得道的内容,是对众生非常有益的一部书。在所有缅甸白话文小说中,它是最古老的一部。

阿朗帕耶王在位期间(1752—1760),除出现了诗歌、法论、历史等典籍之外,还有一部小说[①]。这部小说就是《宝镜》。在该小说的"小引"里这样写道:

"受统治广袤万里无际无垠世界[②]的阿朗帕耶皇帝麾下大元帅摩诃内谬底哈都、鱼产监、咨政大臣之托,本人瑞当底哈杜怀着极其愉悦的心情,精于描绘,援证引例,妙笔生花。"

据此,可知《宝镜》的作者是瑞当底哈杜,受大元帅内谬底哈都之托,写了此书,是在阿朗帕耶王在位期间写成的。但是写作始于何年完成于何时都没有写明。不仅如此,作者瑞当底哈杜的诞生地、诞辰

---

① 缅甸文为:zat wuttu ,今多取"小说"意;zat 今日也有"剧、剧作"之意。按:zat 是从巴利文的 Jataka(佛本生故事)变音而来;wuttu 是从巴利文的 vattu(原本事物、本事)变音而来。所以今日在缅甸"故事"、"小说"和"剧作"这几个概念,有着某种关联,有时甚至有些混淆。

② 原文直译是:"以由旬万计的宇宙",现意译为:"广袤万里无际无垠世界"。

和他的祖籍均不得而知。

《宝镜》可以说是一部宫廷小说，但它的写作形式与《伊瑙》、《罗摩》、《维扎亚伽意》等宫廷剧作不同。与吴金吴、吴邦雅等人写的《德瓦贡班》、《维扎亚》等剧作也不同。在《罗摩》、《伊瑙》等宫廷剧中用诗歌和剧中人对话表现剧情，人物对话也往往押有韵脚。《德瓦贡班》、《维扎亚》等剧虽然没有宫廷剧那样长，但写作风格与情节安排与宫廷剧是一致的。小说《宝镜》却像现代小说那样来表现内容情节。但在小说人物间对话中也加上了韵脚。在这部小说中可以读到韵白相间的写法。与阿瓦王朝时信摩诃蒂拉温达著《天堂之路》、良渊王朝时信瓦耶毗顶伽那他大法师著《翠耳坠》等小说的写作意图和手法也有很大不同。

阿瓦和良渊时期出现的小说用缅甸白话文写了纯属于佛法范畴的佛陀讲过的本生故事。一个人与另一个人所讲的话也没有写成直接的对白。因为是从佛祖所讲佛法中来的故事，所以没有世俗的情欲描述，只有法理内容。而《宝镜》则是与人的情爱欲念有关的小说，所以两者截然不同。《宝镜》奇特的一点是把惠如妙苏瓦公主的娇嫩柔弱作了过分的渲染。即使是一点点阳光照射到公主肌肤之上，她就会变得憔悴，只有用天堂阿诺陀湖的清凉湖水泼洒才能使她重新容光焕发。如有一只蝴蝶飞进惠如妙苏瓦公主的寝宫，蝴蝶翅膀扇起的微风也会使公主难以忍受。当读到这些情景时，不禁令人感到作者写得真有些夸大其辞了。但为了突出宫中人娇嫩柔弱的形象，作者绞尽脑汁发挥想象的写法确也令人难以责备，反之只能对作者的这种想象表示赞叹了。

《宝镜》中的恩达贡玛王子并不像恩达温达、伊瑙等王子那样到处招蜂引蝶，而是一心痴情地恋慕着惠如妙苏瓦公主。这一点与现代小说是很相似的。这也符合时代精神。它与其他宫廷小说还有一点不同，就是在主干故事中常常加进一些作为例证的小故事。而这些小故事大多是神话故事，使读者不会有厌倦乏味的感觉。真可谓一举两得，读过这部小说后就可以了解或记住各式各样多个故事了。小说中惠如妙苏瓦公主的嬷嬷雅迪摩达为一方和以恩达贡玛王子的侍从宾尼亚哈达为一方相互斗嘴与对话，以及嬷嬷对公主的进言与规劝等等都是值得记下的话语。《宝镜》把像其他小说那样的对话，写得让对方难以招架，无言以对，无隙可乘，表现了高超的语言技巧。

莱(太康丁)王妃也写过两部宫廷小说(剧作)，这两部作品至今仍很有名。《维扎亚伽意》、《恩达温达》这两部小说(剧作)显然是对她的夫君、有众多嫔妃的加囊亲王进行讽喻的。这两部作品在写法上都有很浓郁的宫廷味儿，显得非常文雅细腻，全书充满高雅词语。为了吸引读者，有时加进了若干首诗词，有时会用些诙谐幽默的言语。瓦内扎王子的话就令人发笑。《维扎亚伽意》写于缅历1214年(公元1852年)，《恩达温达》写于何年不详。

——摘自吴佩貌丁著《缅甸文学史》中的三个片段。见吴佩貌丁著《缅甸文学史》(缅甸文)，都达玛瓦底教科书出版社，仰光，1958年，第51、182—186、317—318页。

信摩诃蒂拉温达与他的小说《天堂之路》

眉谬摩基

上文已经谈到信摩诃蒂拉温达写过《修星》、《祈祷》等比釉诗和其他一些茂贡诗、雅都诗。虽然从内容上讲有些不同，但写作手法上是完全一致的。可以感到信摩诃蒂拉温达的语调、信摩诃蒂拉温达的风格、信摩诃蒂拉温达的写作方式没有什么区别。虽然所表述的内容有些许不同，但信摩诃蒂拉温达的信仰立场是一贯的。他是有着他写作最终目的的。

我们不能局限在某个范围内去考察信摩诃蒂拉温达的目标与主张。如果认为信摩诃蒂拉温达只是想在阿瓦时期恢复全部笼罩在宗教气氛之下蒲甘人的精神，那就错了。他努力创作了许多作品，使文学艺术得到创新繁荣，进入一个新阶段。非常明显信摩诃蒂拉温达在阿瓦时期树立起一座无可置疑的里程碑。

信摩诃蒂拉温达的一个特点是不仅在诗歌方面，在散文写作方面也作出了很大的努力。可以说碑铭时代的白话文断绝以后，贝叶时代的白话文开始出现了。最早流行起来的是"帝王本纪"式的写作。而可以载入史册的是：他最早培育出"本事"作品并使其繁茂成长起来。

《天堂之路》小说的核心是走向天堂。"天堂之路"原文源自巴利文 *pārāyana*，*pāra* 意为：彼岸；*āyana* 意为：之路。整个短语的意思就是：走向彼岸天堂之路。因为是一部指明由轮回的此岸走向彼岸天堂之路的小说，故取名为"天堂之路"。

可以说这部小说的另一个目的就是基于想使人们谙达世情，提高品德修养，虔信佛教的意愿。

所以，从佛陀所讲的诸法之中选择了某些相宜的片断写成此书。

举例来说，可以看到在佛祖与阿拉瓦伽神魔相遇时，阿拉瓦伽神魔向佛祖提出的五个问题是这样的：

"阿拉瓦伽神魔了解了四真谛，想如果对现世与轮回的发展有所误解，自己也能比旁人更快地了解并能用智慧将其澄清。就从般若智慧这个词的根本出发，又提了五个新问题。

佛祖，您讲凭借智慧就能清静。我已懂得了般若智慧能带来的果报和裨益。可是：

怎样才能获得般若智慧呢？
怎样才能得到世俗与超世的财富呢？
怎样才能声名显赫呢？
怎样才能得到朋友呢？
怎样才能摆脱轮回的烦恼呢？

佛祖答道：

你问：'怎么样能获得般若智慧呢？''深信、听从、牢记、思考，因为这四者，就能获得般若智慧。'

你问：'怎么样能得到财富呢？''深谙谋略，不断进取，勤奋努力，有这三者就能得到财富。'

你问：'怎么样能声名显赫呢？''讲真话实话就能声名显赫。'

你问：'怎么样能得到朋友呢？''给予就能得到朋友。'

你问：'怎么样能在轮回中没有烦恼呢？''心地纯洁的人，凭借真谛、智慧、勤奋、舍弃四者，就能在各世轮回之中不再烦恼了。'

佛祖知道通过五问五答，神魔他已明白了今世与轮回的业果。又对阿拉瓦伽神魔建议：……"

关于《天堂之路》的笔法，可以看到所写的句子大多是不长不短适中的句子。叙述严谨简练，无懈可击。虽然是从巴利文译成的，但观点看法等是非常丰富的。而且有许多极富创造性。文中充满实例和比喻，令人难以相比。

这与蒲甘时期文字的简练，后来彬牙时期的文字修饰的繁琐冗长都不相同。

——摘自眉谬摩基著：《新缅甸文学史》（缅甸文），毅力文学出版社 1968 年 8 月，第 157—161 页。

析小说《天堂之路》[①]

我想谈谈我对阿瓦王朝著名作家信摩诃蒂拉温达在缅历 873 年（公元 1511 年）写成的被学者们认定为缅甸最古老小说《天堂之路》的研究与分析。

我想从六个方面来谈：

(1) 有没有比《天堂之路》更古的小说？

(2) 信摩诃蒂拉温达在写《天堂之路》之前，参考没参考以前相关的巴利文著作的缅甸文注疏本？

(3) 能不能把《天堂之路》称为一部翻译小说？

(4)《天堂之路》的文学风格。

(5) 不平凡的社会思想与知识。

(6) 作者写作的初衷。

首先，谈谈有没有比《天堂之路》更古老的小说？

“信摩诃蒂拉温达写成的《天堂之路》小说是目前所能见到的最早的最古老的缅甸白话文作品。”[②]

“信摩诃蒂拉温达著了现今所能找到的可以称得上最古老的缅甸白话文的《天堂之路》小说。”[③]

---

① 译者注：本篇论文发表在《缅甸文研究杂志》（缅文）第 4 卷第 1 号，1999 年。作者系一女作家，但因此译文原稿是传抄复印稿，漏印了作者名字，至今尚未找到原版杂志，故作者名只好暂缺。本文是该文的节译，原文中举了许多尚未译成中文的巴利文三藏原典的名字和实例，再有原文中举了许多缅甸文的例子说明写作的特点和风格，都是难以用中文来表达清楚的。所以在不影响表明作者观点的前提下，这些内容在译文中均略去不译了。

② 原文注：《天堂之路》，汉沙瓦底出版社，缅历 1324 年（1962 年），第 23 页。以下凡原文注均不再写明，若系译者所加仍将注明“译者注”。

③ 波木巴当著：《作家传记》，秀玛瓦出版社，1962 年，第 57 页。

吴三吞老师在《文库》中题为“蒲甘时期的缅甸白话文”一文中写道：蒲甘加苏瓦王的国师在杜因当一带挂单的阿罗哈达迪法师曾在缅历624年(公元1262年)译成一部《上古时代》的缅甸白话文著作。译者本人曾写明该书是一部白话文著作，是劳加比瓦达僧所写的梵文著作的缅甸文译本。

蒲甘时期、彬牙时期的碑文已有不少，尽管这些还都称不上是一部著作，但即使这样也不能认定《天堂之路》小说是最早的白话文著作。最早的白话文著作已有吴三吞老师提出的《上古时代》了。

十大佛本生故事、五百五十本生故事等早在蒲甘时期就以壁画或画像砖的形式流传。可以肯定蒲甘、彬牙、阿瓦时代的人们对缅甸境内流传的佛本生故事是很感兴趣的。

但是，应该进一步考虑作为缅甸文学有没有写过与佛教经典有关的本生故事或其他相关情节的作品。

信摩诃蒂拉温达的《祈祷》诗中提到过不务正业者的故事。

阿瓦另一位作家信埃加达玛底《黄金富翁》比釉诗中提到的有“不务正业者”、“萨格拉王”等故事；而该作家的另一篇《射箭》比釉诗中也引用了“古代七箭”、“兑梅瑙”、“信美浓与敏南达”等故事的内容。

吴坡觉敏在他的《封建时期缅甸长篇小说史》[①]一文中也以上述比釉诗作为依据写道：“阿瓦时期不仅有《天堂之路》小说，还出现了其他一些故事。”但是“不务正业者”等故事是否当时已有了文学文本是值得考虑的。当时的作家大多是僧侣。信摩诃蒂拉温达、信埃加达玛底等当时的作家并不喜欢和接受神话故事。加之当时是宣传佛教的文学占据统治地位的时代，这类故事并不盛行。再有，比釉、诗歌、记事诗等风靡一时，白话文的作品不多。

这时对社会生活方面有着指导示范意义的神话故事，在作者、时代、文学形式等等方面条件都不具备，所以还没有达到把它们写成小说的阶段。但是根据上述比釉等诗歌可知，这些故事已经在阿瓦当代人之间口耳相传了。似乎正因为如此，信摩诃蒂拉温达不愿意人们讲这些“俗话”，并有意予以阻止。

---

① 载《学术百科》刊物第1卷第4期，1966年。

概言之，我不认为《天堂之路》之前还出现过更古老的小说。

信摩诃蒂拉温达在写《天堂之路》之前，参考没参考以前相关的巴利文著作的缅甸文注疏本？

考察缅甸经典著作的发展是分阶段的，最先有纯巴利文的典籍；随后有一句巴利文，一句释义文字的注疏式文本；其后才有纯缅甸文的诗歌、白话文著作。

信摩诃蒂拉温达在写白话文小说时是依据了巴利文还是依据了注疏式经典呢？如果能指出已经存在的注疏式文本的名字就可以明确它和《天堂之路》小说的情节有无关系了。

可以说注疏式文本是从蒲甘时期开始出现的。蒲甘时阿信埃加达玛高僧编著的被誉为“音韵详解”的语法和其他语法典籍、宗教经典是用巴利文写成的。同时，也出现了这些典籍的注疏式文本。[①]

最古老的注疏式文本是阿朗悉都在位时梯林镇榜朗村信摩诃迦叶编写的《贫瘠的品德详解旧释》。[②]根据丹吞博士著《古代缅甸史》和吴波稼著《榜朗村信迦叶》得知可能写于那腊勃底悉都王在位期间。

其后出现的注疏式文本是蒲甘加苏瓦王（缅历 593—611 年在位）时达丹玛底里高僧著《主要依据》典。[③]

此后是蒲甘苏蒙涅王之侄所供奉的信固纳瓦丹达加所写《巴利文阿含经·长部》的缅甸文注疏文本。[④]

所以说，榜朗村信迦叶、信达丹玛底里、信固纳瓦丹达加等人是先于信摩诃蒂拉温达的注疏式文本作者。

阿瓦时卑松王在位期间彬牙信阿里雅温达著了好几部注疏式文本。到了阿瓦时期注疏已相当齐全。缅历 804 年（公元 14442 年）东敦王敏底里泽雅都在蒲甘瑞喜宫佛塔之西所立《德纳外羌寺碑》上提到巴利经文注疏、经解、药典、占卜典等，特别是对注疏式经典谈得非

① 缅甸联邦佛教协会编《三藏巴利缅甸文词典》第 1 卷，序言，第 39 页。

② 三藏史，第 760 部。

③ 三藏史，第 365 部。

④ 三藏史，第 363、364、365 部。

常全面。[①]

信摩诃蒂拉温达本人也曾写过《尼蒂巴利文经旧注》、《摩诃亚哈箴言注疏》。他在写《名史》时也用了不少注疏缅甸文译文。

除了少数一两本外,《天堂之路》小说没有引用比它更早出现的注疏经典文本的相关内容。此外,作者本人精通巴利文原典,所以即使有相关的注疏文本,他也不会去参考的。他可以随意地阅读巴利文原典去写。

因此,信摩诃蒂拉温达在写此书时没有参考以前已有的注疏式文本。

能不能把《天堂之路》称为一部翻译小说?

如上所述,该书不是参照巴利文注疏文本写成的,那么作者又怎么写成这部不是虚构的文本呢?只能是看过巴利文经典之后写成的。但是它与第二良甘大法师所写五百五十本生故事、敏巫大法师写的八大佛本生故事的风格都不同,他们都是依照本生经注写成的。而信摩诃蒂拉温达写《天堂之路》小说则是选择了《阿含经》五部中的相关内容改写而成的。

《天堂之路》小说中讲到一个人的故事并不是刻板地依照某一经典译出的。比如,讲舍利弗长老的故事就采用了增支部注疏第一品,小部的《长老偈》、《如是语经》、《法句经》等注疏的内容。

但是信摩诃蒂拉温达又是怎么在写完小说序言以后,安排整部作品的呢?他在序言部分写了凡敬佛之人在教育自己子女时,立为"典范"之人的是舍利弗等八位贤人。但是在增支部的相关段落里可知佛陀曾亲自把这八位贤人作为"典范"、"标准"对罗汉僧伽们进行过训育。这可以举出佛教协会所出的三藏经缅甸文版为例。

佛祖教导说:"罗汉们,凡诚心行善的罗汉们都会这样去考虑:吾也要像舍利弗和目犍连那样去想。罗汉们,吾的弟子舍利弗、目犍连是你们去对比的标准,他们是你们的典范。"

信摩诃蒂拉温达在他所写的序言部分首先概括了巴利文原典所述,其次把佛陀的教诲改写为真心行善的人们的训喻。

---

① 第六次佛经结集经藏相应部第一卷,卷首序言。

《天堂之路》中所写两位佛陀大弟子的前生故事与《阿含经·增支部》所讲的舍利弗和目犍连的故事是一致的。

在《天堂之路》小说中没有原典中有关阿诺玛陀悉佛的详细情况。有关沙罗陀对阿诺玛陀悉佛进行观察的情节，与原典相比《天堂之路》小说简练了许多。关于这段故事《法句经》所讲舍利弗的故事与《天堂之路》所述完全一样，但在向佛陀敬献花朵坐席的情节中却比《天堂之路》小说要大大地丰富了。

《长老偈》巴利原文中素罗西对佛的赞颂与《天堂之路》完全相同，好像是直接翻译而来。

比如：有"用小杯去量大洋之水也是可以计算清楚的，而您的智慧却是无法计算的"这样的词句。

《天堂之路》小说中说素罗西有弟子七万四千人，这是根据经释的说法。《长老偈》巴利文中则说有两万四千位。

关于佛祖向目犍连长老讲述排除困倦之法，作者似乎是把《阿含经·增支部第七品》的经文进行了概括。

目犍连长老前往地狱、人间、神国讲法的情节，《天堂之路》小说与《阿含经·增支部第一品》的写法就像直接翻译的一样。

目犍连长老教训难陀巴难陀龙王一节是把《长老偈》等经典所述进行了缩写。

《天堂之路》中的目犍连长老对沙弥等僧众进行训喻的故事，在《长老偈》、《如是语经》、《阿含经·相应部》等经典中都能找到。

目犍连长老提醒帝释天的情节在《长老偈》、《如是语经》等经典中也有。但是，佛祖对帝释天讲法的内容，《天堂之路》小说只是讲述了和故事情节相关联的一点点。讲法的内容在原典中有着详尽的描述。

舍利弗长老的故事

长老成为罗汉的故事在《阿含经·中部》巴利文原文中比《天堂之路》小说讲得要详尽。经文中迪嘎那卡是一位主要人物。而在《天堂之路》小说中只需要听到佛祖对迪嘎那卡讲法成了罗汉这一小段，信摩诃蒂拉温达就把所需的部分摘录下来引用了。

舍利弗长老前世智慧高僧人大弟子的故事是依照《本生经·智者

大弟子本生》(本生经独颂卷第99号故事)写成的。同样也是剪取了素拉尼梵授王珍视学者故事中的《大隧道本生》的片段写成的。

舍利弗长老对富楼那长老尊重的情节,作者也肯定是看过巴利文原典写成的。

关于长老以二乘帮助一起修行的伙伴们的情节,《天堂之路》小说所述与《阿含经·相应部》是一致的。而关于舍利弗长老接受小沙弥的教诲的情节也是参考了《阿含经·相应部》与《长老偈》中所述写成的。

在写舍利弗长老一贯尊重师长时,也尽力将一些经典所讲的:从不吃得过饱,一生没有入睡伸直身子平躺,不食不净之食等等情况简单地写进文章之中。

作为佛的右侧首席大弟子曾坦言:除了佛祖以外,吾的智慧无人可及。这也是作者看了《如是语经》写成的。

正如作者在《修行》诗中所述:"拭脚破布,折牙毒蛇,断角公牛,流浪乞丐,不登大雅、高贵之堂",他在《天堂之路》小说中写到舍利弗长老没有怒火卑恭自谦的情况时又用白话文将这种看法描述了一遍。很多人都知道上述的比喻似乎是蒂拉温达长老文中独有的非常著名的名句。但是我要指出,这些比喻是巴利文原典中用的比喻。

一次,一位僧伽诬告舍利弗长老冒犯了他向佛祖投诉。佛祖亲自叫舍利弗长老解释那位僧人的诬告。当时,舍利弗长老把自己比喻为大地、流水、空气、火焰、拭脚布、乞丐和断角牛,对任何事情都能容忍。又说:洗过澡把自己打扮一番的男女青年,如果把某个腐尸挂在他的颈部都会感到极其厌恶。正如此,弟子非常厌恶腐尸。就像头顶着一个漫溢且滴漏的油桶,我虽不喜欢从大小窟窿中流出来的这个躯体的负担,但是又不得不承担着一样。这么一说,那位诬告的僧伽就非常注意了。关于这个情节在《阿含经·增支部第九品》巴利文原典上有着详细的阐述。蒂拉温达长老只从中选用了拭脚布、断角牛、乞丐等三项比喻,又添加了一个折了牙的毒蛇的比喻。折了牙的毒蛇这个比喻并非作者的创造。我们可以在《如是语经》巴利文原文中看到"就像折了牙的毒蛇、断了角的公牛一样消除了傲慢,毕恭毕敬地对待僧众"这样的语句。

在《天堂之路》小说中高僧讲的消除怒火之五法虽然很简单，但也适当地用一些比喻让人们容易正确了解其本意。该法在《阿含经·增支部》中有详细的表述。

《天堂之路》小说关于舍利弗长老故事一章最后一节写了长老对愚僧拉鲁达依的宽恕与忍耐。这是对《阿含经·增支部》及其注疏中所述的概括。

质多富翁的故事

质多富翁精通三藏善于讲法，被佛祖置于大弟子位置之上。《天堂之路》小说中说："就像戴着耳坠儿的人想晃动自己的耳坠儿并不难，但随心所欲地让它动就不容易了。他明白深奥的佛法真谛，且精通全部三藏经。"关于质多富翁的情况和这些比喻，在巴利文原典中都可以找到。

质多富翁具备学者的三品，即：能恰当地向旁人发问；自己也能恰当地明确回答旁人的问题；能得到对方对自己所问的恰当地明确回答就表示满意。对情感和带情感的这两者的本意，死者与修灭尽定者之不同等问题，作者都是从《阿含经·相应部》原典中直接摘取某些部分概括写成的。

《天堂之路》小说中关于质多富翁的故事，在《阿含经·增支部》、《法句经》等巴利文原典中都有，作者就是从中选取了需要的一部分写成的。

诃塔拉瓦伽王子的故事

《天堂之路》小说中阿拉瓦伽神魔和阿拉瓦伽国王的故事，是参考了《阿含经·相应部》阿拉瓦伽经巴利文原文、该经的经释、第七品阿拉瓦伽经与经释等写成的。

阿拉瓦伽神魔向佛祖发问的八个问题中有个"人世间所有贤人的什么财物是使人愉悦的高贵的财物呢?"的问题，作者引了很多经典回答了这个问题。为了回答这个第一个问题，佛祖还亲自提出了"所谓善心是什么意思呢？为什么把善心称为最高贵的财物呢?"等两个问题来解释善心的意思。

看来作者是取自论藏的相关段落来解释"为什么把善心称为最高贵的财物呢?"的。

是根据《阿含经·增支部》第六品中所述来解释"为什么把善心称为最高贵的财物呢?"的。

关于善心,神灵也会被他人这样嘱咐。这也是根据相关巴利文经典概括而成的。

关于"善心与身体不分离,与他人无关"的问题,是根据《阿含经·相应部》经释概括写成的。

仅仅对善心这一点提出的问题,作者就摘引了许多经典全面地进行了解释。

文中关于佛祖超度诃塔拉瓦伽王子的情况是根据《阿含经·增支部》释等经典概括而成的。

凯摩长老尼的故事

在《如是语经》中可以看到凯摩长老尼的现世故事。

佛祖对凯摩长老尼讲的道远比《天堂之路》所述要多很多。

凯摩长老尼前世,在毗婆尸佛年代曾出家10000年修习善行。就是这样的果报使她得以享用到她最后一世。无须说这样修习善行,就是在毗婆尸佛在世时因躲避灾难出家为僧七天的答达哈巴坝兹达长老都得到了不计其数的功德果报,到乔答摩佛时成了罗汉。作者在写凯摩长老尼故事时也把《如是语经》巴利文原典中来的答达哈巴坝兹达长老故事写了进去。

拘萨罗王问凯摩长老尼问题的情况可以参看《阿含经·相应部》的相关段落。关于这个问题,玛鲁迦博达僧和阿努耶陀僧都问过佛祖这类问题。可能是依据《阿含经·中部》所载玛鲁迦博达僧与佛祖的问答和《阿含经·相应部》所载阿努耶陀僧与佛祖的问答写成的。这个问题是个很有意思的问题,也是佛教教义中重要的一点。

乌巴拉温长老尼的故事

在写到乌巴拉温的前生故事翁马丹蒂时,顺便加进了来自律藏的因为清扫成了漂亮僧人的故事。关于布施,虽然施舍的很少,但是因为是诚心诚意施舍的布施所以所获善果甚多。又在施舍问题上举出了得到特殊业果的埃伽窦达施主长老、乌巴答窦达施主长老和罢陀答那施主长老的例子。实际这几位长老的故事与乌巴拉温长老尼毫无关系。信摩诃蒂拉温达顺便引用了《阿含经·增支部》、《法句经》、《如是语经》等经典相关段落,概括写成。

欧德拉的故事

这个故事的主要精髓所在就是欧德拉女贤人向达玛瓦蒂王后等转述了佛陀所讲的法。包括《阿含经·小部》等经典都是。但是信摩诃蒂拉温达只选其中少量的相关故事写出。

故事讲的是:没有预想到善果的布施和布施佛法比布施物品要更高尚。但是,与原典相比较,作者仅仅是概括地写了一些。讲过布施的道理之后,又讲了布施者与受施者的关系。

堪当众人之师的人士都是修持戒、定、慧的人。要做到:遇到该说教的情况,就会用各种办法去说教等七点。还讲了羞耻畏惧之道,以及各种懊悔的问题。

接着还讲了三类子女和对父母子女应该做的五件事。这些都分别来自《阿含经·增支部》等典籍。

父母恩情、像火一样的三者、七种妻子、阿努右达王与仙女们的故事等都可以在《阿含经·长部》、《阿含经·增支部》等经中找到对应的故事。欧德拉女贤人由于过去生的罪孽,现世在他人家中当佣人。

难陀摩多的故事

难陀摩多女贤人受到多闻天王的赞颂,难陀摩多女贤人向佛的两大弟子舍利弗长老和目犍连长老等人奉斋,女贤人坚持的七种习性等都是依照《阿含经·增支部》所述写成的。信摩诃蒂拉温达笔下的女贤人的七种习性甚至比原典所述内容还要宽泛。

如上所述,作者并没有把巴利文原典中的内容进行扩写,而是尽可能地进行了概括和压缩。但是通过作者为了突出布施的善果补充写入了三位长老的故事;在谈到与翁马丹蒂故事有关的容貌漂亮问题时，补充写入了著名的佛法与美貌高僧的故事；反复地有简有繁地阐明十善；把人、神、涅槃之幸福进行种种比较等也可看出他“拓展的智慧”。

写过注疏类典籍的作者在《天堂之路》小说中用了一点儿注疏类翻译原典的手法。像他翻译的注疏类作品那样，有时用“就是说”、“意思是”等纯粹的缅甸白话文写出，或者用缅文概括地将原意写出。

本人在这里把《天堂之路》小说内容所涉及和参考的原典都列出来了。除此之外，信摩诃蒂拉温达也可能还看过其他一些典籍。

总之，毋庸置疑《天堂之路》小说中所谈到的每一位人士的前世故事，今世故事，教育意义，表明的佛法等等都是参考了《阿含经》五部中许多经典才写成的。

但正如本文开头所讲，应该重视作者在写到一位人士时，往往不是刻板地只从一部经典中译出，大多是概括了许多典籍中所写，为了支持自己所述观点往往还补充引述了其他小说的例子。

《天堂之路》小说与十大佛本生故事、五百五十佛本生故事、现代翻译小说的形式完全不同，与《貌迎貌玛梅玛》[①]那种用缅甸的式样改写成缅甸发生的故事的小说也不同。

但是，很明显它是从巴利文典籍中选取了若干点，按照作者的需要安排衔接而成的。所以称之为“翻译小说”是恰当的。

《天堂之路》小说的文学风格

（一）巴利文文学的影子

它是源自巴利文学典籍的小说，所以《天堂之路》小说中充斥着巴利文文学的影子。其中可以看到许多现代难以理解的词汇，比如：“善人的施舍”、“无主的丢弃物”等等许多纯巴利文词汇。

在《天堂之路》小说中还有不少源自巴利文的词汇，比如：“兽语”、“鬼蜮”、“许诺”等。

信摩诃蒂拉温达还喜欢用些缅文译义与巴利文原词相连并列的

---

① 译者注：中译本为［缅甸］詹姆斯·拉觉著、李谋等译《情侣》，山西人民出版社，1985年。

词语。再有作者许多言简意赅的释义也是令人称道的。许多确切无误的缅文译文也是值得人们学习的。由于是依照巴利文典籍写成的，所以信摩诃蒂拉温达的白话文中也常常出现一些巴利文式的句子。[①]

（二）缅甸的白话文风格

我们可以从这部小说中观察到500多年前阿瓦时期的白话文风格。[②]

信摩诃蒂拉温达不仅在列举内容时非常紧凑，描述时也同样简练。比如，"在四恶道中抬不起头来沉沦"、"向巨龙认输投降"、"人民连用脚也不敢碰那东西一下，都躲开了"等句子没有任何多余的话，直接写明了本意。作为诗人的信摩诃蒂拉温达习惯于用短句去写没有韵脚的纯白话文。在句子组织方面，普通、清楚、顺畅正是《天堂之路》小说美的所在。比如重檐阁顶用了种种装饰物可以使得阁楼显得格外壮观，而信摩诃蒂拉温达的白话文则是又普通又美好的白话文。我们并不是说作者不用长句子，他用了一些长句子，但是意思表达得清清楚楚绝无混乱之处。另，小说中到处可见阿瓦时期的用语和今日已少见的古语。

但是，不要以为信摩诃蒂拉温达的白话文太普通了，没有文学的味道。因为写作清楚肯定这就达到了赏心悦目的效果。而为了突出一个问题，反复地概括和详细解释就达到了增强影响力的效果。

在阿拉瓦伽神魔故事中讲阿拉瓦伽神魔吞噬一个人时"像吃一节生藕似地吃掉。"看门的魔鬼告诉佛祖：残暴时，"阿拉瓦伽神魔会把他们的胸撕开，抓住他们的腿会诅咒着：让它永远也回不来！扔向大洋彼岸，或者宇宙那边。"这就体现了令人毛骨悚然的"恐怖味"。

尽管神魔向佛祖提出了许多问题，佛祖都无畏坚定地作了回答。读者读到了佛祖这种无畏坚定的回答就感受到了"英勇味"。

《天堂之路》小说中提出的许多例子也是这部小说值得谈谈的非常好的地方。乌巴岱沙和拘利达规劝老师丁萨亚跟他们一起皈依。丁萨亚说："我太老了还要去当乔答摩的弟子，对苍老的我又有何益？"

---

①② 译者注：原文举了许多缅文句子为例，如果译成中文就根本看不出什么特色了，所以译者在此处略去了原文例句。

拒绝了他们提携的话。把“羞耻”形容为“脏兮兮令人生厌的烧红了的铁块儿”，而把“畏惧”比喻成“烧得通红通红的铁块儿”。

佛祖以“像一个男子去伐树，认为‘我的刀真锋利啊！’不断地看着自己的刀，却耽搁了自己的工作”来比喻目犍连长老比其他弟子晚了七日才成为罗汉的事实；而对听到佛祖对自己甥儿讲的法就很容易地悟道成了罗汉的舍利弗长老，则比喻为“为他人盛好的饭反被他轻而易举地吃掉了”；遇到神魔的阿拉瓦伽王两条腿直直的“就像木头棍子一般”；把黑鹿跑也跑不动的样子说成是“像是跳进了深潭”；把与阿拉瓦伽神魔交往非常困难的情景比喻为“不好拿住一个热的平底锅”；把两位神明从高空看到佛祖正在地上坐禅慌忙下拜，写为“像一块砖头从高空直向地面坠落了下来”。信摩诃蒂拉温达并不是简单地用个例子来形容而是为了更加突出内在的内容。

上面举出的例子有些并非是信摩诃蒂拉温达独创的，那些是来自巴利文典籍中的例子。但是如果作者翻译的能力不是这样的突出，那些巴利文原典中的“味道”只能保存在原典中了，不可能传到大多数人的耳中。正如原典内涵非常深刻那样，信摩诃蒂拉温达翻译的能力也非常突出。

我想说的是，作者在注重描述内涵时，用展示过程的手法或形象表述的方法都非常熟练。

“收起巨龙的身形，从龙王左右两耳进进出出绕来绕去。从两侧鼻孔时出时进。打开龙王的嘴进入龙王的腹中从东到西踱来踱去”这样的描述体现了信摩诃蒂拉温达对快节奏动态的展示。

信摩诃蒂拉温达笔下把自己变成了巨龙慑服难陀巴难陀龙王的画面，拍进了读者的眼帘。

“花容不复体态龙钟，牙齿断缺白发满头，口水横流令人作呕……全身罩满青筋条条”信摩诃蒂拉温达用这样的言辞形容了凯摩王后眼中仙女变成的老妇人形象。

不平凡的社会思想与知识

《天堂之路》小说的某些精华对历代各类人群都是不落俗套的社会思想。小说所立足的是两千五百多年前人们的情况。而进一步再现这一情况的是五百多年前的作家。真实的人的本性,虽然经历了各个时代的变化,古老却仍不落俗套。

八位贤人是人类中富有见识的人。这些人摆脱不了人们所做的工作,人们经常想到的问题,人们常犯的错误。所以这些人的所思所想并非都是凡人不及的。

在舍利弗长老故事中弟子成了罗汉,而老师却没能成为罗汉。信摩诃蒂拉温达说这是“因为心地不正才成不了罗汉”。在这里,不论是老师还是弟子对某件事专注的程度、重视的程度不同,所得到的业果也有所不同。这就是人的一种本性。

目犍连长老也因为过于迷恋自己的智慧,就比他人晚了七天才成为罗汉。这正是满足于自己已有的能力并没有完,只有做了工作才算大功告成的一个实例。

青年沙罗陀不能与伙伴儿结伴出家的时候说:“人在轮回之中没有找个伙伴一起度过的,只有依照自己做的善业结伴而行”出了家。如果过分地等待环境就会耽搁时间,只有自我努力自己走自己的路才是使行程通达的一种好方法。

“因为出家人尊重自己的师傅,都尊重佛祖”,这表明了不需用自己的智慧而是跟随领头人去做是人的一种本性。

乌巴岱沙和拘利达没有遇到称心的师傅时,想“在这广袤的南岛一定可以找到能够讲解脱离死难之道的先哲的”,继续寻找老师。长老们崇高的心愿与不懈的毅力是我们学习的榜样。

明明知道了错误却“老了不愿再当个老学生”的老师丁萨亚是个不愿放下架子死硬撑着没有好处的例子。

在卜巴永寺小沙弥们讲了些野蛮话语。佛祖不愿听这种话,目犍连长老对他们进行了教训。长者按照长者的习惯喜欢清静,而年轻人则按年轻人的习性喜欢乱讲。这两种习性佛祖在世时就不同,至今仍不可能相同。

阿拉瓦伽神魔使出了他最后的武器白筒裙,想把佛祖从他的宫殿赶出去。这武器不管用。但看到自己叫佛祖出去佛祖就出去,叫佛祖进来就进来时才觉悟到自己用粗暴的方法错了。佛祖用温和的办法训导了阿拉瓦伽神魔。但阿拉瓦伽神魔还没有改变他的愚昧,又想用提问的办法为难佛祖。这时佛祖口气强硬地说:“施主,我不出去了。你正盘算着坏主意,你想怎么干就怎么干吧!”这就是人们应该了解的:按照自己意愿对他人进行训导时,要观察对方的心态,不能用一贯的方法。

解释了“用智慧谋生最美好”,所谓用智慧谋生就是要避免罪恶的行为,用无害的方法谋生。这是每个有着贪欲去谋利的人应该注意的一点。

国王用竹林精舍的美景作为引子,引导喜欢美丽漂亮、以漂亮著名的凯摩王后去到佛祖跟前。这也是个值得学习的引导方法。

佛祖用展示在凯摩王后眼前慢慢变化的仙女形象使她悟道。直接遇到的教训比书本上所讲的要宽泛深刻得多,这是一个典型例子。

舍利弗长老讲消除怒火之五法是真正的平和的法。也是凡人们能用心去做的法。面对自己所遇到的一切人士生灵要有忍耐宽容之心。如果每个人都能接受这一点就一定能达到世界和平。

尤巴舍利女婆罗门成了七位罗汉的母亲;阿拉瓦伽神魔宫殿的情况;四种巨声、四种漆黑、九种神威武器等都是《天堂之路》小说中能见到的一些典籍中的常识。

层层比较人、神、涅槃等三种幸福;舍利弗长老成为罗汉的那一天五种条件具备与详尽地描述月日时间路程的长短等都是作者详写的习惯表现。

但对于舍利弗长老获得智慧第一,引用大隧道本生,谈到真谛的精华只举出了本生故事的名字,富楼那长老关于七善的回答等作者又写得过于简单了。这样过于简单地描述在佛教之声不绝于耳的阿瓦时代来说并没有什么可惋惜的。而对于今日某些读者来说在享受文学味道的时候,有时却会感到失去了连贯性似的。

无论如何,《天堂之路》是一部宣扬佛教的小说。从文学的角度、从典籍知识的角度、从社会的角度去看都是一部难以估价的小说。

作者写作的初衷

为什么信摩诃蒂拉温达专门点燃了这支佛教的与人世的火把呢?那就是因为他对阿瓦时代的男女充满了情谊,才再次作了这件智慧的布施善事。吴觉昂、吴觉瑞和吴貌貌纽等在《小说在缅甸文学中的地位》一文中写道："小说是艺术品。它是基于与经历并存的感受，与情谊并存的一种呼唤。可以说这种小说的呼唤就是艺术的一件武器。"任何一位作者没有情谊的呼唤是写不出一篇文章或一本书的。一位作者的写作目的与情谊越坚实，那部作品在文学史上就越能长期存在下去。

信摩诃蒂拉温达以《天堂之路》为名的小说展示了他坚实的写作目的和他高尚的情操。让弟子们学习天堂之路的道理，感受到了"平静味"。就算没能达到这样的水平，他也希望人们像小说中的人物那样行善行，有正确的认识，成为好人、善人。

实际上，这部小说的名字是源自难陀摩多背诵名为"天堂之路"的偈陀。难陀摩多是佛陀在世年间八位典范性人物之一。信摩诃蒂拉温达把描述八位贤人情况的小说称之为《天堂之路》小说。

作者曾用"比釉"的形式写了佛陀过去世的情况，用自己的情谊浇灌了阿瓦时代人们的心田。这样还不能宣泄自己情谊的呼唤，又换了一种人人都能明了的白话文形式写了佛陀周围的典范性人物。

被人称之为"钻石般的蒂拉温达"习惯于深刻地思考深刻地描述。从来没有听说过他用平淡的语言，与到达天堂相悖的语言写作过。

大师一贯怀着高尚的情怀，希望弟子们用正确的观点了解真实。阿瓦时代的人们不就是供奉他的施主们吗？

佛祖除了五比丘之外，又将青年耶舍等一伙人集合至佛教范畴之内时说过：

"为感谢支持四物的施主们用讲法来报答他们。"

真正的善人都会一贯有"回报"的意愿。信摩诃蒂拉温达是个真正的贤人，他也是因男女施主的斋饭才得以生存下来的。希望为这些施主们谋利。他写道：

"祝愿众位都能牢记并奉行这八位贤人的所作所为。到弥勒佛年代也能按这些贤人们所作所为去做。"

这部小说中有富翁、王子、王后、富翁之女、佣人各个阶层人士的故事。把这些人士的故事作为"典型范例"，用通俗易懂的缅甸白话文，来启发人们的智慧。

作者笔下写了不论到达地狱、天国还是人世都本着伟大的怜悯之心为所有生灵的幸福而努力的舍利弗长老。担负众生利益时情谊是第一位的。只要基于情谊之本，就可以在任何时刻和地点为众生的利益工作。看来作者是非常希望使这种情谊发扬光大的。

佛祖右侧大弟子舍利弗长老非常尽职尽责地向不计其数的人宣讲了解脱之道。他亲自做过清扫、收拾垃圾等最低级的工作。作者也希望像舍利弗长老那样竭尽体力与智力为僧俗民众、政府公务人员、国家利益、佛教大业而工作。不希望比照着个人的威望与声名去工作。

佛祖用了各种办法吸引身心都非常粗野的阿拉瓦伽神魔向着自己希望的方向发展。如果无视坏人的存在，听任他坏那是不负责任的。作者是赞同对有各种恶习的人耐心地以忍让的心情去进行教育训导的。

小说中一位喜欢漂亮美丽的凯摩皇后的故事是令人感兴趣的故事。从错误的看法变为正确的看法，一位妇女的心愿与佛祖对智慧第一大弟子的教导都是妇女们值得学习的内容。

连达玛瓦蒂王后都抛弃了等级观念对待她非常尊重的女贤人欧德拉的故事更应该引起妇女们的注意。“人们都应该喜欢连容貌肢体都非常健全的人也认为难以相比的女贤人”，这里应该让那些注重容貌的妇女明白容貌与内涵价值的区别。

作者就是这样从八位人士许多“生活经历事件”中选取了凡人们应该做到的一些事，把它展示出来。

不论内容是多么触及要害，如果写作的文学水平过于高深，那么进入大众的耳中就会有些困难。出现困难，文学为大众带来的利益就可能形成不了。而作者是抱着让众人容易了解的情意，用纯粹的白话文写作这部小说的。

阿瓦时代是“比釉”等诗歌之声不绝于耳的时代。不论当代民众对文学多么熟悉，还是会有些人欣赏文学的水平有限。对接触不到“比釉”等诗歌的人们来说，只能用日常说的白话去写才能使他们了解这些应该知道的事。所以，正如上述用最通俗的最能表现内涵的白话文写成的包括了各个阶层人们的小说就为各个阶层的人们带来了利益。

我的文章就写这么多。但是我所提到《天堂之路》作者的经藏文学目光犀利、宽泛、博学、写作规范、内容深奥、意图伟大等，真像点燃一个火把从一个角度观看一座有七层重檐的大殿一样。我承认我对作家又大又广的贡献还无法恰如其分地全面地展现出来。我只能按我的智力所及讲述了这部小说是用白话文写成的，《天堂之路》这一名称的由来，在阿瓦比釉、茂贡、埃钦等文学形式大放异彩年代这部貌不惊人小说的情况。

关于《宝镜》

貌盛丁

为了校对这部宫廷小说《宝镜》，仰光大学教务长吴佩貌丁先生将从巴那图书馆得到的贝叶原稿和缅历1267年（公历1905年）仰光全南岛出版社出版的书稿交给我，已经将近三年时间了。这期间，我身体欠佳，疾病缠身，手头的工作又很多，所以无法保证校对的时间，只能抽空进行校对的工作，拖了一天又一天，一月又一月，一年又一年，就耽搁得这么久了。这部小说《宝镜》的原稿纸质发黄，错误不少，还模糊不清。整整花了三年时间才校对完成。这期间，吴佩貌丁教授不断敦促我。全都是我的错。

完成校对工作后，需要将这部作品的情况写个序言。序言包括以下内容：1.出版这部作品的目的；2.作者生平；3.作品的题材。

1. 出版这部作品的目的

自缅历1247年（公历1885年）起，在缅甸国内，英国文学逐渐流行起来，而缅甸文学则逐渐衰落。一般来说，缅甸民众也紧跟时代潮流，重视对英国文学的学习和研究，只购买和阅读英文书籍。在英缅高中和大学里，只是象征性地教授一些缅甸文学，而对英国文学的教学则是非常重视。

在缅甸文学日渐势微之时，为了不让文学著作失传，即使有人认真搜集整理、排版印刷、出版了很好的书籍，无奈购买阅读者甚少，且不愿多出价钱，定会亏本。久而久之，字迹不清，纸张超薄，错误百出，马马虎虎，凑合出版，在所难免。就好比木偶原本制作精良，但因牵线水平太差，不能入流。原本很好的作品，变成了劣质的作品。

如上所述，部分优秀的古典作品失传了，出版的过程中又产生了无数谬误。一些缅甸人和英国官员见此情形，纷纷思考如何阻止这场灾难。不久，成立了缅甸研究会。这一协会的成立，对缅甸文学而言，是非常振奋人心的事情。

协会的宗旨是仔细校对出版优秀古典作品，现已完成了30余部。由于吴佩貌丁教授的影响力，这些优秀的作品已在全国流传。缅甸文学也渐渐重新恢复起来。在英缅高中和大学里，已经开始讲授缅甸古典名著。所有希望缅甸文学繁荣之士无不欢欣鼓舞。

《宝镜》于缅历1267年(公历1905年)由仰光全南岛出版社出版。目前此书已不易买到，几近失传。只有在仰光佛陀市场的某些书店和曼德勒的某些书店里能找到一本两本。好不容易觅得的一两本书非常破旧，纸张泛黄，印刷质量很差，拼写错误百出，遗漏句子的地方也不少。为了使这样残缺的文稿尽可能地恢复原貌，与巴那图书馆中所藏的书稿进行对照校对，然后出版。以上就是出版的目的。

2. 作者生平

几乎每一部由缅甸研究会出版的作品，都附有作者生平简介。这是非常好的。

俗话说：喜欢讲法之人，才亲近佛法。对于大多数读者而言，了解了作者的情况和能力后，就会喜欢作者的文字。

现在要写《宝镜》一书作者的生平。在全国南岛出版社出版的《宝镜》一书的引子中，作者写道：

> 受统治南岛大地众生与广袤万里无际无垠世界[①]的阿朗帕耶皇帝麾下大元帅、鱼产监、咨政大臣摩诃内谬底哈都之托，精于描绘、援证引例、妙笔生花的本人——瑞当底哈杜，怀着极其愉悦的心情，开启智慧的宝盒，写出这部具开创性、将青史流传、文笔优雅、赏心悦目的小说。

据此引子，我们得知：《宝镜》一书的作者是瑞当底哈杜，他是受大

① 原文直译是："以由旬万计的宇宙"，现意译为："广袤万里无际无垠世界"。

元帅奈谬底哈杜的鼓励而创作了这部作品，是在阿朗帕耶王时期创作的。但是，由于没有注明写作的起始年代，我们便不得而知。不仅对于作品，对作者瑞当底哈杜的出生地、出生时间以及家庭情况，我们也一无所知。在政府出版社出版的缅甸作品指南中，也没有找到相关内容。

在缅甸文学中，传记文学非常少。这是非常令人遗憾的。现在只能搜集到古代优秀的作品，而作者的生平就无法找到了。不是因为别的，就是因为古代的作家没有记述自己或其他作家的生平的习惯。对大约70年前刚去世的，出生于实垒镇的著名文学家吴邦雅的生平，我们就不甚了解。由于民族教育官员吴波稼的不懈努力，才有了一篇关于吴邦雅生平的文章。但关于他的出生年代以及父母的名字，仍没有提及。

3.《宝镜》的题材

《宝镜》尽管被称为“宫廷剧小说”，在写法上既与《伊瑙》、《罗摩》和《维扎亚伽意》等宫廷剧不同，又与吴金吴、吴邦雅等人创作的《德瓦贡班》和《维扎亚》剧本有别。《罗摩》、《伊瑙》等宫廷剧是通过剧中人物的对白展开情节的，而这些对白也是带韵脚的。《德瓦贡班》和《维扎亚》尽管没有宫廷剧那么长，但在写作手法方面，与宫廷剧相同。

而《宝镜》在写作手法方面，与现代小说相同。尽管小说中的人物对白也带有韵脚，但整部小说是采用韵白相间的写法。《维扎亚》和《温甘达》等剧，是为了表演而创作的。《宝镜》则不是为了表演，而是像现代小说一样，是为了阅读而创作的。

《宝镜》的一个特色是对惠如妙苏瓦公主的娇柔作了夸张的渲染。即使公主的肌肤被一点点阳光照射到，她也会非常憔悴虚弱，被泼洒了阿诺陀湖清凉的湖水后才恢复了生气。惠如妙苏瓦公主的寝宫飞进了一只蝴蝶，蝴蝶翅膀扇起的微风也会使公主感到难受。读到这里，你会认为作者太过夸大其辞了。但为了表现宫中人娇嫩柔弱的形象，作者可谓费尽心机，无可厚非。应对他们神奇的想象力拍手称赞。

《宝镜》中的恩达贡玛王子，不像恩达温达和伊瑙等王子那样四处招蜂引蝶，只对惠如妙苏瓦公主一人痴情不改。这一点与现代小说相似，也符合时代精神。

与其他宫廷剧的不同之处还在于：《宝镜》在主干故事中穿插进了许多作为例证的小故事。这些小故事大多是寓言故事。有了这些寓言故事，读者就不会感到乏味。真可谓一举两得。读了这部小说，还可以读到并记住其他各种故事。

小说中惠如妙苏瓦公主的宫娥雅迪摩达和恩达贡玛王子的侍从宾尼亚哈达双方的唇枪舌战，以及宫娥们对公主规劝的话语，都是值得细细品味的。宫廷剧中的对白都是非常典雅的。《宝镜》也像其他小说一样，把对白写得让对方难以招架，无言以对。很值得后辈学习。

此外，恩达贡玛王子与惠如妙苏瓦公主相见时的对白，也是非常典雅中肯的。全书中王子与公主的对白都非常吸引读者。公主的话语更能打动人心。通过阅读这部作品，不仅可以使读者学会恰当的语言表达技巧，还可以学习到写作和想象的能力。

《宝镜》的篇幅没有《恩达温达》那么长。《恩达温达》剧中，着重表现了王子公主们的性格。《宝镜》却没有表现王子公主的性格，只是写了他们的对白和想象。这两种写法中，能够表现人物的不同性格的写法，更值得称道。

写于良栋　缅历 1296 年 5 月 10 日（公元 1934 年 9 月 3 日）

——本文系发表在 1934 年仰光胜利印刷厂出版的《宝镜》小说前的序言。

第一部缅甸神话小说

佐　基

首先谈谈想象与文学的问题。想象是构思写作的生命所在。就像没有生命就不能叫做一个活人那样,没有想象就不能称之为创作。

智者有想象,孩童也有想象。但是想象的过程并不是一样的。智者们的想象可以说是充满想象力的畅想。孩童们的想象是一种浮想、幻想。这两种想象都是令人惊异的。

畅想是基于社会发生的情况产生的想象,是扎根于社会的。敢于面对社会的现实,向社会宣战,坚强地经受了社会灾难的磨炼。由于是用这种畅想创作出来的文章,所以不仅令人喜爱,使人获得正义感,还让人注意到人间的利、衰、誉、毁、赞、讥、乐、苦等八法。

浮想、幻想是社会本不可能出现的事,是出于如果能如此该多好的愿望,产生的想象。这种想象与社会无关,没有根连,不敢面对社会的现实。不敢与社会对着干,没有经受过社会的磨炼,只想逃避远离社会。举例来说,就是在空中建造楼阁之类的想法。但并不是说这种想象毫无可取之处,也不能说用这种想象力创作出来的作品是没有任何价值的。就像一个用泥制成的牛宝宝也能使小孩儿欢乐,可以说这种作品能给人以无害的欢乐。所有凡人不可能时时都有正义感,也不可能时时都注意到人间八法。有时候也会突发奇想,希望摆脱现实,生活在根本不可能出现的幻想世界之中。虽然嘴上会说:真是违背涅槃之道的罪孽啊!而实际还是希望过上娶妻生子的日子。表现浮想、幻想的作品的确是欺世骗人的。但是,我们这个发展起来的人类社会本身就是一种充满想象的社会,我们是离不开浮想与幻想的。既然离不开浮想与幻想,那么,就不好说表现浮想、幻想的作品是不合时宜的作品了。

不论哪部作品都会包含有上述两类想象的内容。充分地畅想就会创作出表现“世俗情况人间事”的写实作品，过分地幻想则会出现“仙女故事”类的作品。可以说在缅甸文学史中所能见到的最古的缅甸小说就是从“仙女故事”类幻想开始的。这部小说就是阿朗帕耶在位时瑞当底哈杜开始写作后由法官吴达续写完成的小说《宝镜》。

故事梗概是这样：仰玛尼亚国摩诃雅圣达国王的王子恩达贡玛[①]一次在京都附近底里黑玛(吉祥山林)花园中玩耍。当时亚目那国的诶雅波拓龙王正率领龙众巡游，到达香山半山腰，看见山顶之上七层铁墙围绕着的宫殿主人惠如妙苏瓦公主。龙王与龙众被公主的美貌所迷，神魂颠倒不能自持。诶雅波拓龙王精疲力竭昏昏睡去。

此时，呼炎巴拉咖咙王正前往威萨梅仙人处守戒，路过此处，看到诶雅波拓龙王，就将它一把抓住飞上高空，在空中戏耍。慌乱中龙王用尾巴紧紧缠住底里黑玛花园中的一颗大海棠树。咖咙王再次用力抓住龙王向上，把大海棠树也连根拔起。恩达贡玛王子认为这是有意冒犯自己，就用金刚杵把咖咙王和龙王双双打落在地。二王跪拜臣服于王子脚下。

一天，诶雅波拓龙王向王子讲述了惠如妙苏瓦公主的美貌，为了能使王子与公主得以接近，请王子驾幸阿诺陀神湖边的象牙宫。此后，恩达贡玛王子的侍从宾尼亚哈达与惠如妙苏瓦公主的嬷嬷雅迪摩达相遇，分别赞述了各自主人的情况，也就成了双方主人间的牵线人。在牵线搭桥之后，恩达贡玛王子亲身前往惠如妙苏瓦公主的宫殿，两人遂相爱。

从故事情节看，可以说《宝镜》是一部神话小说。对这种小说而言，作者越是能浮想联翩，想方设法写出那些绝不可能发生的事，这作品就越能成为一部优秀的神话小说。我们可以分析一下：

这部小说所描绘的社会，是人间社会吗？不是！是仙子、仙女、龙、咖咙们的世界，是漂浮在太虚云海之上的世界。就像俗话说：皇帝的筒裙都是绸缎的一样，在整部小说中没有一个丑八怪，没有一句刺耳的话，没有任何低俗的东西，所能看到的一切都是美好的，所能听到

① 此处作者说该王子是国王之子，但本书所译译本说该王子是国王外孙。

的一切都是笑料和令人愉悦的，所能闻到的一切都是芬芳幽香的。侍从们在阿诺陀神湖边把狮子、六彩牙象等抓来让它们相互牴触嬉戏。嬷嬷们数着宝石念珠，用斑红宝石、石榴石制成的梳子梳头，吃着细嫩的咸茶醒脑清神，斜偎着身子靠在细软的珊瑚床榻之上。她们梳着“鸳鸯喂食”、“妙声鸟嘴”、“贡林尖锥”等发式，从宫廷卫队驻地门口到红宝石窟宫，再到饰有珍宝层叠檐顶的大厅，来回巡视，打开饰有种种雕花花纹的大门，进入菊花、紫茉莉等盛开的花园，欣赏着妙声鸟叫声和仙鹤啼鸣。

恩达贡玛王子是仰基昂贡榜王都的女子们都非常倾慕的王子，他英俊、漂亮、善良、无畏，功力非凡，出身名门。恩达贡玛王子是天帝释赐予的王子。幼年时就师从智慧女神学艺。入地、飞天无所不能。手执一根金刚杵。他的身边有咖咙王和龙王侍奉。生活在霞光闪烁的百宝宫中，享乐在象牙宫中。具有把狮王、六彩牙象王等像玩偶般把玩的神力。

惠如妙苏瓦公主是在仰基昂贡榜王都年轻王子们都渴望见到的可爱的公主。既美丽又娴雅，声音悦耳动听，羞羞答答娇媚动人，斯文、庄重。祖父是位神王，她是个小仙女。从小就受到多方百般的呵护。在层层金殿、银殿、红宝石殿环绕下的宫中享乐。喜爱各种乐器。她的肌肤有如珍珠般白嫩。即使裸身也像是穿着一袭仙袍。她在一个时辰里要换十次衣衫。她的肌肤娇嫩之极，即使受到一丁点儿阳光照射，脸上也会大汗淋漓。她的玉体非常柔弱，就是屋里有只蝴蝶在飞，蝴蝶翅膀扇起的微风，也会使她感到疲惫，憔悴不堪。

为王子、公主两位牵线搭桥的侍从宾尼亚哈达与嬷嬷雅迪摩达都是精明强干不达目的决不罢休的人。由于中间传话传得非常好，王子与公主尚未见面之前相互就有了好感。

宾尼亚哈达与嬷嬷雅迪摩达都是非常称职的牵线人，能说会道。相互都能引用例子与对方舌战交锋。在规劝王子、公主时也是竭尽所能。王子梦中到达了帝释天的宝殿，想走进善法亭，但亭门紧闭，只好立在那里。杜南达仙女为他打开了门。王子醒来把梦境告诉了宾尼亚哈达。宾尼亚哈达说：善法亭好比惠如妙苏瓦公主，亭门打开了就是“到此休息吧”的征兆。于是催促王子赶快去见公主。

当恩达贡玛王子去的那一天,嬷嬷雅迪摩达也对公主进行了劝说。她说:“在九宝之门红宝石栏杆雕花拐角处的天帝座象的尾巴上的一只鸦正面对着琉璃卧榻大声啼鸣。”鸦鸣是神器金刚杵的主人将要驾临的征兆。宾尼亚哈达与嬷嬷雅迪摩达牵线搭桥的样子像是在打牌。他们之间相距并不太远,但是各自洗自己手中的牌、上牌、分牌,然后才出牌。

这怎么能说瑞当底哈杜所创造的世界不是神话世界呢?

瑞当底哈杜在小说《宝镜》中写了引导规劝王子公主的情节,而吴达又续写了王子来到公主身边相见的情景。吴达也有瑞当底哈杜那样出神入化的口才。把他们的幻想与想象表现得前后一致。在描述王子公主相见情景时充分展示了吴达的智慧。

恩达贡玛王子与惠如妙苏瓦公主相见的情节虽然不是什么惊心动魄,但也是令人激动的。可以说为了把这一段写得能激动人心,吴达运用了他异想天开的想象和妙笔生花的天赋。惠如妙苏瓦公主是个从未见过男子的妙龄少女。所要见的是一位非常能干的男青年。公主本身想爱王子,可是又怕又羞。迎上去见好呢?还是躲起来好呢?公主犯了难,肯定是心怦怦跳个不停。跳就让它跳吧!肯定会羞得满脸通红。羞就让它羞吧!吴达是怎么打算的呢?

惠如妙苏瓦公主待在那红宝石宫中。身边有一只南岛香鸟,面前有两只鸟身人首的紧那罗神鸟弹着凤首箜篌在轻声吟唱。这时南岛香鸟看到,恩达贡玛王子正带着宾尼亚哈达,右侧有人提着蓝色玻璃罩灯笼,左侧有人提着水晶石罩灯笼进入公主寝宫。

“南岛香鸟细声地叫着:来啦!来啦!公主无法掩饰自己又羞又怕的心情,慌忙移身下了松软的珊瑚卧榻,走向琥珀宝阁。”

当恩达贡玛王子驾临红宝石窟宫时,宫娥们催促公主出去接待。一会儿公主出来了。开始,虽然王子说了三句悦耳动听的话,可是公主却没有吭声说一句话。只有宫娥们机敏地代公主应对答话。过了好半天两位才如愿以偿。

吴达的想象力也是令人赞叹的。

瑞当底哈杜和吴达在这部小说中应用的白话文并不是那种平铺直叙的白话文。是夹杂有韵脚的白话文。运用比喻的手法也很新颖奇特，非常详细地描绘了宫殿亭阁、宫中用品和王室仪仗，用丰富的词语描述了湖塘花园的面貌。此外，小说中还包括了机智诙谐带有许多隐喻的十三段小故事，这些故事都是令人非常喜欢的。

——本文原发表于1936年《经典世界》(缅甸文)杂志上，后编入1976年出版的题为《文学剖析与基础》的佐基文集，刊于该书的第137—145页。

后 记

缅甸文学在世界文学、东方文学中都是鲜为人知的。因为世界上使用缅甸语的人数充其量也就是几千万，而能够了解缅甸文学作品的人又少了许多。在世界上，我国还是较早就知道缅甸语的国家。随着中缅两国交往的开展，早在中国明朝永乐五年（公元 1407 年），就在当时的京都（今日之南京）开设了一所官办的外语学校——四夷馆，其中分设八个馆（即专业），而缅甸馆就是其中之一。该馆负责培养通晓缅甸语的翻译人才——“通事”。虽然，我国培养中缅文互译人员至今已有六百多年的历史了，但时至今日，通晓缅甸语的人还是极少数。所以就难怪在我国了解缅甸文学作品的人很少了。

缅甸文学并非人们所想象的那样，没有什么值得赏析、评价的。缅甸文学，尤其是它的古典文学，还是比较丰富多姿、富有特色、具有较高文学水平的。我们是毕业于北京大学缅甸语专业、到缅甸专门进修过缅甸语言和文学、长期从事缅甸语教学与研究的专业人员，我们有条件并且有责任向我国的广大文学爱好者、研究工作者介绍一些缅甸文学作品，供他们欣赏、评价和研究。我们的同事在过去曾介绍过一些现当代缅甸文学作品，我们也想介绍一点缅甸的古典文学名著供大家赏析，但一直苦于没有机会。正巧 2006 年底教育部批准了我校东方文学研究中心裴晓睿教授领衔投标的教育部重大课题“东南亚古典文学翻译与研究”，我们才得以承担了缅甸古典文学中的小说部分，作为上述课题的一个子课题进行工作。

缅甸小说的发展有其独特性，与其他国家出现小说的过程也有些不同。一般来说，小说源于神话。而缅甸小说则源于佛本生故事。有人说缅甸小说早在缅甸文学的最初阶段——碑铭文学时期，即 11 世纪，缅甸人在石碑上刻字记事时就开始萌发了。例如，有名的《妙齐提碑》(亦称《亚扎古曼碑》)[①]中就具备了小说的基本要素:人物、对话与情节,已经是一篇短篇小说的雏形了。随着佛教在缅甸的传播,佛本生故事(巴利文原称 Jataka,缅甸文译作 zat)和本纪或本事(巴利文原称 wuttu,缅甸文也称作 wuttu)的体裁,也在缅甸传播开来。后来,缅甸人为了传教的方便,把许多佛经中的本生故事译成缅甸文,又用了本生故事的素材先后改写成剧作和小说。所以,古时缅甸人认为佛本生故事、剧作和小说三者是同一概念,统统称之为 zat wuttu。直至今日,缅甸人仍把佛本生故事和剧作两者统称为 zat,而把小说称为 wuttu。

了解了上述特点,咱们再谈谈缅甸小说的具体发展情况。僧侣们为了能生动地宣讲佛教的教义,初始时背诵佛本生故事给信徒们听,后来在讲这些故事时增加一些细节的描绘,以吸引信徒们听讲,就出现了一些名僧的"讲经文",在这基础上又出现了仅供阅读的剧作和本生故事小说。在当时,剧作和小说也的确区别不大,剧作是对话占了篇幅的绝大部分,而小说则是在对话之外还有些情景和情节的描述而已。缅甸出现剧作和小说的初期,内容全是与超世联系在一起的,往往尽量少涉及甚至根本不涉及世俗的内容。《天堂之路》就是这样一部小说,它是缅甸的第一部长篇小说。当然从译文看仅有 6 万字左右(缅文与中文译文的长度比例通常为 2 比 1,缅文要长得多),并没有达到我国一般 10 万字以上才算长篇的标准。再到后来,俗家作者们才一改以讲道为目的的纯佛教小说的传统,创作出充满想象力的佛事俗事混在一起的畅想小说。《宝镜》就是这一类型长篇小说的第一部。直至贡榜王朝王储王妃兰太康丁(1833—1875 年)创作的《恩达温达》宫廷剧(缅文亦称之为 zat wuttu,所以有学者也将其称之为宫廷小说)中,才把描写宫廷中王子、公主们的爱情故事当做作品的主线。所以我们把缅甸古典小说的发展概括为"从天堂到人间"。为了让读者理解我们的想法,我们选择了《天堂之路》和《宝镜》这两部缅甸古典小说译成中文,呈现在读者面前。至于兰太康丁的《恩达温达》,要算为小说还是有些牵强,尽管它的篇幅比这两部都长,但特色远不如这两部

① 参见姚秉彦、李谋、蔡祝生编著:《缅甸文学史》,北京大学出版社,1993 年,第 22 页引文。

突出，所以我们就不去译它了。

我们在翻译这两部小说时，在译文方面也有些专门的考虑。当然译文的标准，万变不离其宗，那就是人们常说的“信、达、雅”这样一个看似非常简单明确的标准。说得直白一点儿，就是：忠实原文，明确地表达作者的原意(包括作者并没有用文字写明的内涵)，还要符合所译文字的规律且要有美感。但是，这其实是个很难完满达到的标准。尤其是我们自身的水平有限，只能尽力争取做到。现在呈现在读者面前的两部缅甸小说，因为是古典小说，所用语言大多是当时的语言，很多现在早已不用了。有的甚至在现代词典中也难以查到。其次，小说的素材源自佛经，有许多是佛教专用语。如果只从字面了解就很难理解或者会误解原意了。所以，不得不用半文不白的语言去译，同时加上某些脚注说明本意。文中有些形象的比喻或说法，例如，缅甸人用“被弹过百次、又在油中浸泡百次的棉花”比喻非常愉悦的心情。这虽不符合中国人的表达习惯，但为了保持原作的风格和缅甸的特色就直译了。文中有些诗歌，有的原为四言诗就用四言诗译，有的原为用缅文字母拼写的八言巴利文偈陀则仍译为八言诗。七个字的一句带内韵的话语或标题，仍译成七字一句，但内韵实在难以表达就算了。

在选择缅甸文的版本时，我们尽力选择目前可以找到的精校本。《天堂之路》是缅甸高僧信摩诃蒂拉温达 1501 年所写的缅甸第一部古典小说。我们根据缅甸仰光汉沙瓦底出版社 1963 年 1 月出版的版本译出。该版本的前言中说明本书是出版社编辑们根据关卡监大臣 1872 年的贝叶抄本，对照曼德勒钦玛甘巴利石寺所存 1756 年贝叶抄本校定后刊印的。《宝镜》是 18 世纪中叶缅甸贡榜王朝初期由瑞当底哈杜和吴达共同创作的古典小说。我们根据 1934 年缅甸研究会出版的版本译出。该版本是由吴貌盛丁先生根据藏于巴那图书馆中的贝叶抄本，对照 1905 年仰光全南岛出版社的版本校对刊印的。

为了方便读者理解原著，在《天堂之路》的正文之前，按照人物出场顺序，列出了书中的主要人物，这是译者添加的。而《宝镜》原文中，从头至尾，只用了简单的符号划分了章节，主干故事之中又穿插着长短不一的 12 个小故事，读者的思绪很容易被分散。故在译文中添加了章节和故事的标题，使读者一目了然。

为了使读者读这两部作品时，不会“丈二和尚摸不着头脑”，或者一时难以了解其内涵，我们把所了解到的、所想到的一些肤浅之见写成两篇论文，纳入本书中供参考。同时我们也把几位缅甸代表性作家的意见和他们的相关文章重点摘译了几段，附在书中，以期使读者对这两部小说有个较客观、较全面的了解。

最后值得一提的是，我们在译好《天堂之路》这部小说后，专门请教了国内为数不多的研究南传佛教的专家、曾在斯里兰卡获佛学博士学位、目前受聘于中国人民大学宗教研究所从事研究和教学工作的惟善法师。法师仔细地审阅了译文，提了几点意见。我们都改正了。我们在此对惟善法师表示衷心的谢意。

译者

2010年5月21日